데이트 어 라이브 앙코르 3

DATE A LIVE ENCORE 3

【드레스 어 라이브 case-1 영장(靈裝)】

"아니, 다들 어느새 완전한 영장을 걸치고 있지 않느냐! 대체 뭐가 어떻게 된 것이지?"
완전한 상태의 영장을 몸에 두른 토카가 미간을 찌푸리면서 그렇게 말하자, 코토리가 고개를 저었다.
"깊게 생각하지 마. 쿠루미가 이렇게 우리와 같이 있는 것부터가 말도 안 되는 일이잖아."
"우후후, 괜찮잖아요. 여러분과 이렇게 함께 있을 기회는 좀처럼 없으니까요. 저는 정말 즐겁답니다."
그렇게 말한 쿠루미는 빙긋 웃었다. 그러자 코토리는 흥이 깨졌다는 듯이 흥 하고 코웃음을 쳤다.
"하지만, 그건 그렇고……."
토카는 요시노를 쳐다보면서 낮은 신음을 흘렸다.
"오래간만에 봤다만, 역시 요시노의 영장은, 뭐랄까…… 귀엽구나."
"예?! 고, 고마워요……."
요시노는 부끄러운지 볼을 붉혔다.
"그건 그래. 하지만 토카. 네 영장도 멋있어. 싸우는 공주님 같은 느낌이야."
"음…… 그러하냐?"
코토리의 말을 들은 토카는 기분이 좋은지 볼을 씰룩거렸다.
그 모습을 본 쿠루미가 가볍게 손뼉을 치면서 입을 열었다.
"마침 좋은 기회니 저희의 영장을 바꿔서 입어보는 건 어떨까요?"
"뭐……? 그런 게 가능한 것이냐?"
"아마 여기서라면 가능할 거랍니다. 자아, 그럼 토카 양은 요시노 양의 영장을, 요시노 양은 제 것을, 그리고 코토리 양은 토카 양 것을, 그리고 저는 코토리 양의 영장을 입어볼게요."
"아, 알았으니까, 내 영장 잡아당기지 마!"

―그리고 몇 분 후. 그녀들은 평소와 다른 영장을 걸쳤다. 하지만―.
"……요시노. 이 후드에 달린 귀와 꼬리는 어떻게 해야 똑바로 서는 것이냐?
내가 입자마자 축 늘어졌다만……."
"쿠루미 씨. 이 옷, 사이즈가 너무 커서 가슴 부분에서 손을 떼면…… 그러니까……."
"……토카. 네 갑옷, 대체 어떻게 몸에 고정시키는 거야?"
"어머나, 어머나……, 코토리 양. 이 뿔은 대체 어떻게 머리에 다는 거죠?"
아무래도 뜻대로 되지는 않은 것 같았다.
"으음. 그렇게 잘 어울리지는 않네."
"그렇군요……. 게다가 이 기모노, 조금만 방심했다간 바로 가슴이 훤히 드러날 것 같은데,
대체 어떻게…… 아하."
쿠루미는 코토리의 가슴 언저리를 쳐다보더니 납득했다는 듯이 고개를 끄덕였다.
"방금 그 "아하."는 뭐야?! 확 불태워버린다?!"
"우후후, 딱히 깊은 의미는……. 왠지 진짜로 뜨거워지는 것 같은데요."
"윽! 쿠루미! 옷이 불타고 있지 않느냐!"
"크, 큰일……이에요……!"
"앗……! 빠, 빨리 벗어, 쿠루미!"
"어머나…… 왠지…… 의식이 흐릿해지고……."
"쿠, 쿠루미이이이이잇!"

【드레스 어 라이브 case-2 수영복】

"—불만을 토로해야겠어요~!"
수영복을 입은 미쿠가 갑자기 양손을 붕붕 흔들면서 큰 목소리로 외쳤다.
"음, 왜 그러는 것이냐, 미쿠. 대체 뭐가 불만인 거지?"
"저희의 자리 배치예요! 왜 제가 구석인 거죠~?!"
미쿠의 말을 들은 카구야와 유즈루는 고개를 끄덕였다.
"크큭, 그래. 그러한 것이더냐."
"이해. 현역 아이돌인 만큼, 한가운데 자리를 양보할 수 없다는 거군요."
"으음…… 잘은 모르겠다만, 미쿠는 한가운데가 좋다는 것이냐?"
"그래요! 바로 그거예요! 한 번만 더 부탁할게요! 이번에는 제 지시대로 해주세요!"
미쿠의 뜨거운 애원을 들은 야마이 자매는 졌다는 듯이 어깨를 으쓱했고,
토카는 고개를 갸웃거리면서 그녀의 말에 따랐다.
"자아, 우선 제가 한가운데에 누울게요. 그럼 오른편에 카구야 양, 왼편에 유즈루 양이 누워주세요.
아, 그게 아니에요. 좀 더 바짝 붙어주세요! 살갗을 맞대려는 것처럼~!!"
"……미쿠여. 이러면 너무 좁지 않느냐?"
"동의. 좀 더 간격을 두는 편이……."
"괜찮아요! 이러는 편이 좋다고요!"
야마이 자매의 말을 막듯, 미쿠는 단호한 목소리로 말했다. 바로 그때, 홀로 남은 토카가 입을 열었다.

"으음, 나는 어디에 누우면 되겠느냐?"
그 말을 들은 미쿠는 자신만만하게 고개를 끄덕이면서 눈을 반짝였다.
"토카 양의 자리는— 바로 제 몸 위예요! 제 몸 위에 드러누워 주세요!"
"뭐, 뭐어? 그러면 미쿠가 보이지 않을 텐데?"
"괜찮아요! 그건 사소한 문제예요! 자아! 빨리요!!"
"으, 으음……."
토카는 당황한 표정을 지으면서도 미쿠의 지시에 따랐다.
그러자 미쿠는 거칠게 호흡하더니, 온몸에 경련이 일어난 것처럼 부들부들 떨기 시작했다.
"아…… 아아아아아— 우후, 우후후후후후…… 파, 파아아아라다아아아이스……."
그제야 야마이 자매는 눈을 치켜떴다.
"앗, 그게 목적이냐아아아앗!"
"전율, 아이돌이 지어서는 안 되는 표정을 짓고 있어요……!"
"왜, 왜 그러는 것이냐, 미쿠! 어딘가 좀 이상하구나!"
토카와 야마이 자매는 그렇게 말하면서 미쿠에게서 떨어지려 했다. 하지만 바로 그 순간,
미쿠가 양손으로 야마이 자매를 잡더니, 양다리로 토카가 도망치지 못하게 꼭 끌어안았다.
그 후, 토카와 야마이 자매는 자신들보다 힘이 없는 미쿠에게 벗어나는 데 10분이나 걸리고 말았다.

【드레스 어 라이브 case-3 산타】

"야토가미 토카 · 산타 폼!"
그렇게 말하면서 나타난 토카는 붉은색과 흰색으로 된, 평소와 다른 영장을 걸치고 있었다.
참고로 말하자면 〈오살공(鏖殺公)〉의 손잡이에는 금색 종이 달려 있었고, 칼날 끝에는 커다란 자루가 매여 있었다.
"토카?! 그 옷차림은 대체 뭐야?!"
시도가 경악한 나머지 눈을 치켜뜨자, 토카는 음, 하고 말하면서 고개를 끄덕였다.
"시도에게 산타클로스 이야기를 듣고 나도 되어 보고 싶다고 생각했다. 그랬더니, 뭐랄까, 되고 말았다."
"중간 과정이 완전 날림이잖아?!"
"뭐, 아무튼 이 폼에는 산타다운 능력이 가득 탑재되어 있다."
"산타다운 능력……?"
"음. 예를 들자면, 지금의 나는 루돌프에게 뒤지지 않는 속도로 하늘을 날 수 있다!"
"오오!"
"게다가 아이들에게 들키지 않도록 몸을 투명하게 만들 수도 있지!"
"그거 대단하네!"
"그리고, 이 자루는 다른 공간과 연결되어 있기 때문에, 선물을 얼마든지 넣을 수 있다!"
"완벽하잖아!"
"참고로 선물 상자에는 영력이 들어 있기 때문에, 하늘에서 뿌리면 마을이 빛으로 휩싸여서 크리스마스 같은 느낌이 된다!"
"스토오오오오오오오오오오오오오옵!"
토카가 그 말을 한 순간, 시도는 비명에 가까운 고함을 질렀다.
"시, 시도, 왜 그러는 것이냐?"
"그걸 몰라서 묻는 거야?! 그래서야 산타가 아니라 스텔스 폭격기잖아! 마을이 완전히 붕괴 될 거라고!"
시도의 말을 들은 토카는 "앗……!" 하고 외치면서 경악에 찬 표정을 지었다.

"그, 그건 위험하지 않느냐!"
"이제야 깨달은 거냐?!"
"으음…… 그럼 거대한 양말을 적에게 씌
꼼짝 못 하게 하는 능력과, 회전하는 크리
스 트리를 무한정 발사할 수 있는 능력은 ·
"당연히 쓰면 안 되지!"
토카는 유감스러워하듯 고개를 푹 숙
하지만 뭔가 좋은 생각이 난 것처럼 고개
토카는 〈산달폰〉의 끝에 달린 자루를
손을 뻗었다.
"맞다! 시도에게 선물을 주마!"
"……괜찮은 거지? 네 능력을 들었더니
안해지는데……."
"괜찮으니 걱정하지 마라!"
토카는 그렇게 말하면서 자루의 입을 벌리
그러자 그 안에서 리본을 온몸에 두른
이치 오리가미가 얼굴을 내밀었다.
"당신의 부름에 응해 찾아온 당신의 엔젤
"……윽!"
토카는 엄청난 속도로 자루의 입을 닫
그러자 자루 안에서 뭔가가 날뛰기 시작
"자아, 시도에게 줄 선물 말이다만……."
"방금 그거 뭐야?! 방금 그건 뭐냐고!"
시도의 목소리가 성스러운 밤에 울려 퍼지

SpiritNo.12/24
AstralDress–SantaClausType
Weapon–PresentType["Santa"Iphon]

DATE A LIVE ENCORE 3

On StageMIKU, PenaltySHIORI,TeachingNATSUMI,ResearchMANA,CATCAFE A LIVE,
Merry ChristmasSPIRIT,SantaclausKURUMI.

CONTENTS

DATE 데이트
A 어
LIVE 라이브
ENCORE 앙코르 3

글 : 타치바나 코우시
그림 : 츠나코
옮긴이 : 이승원

THE SPIRIT
정령(精靈)
인계(隣界)에 존재하는 특수 재해 지정 생명체. 발생 요인, 존재 이유 둘 다 불명.
이쪽 세계에 모습을 드러낼 때, 공간진(空間震)을 발생시켜 주위에 심각한 피해를 끼친다.
또한, 엄청난 전투 능력을 보유하고 있음.
WAYS OF COPING1
대처법1
무력을 통한 섬멸.
단, 위에서 말했듯 매우 강대한 전투 능력을 보유하고 있기 때문에 달성 가능성이 극도로 낮음.
WAYS OF COPING2
대처법2
──데이트를 해서, 반하게 만든다.
데이트 어 라이브
앙코르 3
DATE A LIVE ENCORE 3
SpiritNo.3
Height 157 Three size B85/W59/H87

미쿠 온 스테이지

On StageMIKU

DATE A LIVE ENCORE 3

"……네, 감사합니다! 다음 분, 오세요!"

이츠카 시도가 그렇게 외치자, 행렬의 가장 앞에 서 있던 중학생 정도로 보이는 여자아이가 긴장한 표정으로 걸음을 옮기더니 시도의 앞을 지나 한 소녀 앞에 섰다.

"아, 안녕하세요……."

상기된 목소리로 그렇게 말한 여자아이는 눈앞에 있는 소녀를 향해 희미하게 떨리는 손을 내밀었다.

그러자 소녀는 그 여자아이가 내민 손을 자신의 양손으로 상냥하게 감싸 쥐었다.

"네, 안녕하세요~. 항상 응원해줘서 고마워요~."

그렇게 말한 소녀는 여자아이의 손을 잡고 미소 지었다.

그녀는 귀여운 의상을 입은 장신의 소녀였다. 네이비블루 빛깔의 긴 머리카락과 사랑스러운 얼굴. 하지만 그녀를 구성하는 요소 중 가장 인상적인 것이 무엇이냐는 질문을 받는다면, 많은 사람들은 그녀의 목소리를 꼽을 것이다. 아름답게 울리는 방울 소리를 연상케 하는 맑은 목소리. 그 목소리는 듣는 이들의 고막을 통해 그들의 마음에 직접 울려 퍼지는 듯한 착각마저 느끼게 했다.

그것도 무리는 아니었다. 그녀야말로 일본에서도 톱클래스의 인기를 자랑하는 아이돌, 이자요이 미쿠 본인이기 때문이다.

시도는 현재 거대한 돔 행사장에 와 있었다. 현재 이 행사장에는 수많은 사람들이 장사진을 이루고 있었다.

그렇다— 시도는 현재 아이돌 악수회 행사장에 있었다.

시도는 오늘 미쿠의 매니저…… 그리고 『떼어내기 담당』으로서 이 행사장에 온 것이다.

동경하는 아이돌과 악수를 하게 된 팬은 1초라도 더 악수를 하고 싶어 한다. 그래서 규정된 시간이 지난 후에도 행사 요원의 지시를 거부하고 잠시라도 더 악수와 대화를 나누려는 팬이 생기게 된다. 『떼어내기 담당』은 그런 팬을 아이돌에게서 『떼어내어』, 악수회를 원활하게 진행시키는 사람을 말한다.

하지만 시도가 현재 하는 일은 일반적인 떼어내기 담당과는 조금 달랐다.

"저, 저기, 저는 미쿠 양의 노래를 정말 좋아해요……!"

“정말인가요~? 후후, 이렇게 귀여운 여자아이에게 응원받다니, 정말 기뻐요~.”

“예……?! 저, 정말요……?”

“우후후. 부끄러워하는 얼굴도 정말 귀엽네요~. 저기, 이 이벤트가 끝난 후에 같이 차라도—.”

“…………윽!”

불온한 공기를 감지한 시도는 여자아이의 어깨를 잡더니 반강제적으로 미쿠에게서 떼어냈다.

“네! 감사합니다!”

시도는 그렇게 말하면서 그 여자아이를 출구 쪽으로 안내했다. 깜짝 놀랐는지 잠시 눈을 동그랗게 뜨고 있던 그 여자아이는 살짝 고개를 숙여 인사한 후 출구로 향했다.

그렇다. 시도의 임무는 악수 시간을 어기려고 하는 팬을 떼어내는 것이 아니라, 미쿠가 귀여운 여자아이에게 괜한 짓을 못 하도록 미연에 방지하는 것이었다.

“아앙, 모처럼 발견한 괜찮은 애였는데 너무해요~.”

미쿠는 불만을 표시하듯 볼을 한껏 부풀렸다. 하지만 다음 차례인 여자아이도 미쿠의 취향이었는지 바로 밝은 표정을 지으며 스스로 다가가 악수를 나눴다. ……이번에도 시도가 여자아이를 떼어내야만 할 것 같았다.

시도는 좀 전부터 이런 식으로 쉴 새 없이 일하고 있었다.

하지만 그것도 어찌 보면 당연했다. 이 행사장에서는 현재 미쿠와 또 한 명의 아이돌이 동시에 악수회를 하고 있는데, 미쿠 쪽에는 여성 팬만 몰려 있었던 것이다.

예전보다 증상이 완화되었다고는 해도, 미쿠의 남성 기피증은 완전히 완치되지 않았다. 그래서 이번 악수회는 여성 팬 한정 이벤트가 된 것이다.

그에 반해 옆 부스에 있는 아이돌 쪽에는 남성 팬의 비율이 높은 것 같았다.

시도는 옆에서 악수회를 하고 있는 아이돌을 힐끔 쳐다보았다. 아사쿠라 히요리. 미쿠에 버금가는 인기를 구가 중인 톱 아이돌이라고 들었다.

밝은 표정과 정중한 태도. 그야말로 프로다웠다. 물론 마음에 드는 여성 팬을 유혹하지도 않았다. ……시도는 저쪽 스태프가 부럽다는 생각이 아주 약간 들었다.

"——아앙, 당신도 정말 귀엽네요. 괜찮다면 다음에 저희 집에—."

"……윽! 네, 감사합니다~!"

시도가 잠시 눈을 뗀 사이 미쿠는 팬에게 자신의 연락처를 건네주려고 했다. 그는 허둥지둥 팬을 떼어낸 후, 하아~ 하고 땅이 꺼져라 한숨을 내쉬었다.

정말 앞날이 걱정되었다. 시도는 이 일을 받아들인 것을 약간 후회했다.

◇

어제 미쿠의 전화를 받은 시도는 시내에 있는 한 병원의 병실로 향했다.

"—네가 이츠카 시도 군?"

시도의 얼굴을 보자마자 그렇게 말한 사람은 다리에 깁스를 한 채 침대에 누워 있는 20대 중반 정도의 여성이었다.

"아…… 예. 맞아요."

시도는 그렇게 대답하면서 침대 옆에 서 있는 미쿠를 쳐다보았다. 시도가 뭘 궁금해하고 있는지 눈치챈 미쿠는 고개를 끄덕이면서 입을 열었다.

"아, 이쪽은 스바루 씨예요. 제 매니저죠~."

"안녕. 미소라 프로덕션의 쿠레바야시 스바루라고 해."

"아, 안녕하세요……. 그런데 무슨 일이죠?"

시도의 말을 들은 스바루는 하아 하고 한숨을 내쉬었다.

"보다시피…… 아침에 사고에 휘말려서 이렇게 됐어."

"아, 그러셨군요."

"그래서 매니저 일을 할 수 없게 되어서 대신해줄 사람을 찾고 있었는데…… 미쿠가 네 이름을 꺼낸 거야."

"예…… 예엣?!"

뜻밖의 말을 들은 시도는 깜짝 놀란 목소리로 그렇게 외치면서 미쿠 쪽을 쳐다보았다. 미쿠는 그저 생긋방긋 웃고 있었다.
하지만 스바루는 약간 미심쩍은 표정을 지으며 시도의 얼굴을 쳐다보았다.
"……저기, 이츠카 군. 질문 하나만 할게. 너, 미쿠와 어떤 사이야?"
"옛?!"
"아, 그게 말이죠—."
미쿠가 손가락 하나를 세우며 무슨 말을 하려고 하자, 본능적으로 위험을 감지한 시도는 큰 목소리로 고함을 질렀다.
"치, 친구 사이예요!"
"……정말이야?"
"정말이고말고요! 내 말 맞지?! 미쿠!"
시도가 식은땀을 줄줄 흘리면서 그렇게 말하자 미쿠는 의미심장한 표정을 지으면서 "맞아요~." 하고 대답했다.
"……그럼 됐어. ……아이돌에게 스캔들은 치명적이거든."
"그, 그렇군요……."
스바루는 어깨를 으쓱하면서 그렇게 말했고, 그 말을 들은 시도는 메마른 미소를 지었다.
"—아무튼, 임시 매니저를 부탁해도 될까? 하다못해 내일 하루만이라도 맡아주면 정말 고맙겠는데……."
"아, 아니, 그게……."
상대의 느닷없는 요구를 들은 시도는 거절하려는 듯이

고개를 저었다. 하지만 스바루는 그런 시도의 반응을 개의치 않으며 멋대로 이야기를 계속했다.

"내일 월드 애니메이션 엑스포의 공식 이미지송을 부를 아이돌을 결정하는 이벤트가 열려. 상대는 바로 아사쿠라 히요리. 미쿠에 버금갈 정도의 인기를 구가하고 있는 강적이야. 하지만 이번에 그녀를 이기면 앞으로 스폰서 걱정은 필요 없어! 그러니 절대 질 수 없다구. 그러니까 부탁할게! 내일은 일요일이니까 학교도 쉬잖아!"

"그, 그게 문제가 아니잖아요! 그렇게 중요한 일을 저처럼 아무것도 모르는 녀석에게 맡기면 안 되는 거 아니에요?! 다른 매니저에게 맡기세요!"

"후하하하! 약소 프로덕션을 얕보면 곤란하지! 사원이라고는 사장, 사무원, 나, 이걸로 끝! 다른 매니저 같은 건 있지도 않아!"

"잘난 체하면서 할 소리가 아니잖아요!!"

시도는 참지 않고 고함을 질렀다. 그러고 보니 미쿠는 얼굴을 드러내지 않는 시크릿 아이돌로서 활동을 시작하면서 귀찮은 일을 피하기 위해 가능한 한 조그마한 프로덕션을 선택했다는 이야기를 들은 적이 있었다. 사람이 적은 것도 어떻게 보면 당연한 것일지도 모른다.

"안심해. 딱히 전문적인 일을 해달라는 건 아냐. ―네가 해줬으면 하는 건 딱 세 가지야. 하나는 물론 미쿠를 이기게 하는 것."

"자, 잠깐만요……. 그건 엄청 중요한 거잖아요."

"뭔가 특별한 일을 할 필요는 없어. 이 아이가 최고의 퍼포먼스를 선보일 수 있도록 주변 환경을 정리해주기만 하면 돼. ―그러면 이 아이는 자기 힘으로 승리를 쟁취할 거야."

스바루는 그렇게 말하면서 미쿠의 등을 두드렸다. 미쿠는 "에헤헤." 하고 자신감 넘치는 미소를 지었다.

그 후, 이야기를 잠시 멈춘 스바루는 미쿠를 향해 고개를 돌렸다.

"―아, 미쿠. 미안한데 잠시 자리를 비켜주지 않을래? 지금부터 그에게 매니저로서 알아둬야 하는 120개 조항을 가르쳐줘야 하거든."

"예에……?!"

"예~. 열심히 하세요~."

시도가 경악을 금치 못하는 사이, 미쿠는 손을 흔들며 병실에서 나갔다.

그리고 그녀의 발소리가 들리지 않을 즈음, 스바루는 입을 열었다.

"이야기를 하다 멈춰서 미안해."

"아뇨……."

스바루가 미쿠에게 들려주고 싶지 않은 이야기를 하려고 한다는 사실을 눈치챈 시도는 고개를 살며시 저었다.

"……미쿠 앞에서는 도저히 할 수 없는 이야기지만— 저 애는 틀림없는 천재야. 솔직히 말해 이런 작은 사무소에 두기에는 아까울 정도지. 우리 힘이 모자라서 놓친 일도 셀 수 없을 정도로 많아. 미쿠는 더욱 빛날 수 있는 아이인데도 말이야. 그 점에 대해서는 정말 미안하게 생각하고 있어."

"쿠레바야시 씨……."

"그렇기 때문에 이번 일은 놓칠 수가 없어. 저 애가 얼굴 공개를 허락한 지금이 찬스야. —부탁이야. 잠시 동안만이라도 괜찮아. 나를…… 아니, 미쿠를 도와줘."

스바루의 올곧은 시선을 받은 시도는 잠시 동안 할 말을 잃었다.

미쿠가 더욱 활약하기를 바라는 것은 시도도 마찬가지다. 게다가 시도가 이 부탁을 거절하는 바람에 미쿠의 기분이 상하기라도 한다면 그야말로 **큰일**이 터질 것이다. 시도는 하아— 하고 한숨을 내쉬었다.

"……내일 하루만이에요."

"아! 정말?! 고마워!"

표정이 환해진 스바루는 시도의 손을 움켜쥔 채 위아래로 흔들었다.

"……참, 그러고 보니 제가 해야 하는 일은 총 세 가지라고 했죠? 남은 두 가지는 뭐죠?"

"아, 맞아. 두 번째는…… 미쿠를 감시하는 거야."

"감시?"

불길한 기운이 감도는 단어를 들은 시도는 무심코 눈썹을 찌푸렸다.

"응. 실은 이번 이벤트의 오전 파트에는 악수회를 하기로 되어 있는데…… 그때 미쿠가 자기 취향인 여자아이에게 이상한 짓을 하지 못하도록 막아줬으면 해."

"………………아, 무슨 말인지 알겠어요."

시도는 쓴웃음을 지으면서 고개를 끄덕였다.

지금 거론되고 있는 이자요이 미쿠라는 아이돌은 귀여운 여자아이를 엄청 좋아한다. 자신이 다니는 여고에서는 자기 취향인 여자아이들을 곁에 둘 정도다.

"……알았어요. 그럼 마지막 하나는 뭐죠?"

시도가 묻자, 스바루는 갑자기 표정을 굳혔다.

"……이건 극비니까 절대 누설하면 안 돼……."

"아, 예……."

시도가 고개를 끄덕이자, 스바루는 가라앉은 목소리로 말했다.

"……아무래도 미쿠에게 남자친구가 있는 것 같아."

"으윽……?!"

그 말을 들은 시도는 경악을 금치 못했다.

하지만 스바루는 시도의 반응을 단순한 놀람으로 받아들였는지, 한숨을 내쉬면서 말을 이었다.

"그렇게 놀라는 것도 무리는 아냐. 미쿠에게 남자친구가 있다는 건 엄청난 스캔들이니까 말이야. 하지만 저 아이는 워낙 무방비해서 걱정이야. 아이돌 활동 중에도 아무런 주저 없이 달링이라는 단어를 써댄다니깐."

"아, 아니, 그래도…… 그게 진짜로 미쿠의 남자친구일까요……?"

"남자친구가 아닌 사람을 "달링♡"이라고 부를 리가 없잖아."

"그, 그거야 모르죠. 단순한 애칭일 가능성도……."

"그럴 리가 없어. ……혹시나 해서 묻겠는데, 네가 그 『달링』인 건…… 아니지?"

스바루는 암살자 같은 눈빛으로 시도를 노려보았다. 안면이 창백해진 시도는 필사적으로 고개를 저었다.

"……하긴, 너 같은 노멀 보이는 미쿠에게 어울리지 않지."

"으, 으음……."

"아, 기분 나빴다면 사과할게. 나쁜 의미에서 한 말은 아냐. ……아무튼, 미쿠가 팬이나 관계자 앞에서 무심코 달링 이야기를 꺼내지 못하도록 막아줬으면 좋겠어. 미쿠의 아이돌 생명과 직결된 거니까 신중하게 임해줘."

"……최, 최선을 다할게요."

시도는 힘없이 고개를 끄덕였다.

……뭐랄까, 그것은 이 세상에서 가장 시도에게 맞지 않

는 일이라는 생각이 무지막지하게 들었다.

◇

"지, 지쳤어……."

악수회 후, 시도는 후들거리는 걸음걸이로 행사장 뒤편에 있는 복도를 걷고 있었다.

시도가 이렇게 지친 것도 무리는 아니었다. 악수회 동안 미쿠가 차 한잔 하자고 말한 팬은 총 109명. 미쿠가 연락처를 주려고 한 팬은 72명. 미쿠가 끌어안으려고 한 팬은 46명. 미쿠가 볼에 키스를 하려고 한 팬은 8명. 시도는 총 235명이나 되는 소녀들을 미쿠의 마수에서 구해낸 것이다.

이 일을 맡게 된 것에 대해서는 어제 〈라타토스크〉에 보고해뒀다. 미쿠는 비교적 정신 상태가 안정되어 있기 때문에 이번 일에 대한 전권을 위임받았지만…… 이런 상태가 지속된다면 지원 요청을 하는 것도 생각해봐야 할지도 모른다.

"하아…… 뭐, 일단 스테이지 이벤트 때까지 좀 쉬자."

그런 생각을 하면서 복도를 걷던 시도는 대기실의 문을 열었다. 그러자―.

"―어머~?"

대기실 안에 있던 미쿠는 그런 느긋한 목소리를 내면서

시도를 향해 돌아섰다.

"…………윽?!"

그 모습을 본 시도는 무심코 숨을 삼켰다.

그러는 것도 무리는 아니었다. 왜냐면 미쿠는 방금 전까지 입고 있던 의상을 벗은 바람에 속옷 차림이었던 것이다.

"윽……?! 미쿠 너, 뭐하는 거야?!"

시도는 얼굴을 새빨갛게 붉히면서 고함을 질렀다. 하지만 미쿠는 별로 당황하지 않고 고개를 갸웃거렸다.

"예? 옷 갈아입는 중인데요~? 땀도 흘렸으니까 일찌감치 다음 의상으로 갈아입으려고……."

"탈의실에서 갈아입으라고! 이런 데서 옷 갈아입다가 누가 들어오기라도 하면 어쩌려고 그래?!"

"괜찮아요~. 오늘 이벤트 스태프는 전부 여자거든요~."

"내가 있잖아! 내가!"

시도는 고함을 지른 후에야 자신이 미쿠의 요염한 자태를 뚫어져라 쳐다보고 있었다는 사실을 눈치챘다. 그는 어깨를 부르르 떨면서 허둥지둥 고개를 돌렸다.

"달링은 특별하니까 그런 걸 신경 쓰지 않아도—."

미쿠는 뭔가를 눈치챈 것처럼 말을 멈췄다. 그리고—.

"아앙~ 남자에게 속살을 보여주고 말았어요~. 이제 시집은 다 갔어요~."

이번에는 교과서라도 읽는 듯한 말투로 그렇게 말했다.

"뭐……."

방금 전에 했던 말과는 정반대되는 소리였다. 그 말을 들은 시도의 얼굴에 땀방울이 맺혔다.

"이제 다 끝났어요~. 미쿠는 더럽혀지고 말았다고요~."

"자, 잠깐만……."

시도가 당황한 순간, 미쿠가 갑자기 그의 손을 잡아당겨 근처에 있는 소파에 반강제로 앉혔다.

"어, 어이……."

"그러니까 책임…… 져주실 거죠~?"

미쿠는 시도가 도망갈 길을 봉쇄하듯 그의 무릎 위에 올라탔다.

"미쿠……?!"

희미한 향수 향기와 미쿠의 땀 냄새가 콧속으로 스며들어오자, 시도는 얼굴을 새빨갛게 붉혔다.

"어이, 이러다 누가 보기라도 하면 어쩌려고 그래……?!"

"우후후. 그때는 매스컴을 불러서 교제 선언을 해버리죠, 뭐~."

"그런 짓을 어떻게 해……! 아, 아무튼 일단 떨어져! 응?!"

"으음~ 좋아요~. 그럼 달링이 제 소원 하나를, 그게 그 어떤 것일지라도 들어준다면 한번 생각해볼게요~."

"그, 그건 소원의 폭이 너무 넓지 않아……?!"

시도가 새된 목소리로 그렇게 말하자, 미쿠는 장난기 섞인 미소를 지으며 시도의 목에 팔을 둘렀다.

"히익……?! 아, 알았어! 알았다고!"

"정말인가요~? 그럼—."

바로 그때—.

미쿠가 말을 이으려고 한 순간, 대기실의 문이 열리더니 귀여운 의상을 입은 한 소녀가 안으로 들어왔다.

시도와 비슷한 또래인 듯한 그녀는 부드러워 보이는 머리카락에 트레이드마크인 태양 모양의 머리 장식을 꽂고 있었다.

시도는 그녀의 얼굴이 눈에 익었다. —방금 전, 옆 부스에서 악수회를 하던 아이돌, 아사쿠라 히요리였다.

"수고 많았—."

히요리는 그렇게 말하면서 인사를 건네려다 그 자리에서 얼어붙었다.

"……읏! 미쿠!"

"어머~?"

시도는 허둥지둥 미쿠를 일으켜 세운 후, 히요리에게 변명을 했다.

"히, 히요리 양! 오, 오해하지 마세요! 이건, 그러니까, 미쿠가 장난을 친 거라고나 할까……."

"…………."

히요리는 잠시 어안이 벙벙한 표정을 지었다. 그리고 미쿠를 힐끔 쳐다본 후, 흥 하고 코웃음을 치면서 납득한 표정을 지었다.

"아하…… 매니저 씨도 고생이 많군요. 못 본 걸로 할 테니 걱정하지 마세요."

"가, 감사합니다……."

시도는 고개를 꾸벅 숙였다.

하지만 그 순간, 히요리는 시도를 보고 있지 않았다. 미쿠를 향해 고개를 돌린 그녀는 무시무시한 표정을 짓고 있었다.

"……이자요이, 미쿠 양."

"아, 히요리 양이잖아요~. 우후후, 이렇게 직접 만나는 건 처음이네요~. 당신이 활약하는 모습을 방송을 통해 자주 봤어요~. 꼭 한번 만나고 싶다고 전부터 생각했답니다~."

미쿠는 히요리의 적의가 느껴지지 않는다는 듯이 그녀에게 다가갔다. 하지만 히요리는 옆으로 피하더니 언짢다는 듯이 눈썹을 찌푸렸다.

"저는 딱히 당신과 만나고 싶다고 생각한 적 없어요."

"어머~?"

미쿠는 이상하다는 듯이 고개를 갸웃했다.

"저, 혹시 당신에게 미움 받을만한 행동을 했나요~?"

미쿠가 그렇게 말하면서 난처한 표정을 짓자, 히요리는 어금니를 깨물었다.

"당연하죠! 당신, 아이돌이라는 직업을 너무 얕보고 있잖아요!"

그리고 갑자기 언성을 높인 그녀는 미쿠를 날카로운 눈빛으로 노려보았다.

"예~? 그런 적 없는데요~?"

"잘도 그딴 소리를 하는군요……! 전부터 안 좋은 소문을 듣기는 했지만, 오늘 직접 만나보고 확신했어요! 당신은 아이돌을 자처할 자격이 없어요!"

히요리는 그렇게 외치면서 손가락으로 미쿠를 가리켰다. 하지만 미쿠는 충격을 받기는커녕 "어머~." 하고 느긋한 목소리로 중얼거리며 눈을 동그랗게 떴다.

"……저기, 안 좋은 소문이라뇨?"

시도가 묻자 히요리는 고개를 끄덕이면서 말했다.

"라이브하우스의 모든 스태프를 강제로 여자로 바꿨다든가, 시크릿 라이브에 온 손님 중에서 마음에 드는 여자아이를 골라 자기 집으로 데려갔다든가 하는 소문 말이에요! 그뿐만 아니라 매니저까지 덮치다니, 정말 상종 못할 사람이군요! 기가 막힐 지경이에요!!"

"…………."

시도는 미쿠의 명예를 지키기 위해 반론하고 싶었지만, 슬프게도 어떤 대꾸도 할 수 없었다.

"게다가! 아이돌이면서 얼굴을 드러내지 않다니, 대체 무슨 생각인 거죠?! 아이돌이라는 말의 의미를 알고 있기는 한 건가요!? 우상이라고요, 우상! 아이돌은 노래만 하면 되는 존재가 아니에요! 몸과 존재, 그 모든 것에는 아이돌로서의 책임이 따른단 말이에요!"

"으음~ 그래도 지금은 얼굴을 드러내고 활동하고 있다고요……."

"그 점도 용서할 수 없어요오오오옷! 분명 피치 못할 사정이 있어서 얼굴을 숨기고 있는 게 분명해…… 하고 생각한 제 마음을 어떻게 보상해줄 거죠?!"

"그, 그게, 미쿠도 진짜로 사정이 있어서……."

시도가 입을 연 순간, 히요리는 테이블을 손바닥으로 내려치면서 말을 이었다.

"당신은 하나부터 열까지 전부 엉망진창이에요! 퍼포먼스도 전부 베낀 거잖아요! 당신에게는 아이돌로서의 책임감이! 긍지가! 각오가 부족해요! 아아, 정말! 왜 나는 이런 사람에게 CD 판매량으로 이기지 못하는 거지?!"

머리를 감싸 쥔 히요리는 더욱 언성을 높이면서 외쳤다.

바로 그때, 시도가 눈썹을 살짝 찌푸렸다. 히요리가 한 말 중에서 신경 쓰이는 부분이 있었기 때문이다.

"퍼포먼스도 전부 베꼈다……? 그게 무슨—."

"아무튼! 당신과 대결을 펼치기로 한 오늘을 진심으로 기다려왔어요. 제가 당신의 숨통을 끊어주겠어요!"

하지만 시도의 말이 귀에 들어오지 않은 듯 히요리는 또 미쿠를 손가락으로 가리켰다. 참고로 미쿠는 히요리의 연설에 감동하기라도 한 것처럼 박수를 쳤다.

"우후후. 저도 기대했어요~. 히요리 양과 같은 무대에서 노래하는 날을요. 히요리 양은 현재 활동하는 아이돌 중에서도 제가 가장 높이 사는 분이거든요~."

히요리는 미쿠의 말을 듣고 인상을 썼다.

"……윽! 거짓말하지 마세요……!"

"정말이에요~. CD도 전부 가지고 있고, 몰래 라이브를 보러 간 적도 있다고요~. 노래랑 춤, 그리고 팬서비스도 전부 일품이에요. 정말 대단해요~."

"당신에게 칭찬받아도—."

"하지만~."

미쿠는 손가락 하나를 입술에 대면서 말했다.

"히요리 양은 너무 완벽한 것 같은 느낌도 들어요……. 아, 완벽하려 하는 마음가짐을 부정하는 것은 아니지만, 너무 무리하고 있는 것 아닌가요~? 대충대충 하라는 건 아니지만, 자유롭게 노래하는 편이 더 즐겁고 훨씬 매력적일 거라고 생각해요~."

"말도 안 되는 소리 하지 마세요! 제 팬은 저의 완벽한 퍼포먼스를 보러 와준단 말이에요! 그런 제 팬들을 배신할 수는 없어요!"

히요리는 주먹을 말아 쥐며 외쳤다. 그 말을 듣고 난처하다는 듯이 미간을 살짝 찌푸린 미쿠는 생각에 잠긴 것처럼 "으음~." 하고 낮은 신음을 흘렸다.

"뭐랄까…… 팬들을 좀 더 신용해도 괜찮지 않을까요? 히요리 양이 실수를 좀 한다고 해서 모든 팬들이 당신을 버리지는 않을 거예요. ―제 눈에는 히요리 양이 팬들을 무서워하는 것처럼 보여요."

"……윽! 그게 무슨……!"

미쿠가 방금 한 말은 히요리가 도저히 용납할 수 없는 발언이었던 것 같았다. 히요리의 얼굴은 뜨거운 물에 데치기라도 것처럼 새빨개졌다.

하지만 미쿠는 그런 그녀의 반응을 딱히 신경 쓰지 않았다. 그리고 몇 초 후, 미쿠는 좋은 생각이 떠올랐는지 가볍게 손뼉을 쳤다.

"아, 그래요! 그럼 이렇게 하죠~. 무슨 일이 있어도 저는 히요리 양의 팬을 관두지 않겠다고 약속할 테니, 좀 더 자유롭게―."

"헛소리하지 마!"

방금 전까지와는 달리 거친 어조로 그렇게 외친 히요리는 테이블을 주먹으로 내려쳤다.

"―우리 중 누가 진정한 아이돌이라고 할 수 있는 존재인지, 스테이지 위에서 가르쳐 주겠어요……!"

그리고 그 말을 남긴 히요리는 대기실에서 나갔다.

쾅! 하는 소리와 함께 문이 닫히자, 방 안은 잠시 동안 정적이 흘렀다.

"……엄청 화난 것 같았어."

"맞아요~. 태풍 같았어요~."

미쿠는 느긋한 목소리로 그렇게 말했다. 그 말을 들은 시도는 무심코 쓴웃음을 지었다.

"그건 그렇고…… 정말 별일이네. 미쿠가 다른 사람한테 그런 소리까지 하다니 말이야."

시도가 그렇게 말하자, 미쿠도 그 사실을 자각하고 있었는지 어깨를 으쓱이며 볼을 긁적였다.

"으음~. 뭐랄까, 못 본 척할 수가 없었어요~. ……히요리 양은 많이 닮았거든요."

"닮았다고? 누구를?"

"―옛날의, 저를요."

그렇게 말한 미쿠는 감회 어린 한숨을 내쉬었다.

"저 아이, 『츠키노』였던 시절의 저와 똑같아요. 왠지 저대로 두면 저 아이가 저 자신을 궁지로 몰 것만 같아요―."

그렇다. 미쿠는 과거 『요이마치 츠키노』라는 이름으로 아이돌 활동을 했다. 지금만큼 인기가 있지는 않았지만, 열심히 활동하면서 충실한 나날을 보냈다.

하지만 어느 날, 날조된 스캔들이 터진 탓에 팬들에게 버림받은 그녀는 정신적으로 궁지에 몰려 목소리를 잃었고,

결국 죽음을 택할 뻔했다.

"그래서 괜한 참견을 해봤어요."

하지만, 하고 미쿠는 한숨을 내쉬면서 말했다.

"달링처럼은 안 되네요. 역시 달링은 대단해요~."

"뭐?"

뜻밖의 말을 들은 시도는 고개를 갸웃했다. 그러자 미쿠는 후훗 하고 미소 지었다.

"어머나, 잊은 거예요~? 제가 히요리 양에게 한 말은 달링이 저에게 했던 말이잖아요~."

"아……."

시도는 그 말을 듣고 눈을 치켜떴다. 그녀의 말이 맞았다.

미쿠가 자연스럽게 말한 탓에 눈치채지 못했지만, 그것은 일전에 시도가 그녀에게 한 말이었다.

"저는 그 말을 듣고 구원받았어요. 달링이 있어줬기 때문에, 지금의 제가 있는 거예요."

"으음……."

미쿠 본인에게 그 말을 듣고 부끄러워진 시도는 화제를 돌리려 했다.

"그, 그런데 말이야. 이렇게 팬이 많으면, 그중에 『츠키노』를 기억하는 사람도 있지 않을까?"

"아뇨. 아마 없을 거예요~."

"응? 그래?"

시도가 고개를 갸웃거리자, 미쿠는 손가락 하나를 세우면서 설명하는 어조로 말했다.

"저는 과거의 저를 지우기 위해 노래에 영력을 실었어요. —그 노래를 들은 사람들의 기억에서 『요이마치 츠키노』의 존재가 옅어지게 하기 위해서요."

"아…… 그랬구나."

"뭐, 지금은 영력이 봉인되어서 그러지 못하지만, 특별한 계기가 없는 한 떠올리지 못할 거라고 생각해요. 그래서 잠자리 영업하는 걸레~ 같은 소리를 듣지 않을지 걱정할 필요도 없어요."

미쿠는 농담 투로 그렇게 말했다. 그 말을 들은 시도는 어깨를 부르르 떨었다.

"미, 미안해. 그런 뜻으로 한 말은—."

"우후후. 저도 알아요."

미쿠는 그런 시도를 보면서 미소를 지은 후, 그 자리에서 빙글 돌더니 양손을 허리에 대고 말했다.

"자아, 그럼 저도 준비를 시작할게요. —히요리 양이 말하는 진정한 아이돌이라는 것에는 흥미가 없지만, 모처럼 달링이 특등석에서 제 스테이지를 지켜봐 주고 있으니까—."

미쿠는 엄지와 검지로 총 모양을 만들더니 시도의 심장을 쏘는 제스처를 취했다.

"저에게 더욱 반하게 만들어드릴게요, 달링."

그 모습은 스테이지에 서기도 전에 시도의 마음을 빼앗아 버릴 정도로 멋졌다.

◇

—그리고 몇십 분 후. 돔 안은 엄청난 열기로 가득 찼다.

그것도 무리는 아니었다. 이자요이 미쿠와 아사쿠라 히요리. 아이돌계의 인기를 양분하고 있는 두 아이돌이 정면 대결을 펼치게 되었으니 말이다.

지금부터 미쿠와 히요리는 차례차례 퍼포먼스를 펼친다. 그리고 그 무대를 본 심사위원과 관객들이 점수를 매기는 것이다. 자신이 응원하는 아이돌이 조금이라도 더 유리할 수 있도록 두 아이돌의 팬들은 티켓 입수에 열을 올렸다고 한다.

하지만 당사자인 미쿠는 딱히 부담감을 느끼는 것 같지는 않았다.

"그럼 갔다 올게요~."

미쿠는 손을 흔들면서 아직 조명이 켜지지 않은 스테이지의 지정 위치에 가서 스탠바이를 했다. 그런 그녀에게서 긴장감이나 스트레스 같은 것은 전혀 느껴지지 않았다.

—그리고 곧 스포트라이트가 스테이지의 중앙을 비추면서 미쿠의 무대가 시작됐다.

『──────────!』

유려한 곡조와 함께 미쿠의 맑디맑은 목소리가 울려 퍼졌다. 그녀가 자아내는 멋진 노래가 행사장 전체를 끓어오르게 만들었다.

"……역시, 대단해."

그 모습을 무대 세트 옆쪽이라는 특등석에서 지켜보던 시도는 무심코 숨을 삼켰다.

무대에 올라 마이크를 쥐는 것만으로 미쿠는 약간 특이한 구석이 있는 아가씨에서 아이돌로 변모한다. 미쿠가 노래를 시작한 순간, 딴 사람을 보고 있는 듯한 기분마저 들었을 정도였다.

그야말로 가희(歌姬)라는 말에 걸맞은 압도적인 존재감이다. 자신의 팬은 물론이고, 이 행사장에 모인 팬 중 반수 가까이를 차지하는 히요리를 응원하는 팬들의 시선까지 자신에게 고정시켰다.

바로 그때─.

"……응?"

시도는 이곳에 자신 이외의 인간이 있다는 사실을 눈치챘다. ─아사쿠라 히요리였다.

시도가 이곳에 있다는 것을 눈치채지 못한 듯 히요리는 땀을 줄줄 흘리면서 미쿠의 무대를 바라보고 있었다.

"……대단해. 하지만, 역시……."

그리고 혼잣말을 하듯 작은 목소리로 말했다.

"이겨야만 해……. 반드시……. 나는, 저런 사람에게 절대 질 수—."

"아사쿠라 양?"

"……윽!"

시도가 말을 걸자, 히요리는 깜짝 놀랐는지 어깨를 부르르 떨었다.

"다, 당신은…… 미쿠 양의 매니저 씨……?"

"아…… 예. 임시 매니저인 이츠카예요."

시도는 『임시』라는 부분을 강조했지만, 히요리는 그다지 흥미가 없다는 듯이 미쿠를 향해 시선을 돌렸다.

아니— 히요리는 현재 시도를 신경 쓸 여유가 없는 것처럼 보였다. 미쿠의 목소리에, 일거수일투족에, 귀를, 눈을 빼앗기고 있었다. 어쩌면 이 행사장에 있는 이들 중에서 가장 열심히 미쿠의 스테이지를 보고 있을지도 모른다.

——히요리는 미쿠에게 시선을 고정시킨 채, 작게 입을 열었다.

"……신은 불공평해요. 저렇게 성실함과는 거리가 멀고 대충대충인 사람에게 저런 엄청난 재능을 주다니 말이에요."

"예? 미쿠는 그런 사람이 아닌데요……."

"아무한테도 말하지 않을 테니 걱정하지 마세요. 매니저 씨가 여러모로 고생하고 있다는 건 알고 있어요."

"그건, 그러니까…… 으음."

그 말에 반론하고 싶었지만 시도는 말을 우물거렸다.

히요리는 미쿠의 스테이지를 바라보면서 주먹을 말아 쥐었다.

"—저는 질 수 없어요. 아이돌은…… 완벽해야만 하니까요."

"……예?"

히요리의 희미하게 떨리는 목소리를 들은 시도는 눈썹을 살짝 찌푸리면서 히요리를 쳐다보았다.

미쿠의 무대를 응시하는 히요리의 얼굴. 그녀의 얼굴에는 확실히 긴장과 초조 같은 것이 어려 있었다.

미쿠의 무대가 끝난 후에는 자신이 저곳에 서서 퍼포먼스를 선보여야 한다. 아무리 경험이 많은 아이돌일지라도 긴장될 것이다. 하지만 히요리의 얼굴을 본 순간, 시도의 뇌리에 미쿠가 했던 말이 떠올랐다.

「왠지 저대로 두면 저 애가 저 애 자신을 궁지에 몰 것만 같아요—.」

지금 자신의 옆에서 미쿠의 무대를 지켜보고 있는 히요리는 긴장감에 짓눌리고 있는 어린아이 같아 보였다.

"왜……."

"—예?"

"왜 히요리 양은 그렇게…… 완벽을 추구하는 거죠?"

시도의 말을 들은 히요리는 시도를 향해 고개를 돌렸다.

"……미쿠 양이 물어봐 달라고 했나요?"

"아, 그런 건 아니지만…… 왠지 히요리 양이 아이돌이라는 존재에 대해 금욕적인 생각을 가지고 있는 것 같아서……."

"…………."

히요리는 잠시 침묵한 후, 휴우— 한숨을 내쉬었다.

"……저는 예전에 한 아이돌을 진심으로 좋아했어요. 신인이라 그렇게 유명하지는 않았지만, 정말 아름다운 목소리를 지닌 사람이었죠……. 듣기만 해도 가슴이 뛰게 되는 노래를 부르는…… 간단히 말해 저의 우상이었어요."

"그랬군요."

시도가 맞장구를 치자, 히요리는 고개를 끄덕이면서 "네." 하고 대답한 후 말을 이었다.

"저보다 겨우 한 살 많은 그녀는 노래로 많은 사람들의 기운을 북돋아 주고 있었죠. 정말 대단하다고 생각했어요. 그게 제가 아이돌이 되기로 마음먹은 계기예요."

"……혹시 그 아이돌이 엄청난 완벽주의자였나요?"

"아뇨. 오히려 반대였어요."

"반대?"

시도가 고개를 갸웃거리자, 히요리는 아득한 시선으로 입을 열었다.

"……그 사람, 이런저런 스캔들에 휘말려 팬들에게 버림받은 후, 결국 자살하고 말았어요."

"아—."

히요리의 말을 들은 시도는 무심코 눈을 치켜떴다.

"그때 주간지에 실린 내용이 전부 사실인지 아닌지 이제 와서는 알 수 없어요. 하지만 그런 확실하지 않은 정보 하나로 전도유망한 신인 아이돌이 이 세상에서 지워지고 말았죠. —그녀의 노래는 정말 끝내줬어요. 그런 일만 없었다면, 분명 지금쯤 이 나라 사람들 모두가 그녀의 노래에 열광했을 거예요."

히요리는 분하다는 듯이 입술을 깨물면서 주먹을 말아 쥐었다. 그녀의 얼굴은 팬들에게 절대 보여줘선 안 된다는 생각이 들 만큼 증오의 빛으로 물들어 있었다.

히요리도 그 사실을 눈치챘는지 몸에서 힘을 뺐다.

"……그렇기 때문에 저는 절대로 실수하지 않을 거예요. 『아이돌』이라는 것은 노래를 잘 부른다고 될 수 있는 것도, 춤을 잘 춘다고 될 수 있는 것도, 그리고 남들보다 외모가 뛰어나다고 될 수 있는 것도 아니에요. 단 하나의 흠집도 존재해서는 안 돼요. 설령 있더라도 그 누구에게도 들켜서는 안 되죠. 모든 면에서 찬란하게 빛나야 한다고요."

"히요리 양……."

비통하기 그지없는 히요리의 각오를 들은 시도는 무심코 숨을 삼켰다.

히요리의 결의는 『동경했던 아이돌이 그걸로 실패했기 때문에, 자신은 그렇게 되지 않도록 주의한다』…… 같은 단순한 것이 아니라는 생각이 들었다.

꽃이 피기 전에 봉오리를 꺾은 자들에게, 원래라면 찬란히 피어났을 아름다운 꽃을 보여준다. 그녀의 표정에는 그런 복수에 가까운 감정이 어려 있는 듯한 느낌마저 들었다.

"……저는 이런 데서 제자리걸음이나 하고 있을 수는 없어요. —저런 가짜에게 질 수는 없단 말이에요."

"예……?"

시도는 히요리의 말을 듣고 고개를 갸웃했다. 그러고 보니 히요리는 대기실에서도 비슷한

말을 했었다. —미쿠가 누군가의 퍼포먼스를 베꼈다고 말이다.

"그게 무슨 소리죠?"

시도의 말을 들은 히요리는 증오에 찬 눈길로 미쿠를 바라보면서 입을 열었다.

"미쿠 양의 퍼포먼스는…… 제가 방금 말한 아이돌— 요이마치 츠키노와 비슷해요. ……아뇨. 비슷한 정도가 아니에요. 완전히 똑같아요. ……그래서 저는 미쿠 양을 용서할 수 없어요. 한 사람의 아이돌로서, 그리고 그 사람의 팬으로서도요."

"어…… 그, 그럼—."

히요리의 말을 들은 순간, 시도의 목소리가 떨렸다.

시도는 미쿠가 얼마나 노래를 사랑하는지 안다. 그런 미쿠가 누군가의 퍼포먼스를 베꼈다는 게 믿기지 않았다. 하지만 히요리가 거짓말을 하고 있는 것 같아 보이지도 않았다. 설마, 진짜로—.

"…………어?"

바로 그때. 시도는 고개를 갸웃했다.

히요리가 입에 담은 아이돌의 이름이 귀에 익었던 것이다.

"……저기, 히요리 양."

"예?"

"혹시나…… 해서 묻는 건데요. 방금, 요이마치 츠키노라고 했나요?"

시도가 머뭇거리면서 묻자, 히요리는 깜짝 놀랐는지 눈을 동그랗게 떴다.

"요이마치 츠키노를 아시나요? 그녀를 기억하는 사람이 아직도 있다니, 정말 기뻐요."

"아니, 그게……."

시도는 땀이 맺힌 볼을 긁적이면서 스테이지를 손가락으로 가리켰다.

"……지금, 저기서 노래하고 춤추고 있는데요."

"엥?"

얼빠진 소리를 낸 히요리의 눈이 콩알만 해졌다.

그 후로 몇 초 동안 스테이지에 선 미쿠와 시도의 얼굴을 몇 번이나 번갈아 본 그녀는 숨을 삼켰다.

그리고 이제야 그 사실을 눈치챈 히요리의 얼굴이 경악으로 가득 찼다.

"어, 아, 아, 아아아아아아앗?!"

아무래도 그녀도 미쿠의 목소리에 담긴 암시에 걸린 상태였던 것 같았다. 시도에게 지적을 받고서야 두 사람이 동일 인물이라는 사실을 눈치챈 것 같았다.

"어? 어……? 하, 하지만, 츠키노 양은 자살……."

"아, 그건 미수였어요."

"미쿠 양은 츠키노 양의 퍼포먼스를 흉내……."

"흉내 내고 있는 게 아니라, 본인인데요……."

"…………."

히요리의 얼굴에서 핏기가 사라졌다.

"어, 어, 어어어어어어엇?!"

—히요리가 고함을 지른 순간, 미쿠의 무대가 끝났다. 그와 동시에 돔 전체가 떠나갈 듯한 박수 소리가 울려 퍼졌다.

◇

『—자아, 다음은 아사쿠라 히요리 양의 무대입니다!』

사회자의 목소리가 스피커에서 흘러나온 순간, 행사장에

서는 엄청난 박수 소리와 히요리의 이름을 연호하는 목소리가 터져 나왔다. 그 뒤를 이어 관객석에서 형광봉의 불빛이 흘러나왔다.

"—달링은 히요리 양의 스테이지를 처음 보죠? 우후후, 정말 끝내줘요~. 뭐, 노래는 제가 더 잘하지만요~."

무대 옆쪽으로 온 미쿠는 수건으로 땀을 닦으면서 시도에게 말을 걸었다. 하지만 시도는 넋 나간 목소리로 대답할 수밖에 없었다.

"그, 그렇구나……."

"응? 왜 그러세요?"

"아니, 그게 말이야……."

시도는 긴장한 표정으로 히요리의 무대를 지켜보았다.

곡이 시작되자 히요리의 목소리가 돔 전체에 울려 퍼졌다. 그녀의 당당한 모습에서는 아이돌다운 품격이 느껴졌다.

하지만—.

"……앗!"

미쿠가 비명을 질렀다. 노래를 부르던 히요리가 미쿠 쪽을 힐끔 쳐다보더니, 동요한 것처럼 온몸을 떨면서 노래를 멈추고 만 것이다.

허둥지둥 만회하려던 그녀는 발이 꼬였는지 그 자리에서 쓰러지고 말았다. 뜻밖의 사태가 벌어지자 행사장 전체가 술렁거렸다.

"대, 대체 어떻게 된 걸까요? 히요리 양답지 않아요……."

"……."

미쿠가 걱정스러운 눈길로 히요리를 바라보고 있을 때, 시도의 볼을 타고 땀방울이 흘러내렸다.

……뭐랄까, 히요리가 저렇게 동요한 이유가 무지막지하게 짐작되었기 때문이다.

히요리가 동경했던 아이돌의 정체를 눈치챘다고 해도, 그녀가 이제 곧 무대에 서야 하는 타이밍에 가르쳐줄 필요는 없었을지도 모른다. 시도는 자신이 얼마나 생각 없는 행동을 했는지 깨닫고 후회하고 있었다.

미쿠를 이기게 한다는 점에 중점을 둔다면, 시도의 행동은 매니저로서 옳을지도 모른다. 하지만 미쿠가 그런 승리에 만족할 리가 없고, 시도 또한 히요리가 최고의 퍼포먼스를 해줬으면 했다. 그러니 어떻게든 해야 한다……!

그런 시도의 마음을 눈치챈 것인지는 모르겠지만, 미쿠는 히요리와 시도를 번갈아 바라보았다.

"아, 아아, 멍하니 있으면 안 돼요, 히요리 양. 빨리 일어서요……! 걱정하지 말아요. 그 정도로 팬들이 히요리 양을 싫어하게 될 리가 없어요~!"

미쿠는 마치 자기 일처럼 히요리를 걱정하면서 기도하듯 양손을 모았다.

"……윽! 미쿠!"

시도는 그 말을 듣고 눈을 치켜떴다.

"너, 대기실에서 말했지? 무슨 일이 있어도 자신은 히요리 양의 팬을 그만두지 않겠다고 말이야. —그 말, 진심이야?"

"예? 그럼요. 물론이죠~."

미쿠는 주저 없이 고개를 끄덕였다. 그 대답을 들은 시도는 힘차게 고개를 끄덕였다.

"그럼 한 번 더 그 마음을 그대로 히요리 양에게 전해줘. 아마— 지금 그녀를 구할 수 있는 사람은 미쿠뿐일 거야."

"예? 하지만 그녀는 저를……."

미쿠는 의아하다는 듯이 눈썹을 살짝 찌푸렸지만, 시도가 이런 말을 농담 삼아 할 리가 없다는 사실을 깨달은 것 같았다. 고개를 끄덕인 그녀는 스테이지를 향해 돌아서더니 숨을 들이마셨다.

"아, 아아……."

히요리는 절망에 빠진 채 스테이지에 주저앉아 있었다.

치명적인 실수. 아이돌이 가장 찬란히 빛나야 하는 장소에서 이런 추태를 보이고 말았다. 시야가 일그러졌다. 가슴이 격렬하게 뛰었다. 자신이 뭘 하고 있는지도 알 수가—.

"——히요리 야아아아아앙! 파이티이이이이이이이이이이

잉!!"

"어—?"

느닷없이 술렁거리고 있는 행사장 안에서 커다란 목소리가 울려 퍼지자, 히요리는 망연자실한 목소리를 냈다.

하지만, 그 목소리의 주인이 누구인지는 바로 깨달았다. —미쿠였다. 스테이지 옆쪽에서 히요리의 무대를 보고 있던 미쿠가 마이크도 없이 히요리에게 자신의 목소리를 전한 것이다.

"미쿠, 양……."

히요리는 다시 무대 옆쪽……을 쳐다보았다. 그곳에는 히요리가 동경해왔던 아이돌, 요이마치 츠키노가 있었다.

목소리에도, 외모에도 히요리의 기억 속에 존재하는 츠키노의 면모가 남아 있었다. 왜 이제까지 눈치채지 못한 것일까.

츠키노가 지금, 히요리를 바라보고 있다. 히요리를 격려해주고 있다.

그 사실이 히요리는 눈물이 날 정도로 기뻤다.

—지금 생각해보면 대기실에서 미쿠가 한 말은 히요리의 정곡을 찔렀다.

츠키노의 비참한 최후를 알고 눈곱만큼의 빈틈도 없는 아이돌이 되려 한 히요리는 완벽을 지나치게 추구한 나머지, 자신의 손으로 스스로를 궁지에 몰아넣고 있었다.

즐거웠던 아이돌 활동이 단순한 의무가 되고, 자신을 보는 관객들을 감시자로 여겼다.

언제부터인가, 자신이 왜 노래를 부르는가, 왜 아이돌이 되려 했던 것인가도 잊고 말았다.

"아……, 아—."

하지만— 아아, 그렇다. 히요리는 드디어 떠올렸다.

자신은 저 사람에게, 요이마치 츠키노에게 자신의 노래를 들려주기 위해 오디션에 응모했다. 저 사람의 옆에 서고 싶어서 노래를, 춤을 연습했던 것이다. 저 사람의 의지를 잇고 싶어서, 유명해지려고 했던 것이다.

—대기실에서 나눈 대화를 떠올렸다. 그녀는 농담을 한 것일지도 모른다. 하지만 그 요이마치 츠키노가, 히요리에게 말해줬던 것이다. —무슨 일이 있어도 자신은 히요리의 팬을 그만두지 않겠다고 말이다.

—그렇다면, 히요리는, 두려울 것이, 없었다.

히요리가 다시 일어서려고 한 순간, 그녀를 응원하는 미쿠의 목소리에 자극받은 것처럼 팬들이 들고 있는 형광봉이 규칙적으로 흔들리기 시작했다. 그리고 히요리를 부르는 목소리가 돔 전체에 울려 퍼졌다.

"……아! 여러, 분—."

히요리는 무심코 입을 열었다.

그렇다. 히요리의 앞에 있는 이들은 냉철한 감시자가 아니다. 히요리의 노래를 기다리고 있는 팬들인 것이다. 그런 당연한 사실조차 히요리는 지금까지 잊고 있었다.

—그런 여자가 진정한 아이돌이 무엇인지 잘난 듯이 말하다니, 정말 웃기지도 않았다. 히요리는 좀 전에 자신이 했던 말을 떠올리면서 웃음을 터뜨렸다.

자신은 드디어 스타트 라인에 섰다. —아니, 스타트 라인으로 되돌아왔다.

"그렇다면— 지금의 내가 선보일 수 있는, 최고의 무대를 보여주겠어."

히요리가 마이크를 고쳐 쥔 순간, 스테이지에 노랫소리가 울려 퍼졌다.

『—그럼 심사 결과를 발표하겠습니다.』

히요리의 무대가 엄청난 갈채를 받으면서 끝나고 약 10분이 지난 후, 미쿠와 히요리가 나란히 선 스테이지에 사회자의 목소리가 울려 퍼졌다.

월드 애니메이션 엑스포
『WAE의 이미지송 아티스트는—.』

긴장감을 고조시키는 드럼 소리가 몇 초 동안 울린 후, 스포트라이트가 미쿠를 비췄다.

『접전 끝에 이자요이 미쿠 양으로 결정됐습니다!』

바로 그 순간, 관객석에서 엄청난 환호성과 박수가 터져나왔다.

『축하드립니다, 미쿠 양. 이미지송 아티스트로 선정된 기분이 어떠신지요?』

『우후후, 감사해요~. 정말 기뻐요~.』

사회자가 미쿠에게 꽃다발을 건네자, 미쿠는 방긋 웃으면서 관객석을 향해 작게 손을 흔들었다. 그러자 관객석에서 또 다시 엄청난 환호성이 터져 나왔다.

"이겼……구나."

그 광경을 무대 옆쪽에서 보고 있던 시도는 안도의 한숨을 내쉬었다.

일단 매니저로서 가장 중요한 임무를 해냈다. 게다가—.

"…………."

시도는 미쿠의 옆에 선 히요리의 얼굴을 보고 미소 지었다. 그녀의 얼굴은 만족감으로 가득 차 있었으며, 순수하게 미쿠의 승리를 축복하고 있는 것처럼 보였다.

『—자아, 실은 여러분에게 알려드릴 중대 발표가 있습니다!』

바로 그때, 스테이지 위에 있던 사회자가 돌아서더니 스테이지의 세트를 가리키듯 손을 들었다. 그러자 스테이지에 설치된 모니터에서 화려한 영상이 나오기 시작했다.

『다음 주 일요일, WAE 이미지송 아티스트 결정 기념 이벤트가 열립니다! 이 이벤트의 출연자는 물론, 방금 그 자리를 쟁취한— 이자요이 미쿠 양!!』

사회자가 힘찬 목소리로 그렇게 선언한 순간, 관객석이 더욱 큰 환호성에 휩싸였다.

"……응?"

하지만 시도는 그 광경을 보며 의아하다는 듯이 미간을 살짝 찌푸렸다.

사회자가 이벤트 개최를 선언한 순간, 미쿠의 표정이 움찔하고 변한 것 같았기 때문이다.

『—잠깐만요. 다음 주 일요일이라고요~?』

『음? 예, 그렇습니다만…….』

『저, 그런 이야기는 못 들었는데요~.』

『아, 그게 말이죠. 서프라이즈 이벤트라서요. 하지만 사무소에는 그날 스케줄을 비워달라고 부탁드렸습니다만…….』

『…….』

잠시 동안 입을 다물고 있던 미쿠는 갑자기 사회자의 마이크를 빼앗더니 힘찬 목소리로 말했다.

『여러분~! 저, 여러분에게 부탁드리고 싶은 게 하나 있어요~! 들어 주시겠어요~?』

미쿠가 그렇게 말하자, 팬들은 열화와 같은 성원으로 답했다.

『저에게도 투표권이 있었으면 좋겠어요~. 그래서 제 표를 전부 히요리 양에게 주고 싶어요!』

관객석은 미쿠의 제안을 지지하는 목소리와 그녀의 의도

를 파악하지 못한 이들의 술렁거림, 그리고 히요리가 WAE에서 노래해줬으면 하는 팬들의 고함 소리로 가득 찼다. 사회자는 미쿠가 느닷없이 한 말 때문에 당황할 대로 당황하고 말았다.

하지만 미쿠는 그들이 안중에도 없다는 듯 멍하니 서 있는 히요리에게 다가갔다.

『—히요리 양. 오늘 스테이지, 정말 좋았어요.』

『예? 츠키—가 아니라, 미쿠 양. 저기, 저는…….』

『제 부탁, 들어줄 거죠?』

히요리는 뜻밖의 제안을 듣고 당황한 상태였지만, 미쿠가 상냥한 목소리로 그렇게 말하자 힘차게 고개를 끄덕였다.

『고마워요~.』

그 모습을 보고 빙긋 미소 지은 미쿠는 들고 있던 꽃을 히요리에게 건넨 후— 그대로 그녀의 볼에 살며시 입맞춤을 했다.

『아, 아와왓……?!』

미쿠가 이럴 거라는 건 전혀 예상하지 못한 것일까. 히요리는 엉뚱한 목소리를 내며 볼을 새빨갛게 붉히더니, 그 자리에서 무너지듯 주저앉았다. 그리고 행사장 안에서는 영문 모를 환호성이 울려 퍼졌다.

"어, 어이, 미쿠……!"

이건 너무 지나치다고 생각한 시도는 미쿠를 제지하기 위해 입을 열었다.

하지만 미쿠는 개의치 않으면서 초대형 폭탄을 투하했다.

『우후후, 히요리 양의 활약을 진심으로 기대하고 있어요. 저도— 그리고 달링도요.』

◇

"뭐가 어떻게 된 거야아아아아아앗?!"

엄청난 파란이 벌어진 이벤트가 끝난 후, 머뭇머뭇 병원으로 돌아온 시도를 기다리고 있었던 이는 분노할 대로 분노한 미쿠의 매니저, 스바루였다.

"윽! 진정하세요, 쿠레바야시 씨……!"

"이 상황에서 어떻게 진정하냐구! 미쿠를 이기게 할 것! 미쿠가 여자아이에게 이상한 짓을 못하게 할 것! 미쿠가 달링 이야기를 못하게 할 것! 전부 못 지켰잖아아아아아아아아앗!"

스바루는 잠시 동안 시도의 목을 잡고 앞뒤로 열심히 흔들어댄 후, 하아아아아아아아 하고 땅이 꺼져라 한숨을 내쉬었다.

"……흐트러진 모습을 보여서 미안해. 잘못한 사람은 100% 미쿠인 걸 알면서…… 너한테 이렇게 책임을 묻는 건 옳지 못한 짓이야……."

"아, 아뇨……. 저야말로, 정말 죄송해요……."

시도의 말을 들은 스바루는 그의 목에서 손을 떼더니, 또 크나큰 한숨을 내쉬었다.

"아무튼…… 고마워. 이 건은 우리 쪽에서 어떻게 해볼게……."

"어떻게…… 되긴 할까요?"

시도가 머뭇거리면서 묻자, 스바루는 우울한 표정을 지으면서 고개를 끄덕였다.

"어떻게든 해보는 수밖에 없어. ―WAE의 이미지송 아티스트 건은 어쩔 수 없을 거야. 좋은 기회인 건 맞지만, 미쿠는 그런 거에 의지하지 않더라도 더욱 인기를 끌 수 있을 테니까 말이야. 아사쿠라 히요리에게 승리를 양보했다는 미담이 생긴 것만이라도 다행으로 여길래."

"그, 그렇군요."

"볼에 키스를 한 것도…… 상대방 측에서 항의를 하지 않는 한 어떻게든 될 거라고 생각해. 좀 진한 백합 느낌을 내본 거라고 우기면 어떻게 될 거야."

"……아, 아하. 하지만―."

시도가 무슨 말을 하려다 만 것인지 눈치챈 스바루는 고개를 끄덕였다.

"……가장 큰 문제는 달링이야. 일전에 천앙제 스테이지에서 달링이란 말을 썼을 때는 달링=관객 여러분인 걸로 우졌단 말이야! 이번에도 그런 느낌으로 우기고 싶지만…… 아마 힘들겠지…….”

“그, 그럼 어떻게 할 거죠?”

“……최악의 경우에는 『달링』이라는 이름의 개를 키우는 걸로 해서, 같이 텔레비전에 출연시킬 거야. 제가 키우는 미니어처 닥스훈트, 『달링』이에요~ 같은 느낌으로 말이야.”

“……그 방법이 정말 통할까요?”

“통하게 만드는 수밖에 없어.”

스바루는 어깨를 으쓱이면서 말했다. 뭐랄까, 꽤나 믿음직한 여성이었다.

“여러모로 미안했어, 이츠카 군. 수당은 나중에 네 계좌로 입금할게.”

“아…… 도움이 못 되어서 정말 죄송해요.”

“신경 쓰지 마. ―이런 일이 있긴 했지만, 앞으로도 미쿠와 사이좋게 지내줘. 그 아이, 너 말고는 이성 친구가 없잖아.”

“아, 아하하……. 알았어요.”

그렇게 시도가 병실에서 나가려고 할 때, 스바루가 그를 불러 세웠다.

“아, 맞다. 이츠카 군은 라이젠 고교에 다니지?”

“예? 아, 그런데요…….”

시도가 대답하자, 스바루는 침대 옆에 있는 선반을 향해 손을 뻗더니 사진 한 장을 꺼내 시도에게 보여줬다.

"실은 미쿠가 가지고 있던 사진에 귀여운 아이가 찍혀 있어서 말이야. 교복을 보아하니 라이젠에 다니는 아이 같은데, 혹시 본 적 없어? 괜찮다면 우리 사무소에서 모델 활동이라도 해볼 생각이 없는지 물어보고 싶거든."

"으음……."

라이젠에는 토카와 오리가미, 야마이 자매 같은 미소녀가 있다. 아마 그중 한 명이 스바루의 눈에 띈 것이리라. 오리가미라면 몰라도 토카나 야마이 자매가 이 이야기를 들으면 골치 아픈 일이 벌어질 것 같다고 생각하며 시도는 사진을 쳐다보았다.

"……윽?!"

하지만 그 사진에 찍힌 뜻밖의 인물을 본 시도는 온몸을 딱딱하게 굳혔다.

네잎 클로버 모양의 머리핀을 머리에 꽂은 키가 큰 소녀였다. 중성적인 느낌이 감도는 얼굴과 자신 없는 듯이 일그러져 있는 눈썹이 인상적이었다.

그 얼굴을 본 적이 있는지 없는지 누군가가 묻는다면, 대답은 YES다.

사진에 찍힌 소녀의 이름은 이츠카 시오리. 그렇다……. 미쿠와 함께 사진에 찍힌 이는 코토리의 지시로 여장을 한 시도였다.

"어때? 본 적 없어? 미쿠는 그녀의 이름이 시오리라는 것만 가르쳐줬어. ―이 아이, 정말 좋아. 갈고닦으면 빛날 거야. 수영복 그라비아 사진이라도 찍어서 잡지 같은 데 실리면 바로 인기를 얻을 거야. 아, 노래를 잘한다면 아이돌로 데뷔하는 것도 괜찮을 것 같은데―.”

“아, 아뇨. 모르는 사람입니다요…….”

시도는 식은땀을 줄줄 흘리면서 메마른 목소리로 그렇게 대답한 후, 그대로 도망치듯 병실을 나섰다.

“아, 이야기는 다 끝났어요~?”

병실 밖에서 기다리던 미쿠는 스바루와 대조적이라는 느낌이 들 만큼 느긋한 목소리로 시도에게 말을 걸었다.

“응…… 엄청 혼나기는 했지만 말이야.”

“아하하~. 스바루 씨는 정말 걱정이 많다니까요~.”

“………….”

미쿠가 너무 걱정이 없는 것은 아닐까 하고 시도는 생각했지만, 그 생각을 입 밖으로 말하지는 않았다.

“……그런데 미쿠.”

“예~? 왜 그러세요~?”

“왜 히요리 양에게 승리를 양보한 거야? 그 일을 따내면 네가 활약할 무대가 넓어질 거잖아.”

“으음, 그 일은 저보다 히요리 양에게 더 어울릴 거라고 생각했어요~. 그 사람이라면 분명 완벽하게 해낼 테니까요~. 게다가…….”

"게다가?"

시도가 고개를 갸웃거리자 미쿠는 우후후~ 하고 미소 지었다.

"—다음 주 일요일에는 근처 신사에서 가을 축제가 열린다고요~."

"뭐?"

시도는 미쿠의 말을 듣고 눈을 동그랗게 떴다.

"서, 설마 그런 것 때문에 양보한 거야?! 다른 신사에서 하는 축제에 가면 되잖아!"

"안 돼요~. 그 신사는 연분을 맺어주는 신을 모시고 있어서, 거기서 하는 가을 축제에 참가한 커플은 반드시 맺어진대요~."

"……뭐?"

"제 소원 하나를 들어준다고 했었죠~?"

"아……."

……그러고 보니 그런 말을 했었던 것 같은 느낌이 든 시도는 얼빠진 목소리를 냈다.

그런 시도의 얼굴을 본 미쿠는 빙긋 웃으면서 새끼손가락을 들어 보였다.

"—데이트 신청을 해주실 거죠? 달링?"

시오리 페널티

PenaltySHIORI

DATE A LIVE ENCORE 3

"그럼 여러분에게 특별 청강생을 소개할게요. ―들어오세요."

"…………아, 예."

타마 선생님의 부름에 이츠카 시오리는 체념 섞인 한숨을 내쉬고 교실에 들어갔다.

그녀는 네잎 클로버 모양의 머리핀을 머리에 꽂은 장신의 소녀였다. 가벼운 화장을 한 그녀의 얼굴에는 변성기가 지나지 않은 소년을 연상케 하는 요염한 색기가 흐르고 있었다. 주위의 시선을 끌어 모으는 불가사의한 매력을 지닌 소녀였다.

하지만 현재 그녀의 얼굴은 불안한 듯이 일그러졌고, 카디건 소매 밖으로 나온 손은 걸음을 옮길 때마다 흔들리는 치맛자락을 누르듯 치마를 움켜쥐고 있었다.

""""…………아!""""

시오리가 교실에 들어온 순간, 교실 전체가 술렁거렸다.

한순간 '들켰다.' 고 생각했지만— 그렇지 않았다. 다들 놀란 표정을 짓고 있지만, 시오리의 정체를 꿰뚫어 본 것 같지는 않았다.

특히 아이, 마이, 미이 3인조와 토노마치는 시오리를 보고 매우 놀란 모양이었다. —무리도 아니다. 그들은 전에 시오리를 본 적이 있던 것이다.

"자아, 그럼 시오리 양. 자기소개를 부탁해요."

타마 선생님은 그렇게 말하면서 시오리에게 자신의 이름을 칠판에 적으라고 했다.

분필을 쥔 시오리는 뒤돌아서서 왼손으로 치맛자락을 누르며 칠판에 자신의 이름을 적었다.

"이, 이츠카 시오리입니다. 이츠카 시도의 사촌이에요. 짧은 시간 동안이지만 잘 부탁드려요……."

음성 변조기로 만들어낸 귀여운 목소리로 그렇게 말한 후 고개를 숙였다. 그러자 학생들 사이에서 박수 소리가 터져 나왔다.

하지만— 곧 위화감을 눈치챘다.

박수 소리와 함께 찰칵찰칵 하는 기계음이 들려왔던 것이다.

"응……? 오, 오리가미…… 양?!"

시오리가 고개를 들어보니, 방금 전까지만 해도 창가 자리에 앉아 있던 클래스메이트, 토비이치 오리가미가 표정 하나 바꾸지 않은 채 소형 카메라로 시오리의 사진을 찍고 있었다.

"토, 토비이치 양? 뭐 하는 거죠? 빨리 자리에……."

"선생님, 방해하지 마세요. 인생은 너무나도 짧아요."

"예, 예엣……?"

타마 선생님이 주의를 주는데도 오리가미는 멈추지 않았다. 오른쪽에서, 왼쪽에서 시오리의 모습을 사진에 담았다.

"자, 잠깐……, 저기……!"

"무서워하지 말고 나에게 맡겨. 마음을 가리는 옷을 전부 벗어 던져봐."

시오리가 손으로 얼굴을 가렸지만 오리가미는 개의치 않으면서 셔터를 눌러댔다. 그러자 의자가 쓰러지는 소리가 들리는가 싶더니 토카가 오리가미로부터 시오리를 지키듯 두 사람 사이에 섰다.

"토비이치 오리가미! 시도……가 아닌 여자아이가 싫어하지 않느냐!"

"너와는 상관없는 일이야. 빨리 비켜. 안 그러면 모처럼의 시오리의 사진에 오물이 같이 찍혀."

"뭐, 뭐어?!"

토카와 오리가미가 평소와 마찬가지로 다투기 시작했다. 하지만 오리가미가 쥔 카메라의 렌즈는 여전히 시오리를 포착한 채 찰칵찰칵 셔터 음을 내고 있었다.

"아, 안 돼……!"

더는 이 모습이 기록으로 남아서는 안 된다고 생각한 시오리는 렌즈에서 도망치듯 몸을 배배 꼬면서, 이 모든 사태의 원인— 어제 어리석은 발언을 하고 만 자신을 원망했다.

◇

"어이, 코토리. 아직 멀었어?"

어제. 외출 준비를 마친 시도는 자택 현관에서 그렇게 말했다.

일요일인 어제, 시도는 오래간만에 코토리와 둘이서 외출하기로 했는데…… 어찌된 영문인지 코토리는 외출 준비를 하는 데 꽤나 시간을 들였다.

"응~! 조금만 더 기다려~!"

집 안쪽에서 코토리의 목소리가 들렸다. 하지만 그 후로 몇 분이 흘렀는데도 아직 코토리는 나타나지 않았다.

"코토리~. 지금 바로 안 나오면 두고 갈 거야~."

"이, 이제 다 됐어!"

그리고 잠시 후, 드디어 코토리가 현관으로 나왔다.

새하얀 리본으로 양 갈래로 묶은 머리카락과 도토리처럼 동그란 눈이 인상적인 소녀였다. 현재 그녀는 평소에는 입지 않는 약간 어른스러운 분위기의 옷을 입고 있었다. 평소와 다른 느낌의 코토리를 본 순간, 시도는 무심코 가슴이 뛰었다.

지금 생각해보면, 그때 솔직한 감상을 말했으면 좋았을 것이다. 하지만…… 장시간 동안 기다려야 했던 시도는 피로와 짜증 때문인지, 혹은 부끄러움을 감추기 위해서인지—괜한 소리를 하고 만 것이다.

"하아, 드디어 왔구나. ……대체 여자애들은 왜 이렇게 몸치장을 하는 데 시간이 걸리는 거야?"

"……."

시도가 그렇게 말한 순간, 코토리의 볼이 희미하게 떨렸다.

"……응? 코토리, 왜 그래? 자, 빨리 가자. 신발 신고—."

시도가 말을 이으려던 순간, 코토리는 아무 말 없이 머리카락을 묶은 리본을 풀었다.

그리고 물 흐르는 듯한 동작으로 호주머니에서 검은색 리본을 꺼내더니, 그것으로 다시 머리카락을 묶었다.

리본은 코토리가 스스로에게 건 마인드 세팅의 스위치다. 코토리는 검은색 리본으로 머리카락을 묶음으로서, 순진무구한 여동생에서 드센 사령관으로 트랜스폼하는 것이다.

"코, 코토리……?"

"……시도. 너, 아직도 여자아이의 고생을 이해하지 못한 것 같네."

코토리는 날카로운 시선으로 시도를 바라보며 섬뜩한 목소리로 그렇게 말했다. 방금 전까지와는 명백하게 달라진 그녀의 분위기를 느낀 시도는 무심코 뒷걸음질 쳤다.

"평범한 남자가 그런 소리를 했다면 둔탱이로 여기고 넘어갔겠지만, 정령을 반하게 만들어야 하는 사명을 지닌 네가 그런 소리를 하면 곤란하다구. 네가 좀 더 여자아이의 고생을 이해해주지 않으면, 앞으로의 활동에 지장이 생길지도 몰라."

"자, 잠깐만. 고생하는 건 남자도 마찬가지—."

"뭐, 남자도 남자 나름대로 고생하겠지! 하지만 여자아이의 고생은 남자들의 고생과는 다르단 말이야! 남자들은 밖으로 나가서 적들과 싸우겠지만, 여자는 그런 적뿐만 아니라 아군인 척하면서 적에게 정보를 흘리거나, 실수한 척하면서 등에 칼 꽂는 녀석들도 상대해야 한다구!"

"으, 음습하네!"

시도가 그렇게 외친 순간, 코토리는 입술을 일그러뜨렸다.

"……기회가 있으면 여자들끼리 나누는 이야기에 귀를 기울여봐. 십중팔구, 그 자리에 없는 여자 친구의 험담을 하고 있을 거야."

"우왓, 그딴 건 알고 싶지 않다고!"

"그것만이 아냐. 볼일 보고 싶지 않은데도 같이 화장실에 가야만 하는 동조 압력, 탈의실에서의 첩보와 견제, 체육 시간에 전력을 다하면 분위기 파악 못 하는 녀석이라는 소리를 듣고, 요리 실습 시간이 되면 남자들에게 기대에 찬 눈길을 받으며, 항상 치마를 입고 있기 때문에 팬티 노출의 위기와 싸우고, 외출이라도 하면 치한이나 헌팅남의 위협에 노출되고 말아……! 그게 현대 사회를 살아가는 여자들이라구……!"

코토리는 평소보다 뜨거운 목소리로 말했다. ……시도는 코토리가 악의적으로 나쁜 쪽을 강조하고 있다고 생각했지만, 그녀에게서 느껴지는 귀기 어린 분위기 때문에 반론을 할 수 없었다.

"……아, 알았어. 내가 잘못했어. 앞으로는 조심할 테니까—."

시도가 식은땀을 줄줄 흘리면서 그렇게 말했지만, 코토리의 분노는 사그라지지 않았다. 그녀는 언짢은 기분을 드러내듯 팔짱을 끼더니 마구 화를 냈다.

"아니! 이건 앞으로 조심하는 정도로 해결될 문제가 아냐! 시도가 직접 여자아이의 고생을 경험해볼 필요가 있을 것 같네!"

"직접이라니…… 그건 불가능하잖아."

시도가 한숨을 내쉬면서 그렇게 말하자, 코토리는 무지막지하게 악랄한 표정으로 씨익…… 웃었다.

"어머, 정말 그렇게 생각하는 거야? ……시오리 양?"

"뭐……?!"

평생 다시 들을 일이 없을 거라고 생각했던 그 이름을 들은 시도는 그 자리에서 딱딱하게 얼어붙었다.

◇

……그리고, 현재에 이르렀다.

"하아……."

수업 중. 시도는 크게 한숨을 내쉬면서 턱을 괴었다. 참고로 시도의 자리는 평소와 같았다. 즉, 토카와 오리가미 사이인 것이다. 『시도』는 오늘 학교를 쉬는 것으로 되어 있기에 그의 자리에 앉으라는 지시를 받았다. 익숙한 자리인데도 치마를 입었다는 것만으로 이렇게 감촉이 달라진다는 사실을 안 시도는 왠지 울고 싶어졌다.

그렇다. 시오리란 존재는 일전에 시도가 남성을 혐오하는 정령을 공략할 때 탄생했던 여장 시도의 이름이다.

물론 시도는 코토리가 자신을 괴롭히려는 것으로밖에 보이지 않는 명령에 항의했고, 단호하게 거부했다. 하지만 코토리에게 각양각색의 약점을 잡힌 시도에게는 처음부터 선택권이 없었고…… 결국 딱 하루만 시오리 양으로 살기로 한 것이다.

게다가 무슨 일이 있어도 오늘 하루 동안은 여자아이로

서 지내겠다는 선서까지 해야만 했다. ……뭐, 그래도 시도가 가장 두려워하는 것은 시도와 시오리 양이 동일 인물이라는 사실을 들키는 것이기에 코토리가 그런 말을 하지 않더라도 완벽하게 여자아이를 연기할 수밖에 없지만 말이다.

시도가 그런 생각을 하고 있을 때, 수업 종료를 알리는 차임이 울렸다. 이것으로 2교시도 끝났다. 이제 수업 네 개만 견뎌내면 시도는 남자로 되돌아갈 수 있다. 시도는 다음 수업을 준비하기 위해 책상 위를 정리하기 시작했다.

하지만 바로 그때, 시도는 위화감을 느꼈다.

"어라……?"

교과서를 집어넣은 클래스메이트들이 차례차례 자리에서 일어나더니, 교실을 나가는 것이다.

"다, 다들 어디 가는 거야?"

시도가 당황하자, 토카는 자리에서 일어나면서 고개를 갸웃거렸다.

"무슨 소리를 하는 것이냐, 시오리. 다음 수업은 체육이지 않느냐."

"아…… 맞아. 그랬지. ……잠깐만—."

시도가 안도의 한숨을 내쉰 순간— 그의 얼굴은 새파랗게 질렸다.

다음 수업이 체육이라는 것은—.

"시오리. 슬슬 여자 탈의실에 가야 해."

오리가미는 그렇게 말하면서 그 자리에서 딱딱하게 굳어버린 시도의 손을 잡았다. 그리고 그대로 시도를 일으켜 세우려는 것처럼 힘껏 잡아당겼다.

"앗! 뭐 하는 것이냐!"

그런 오리가미의 행동을 보고 대항심이 불타올랐는지, 토카는 시도의 남은 한 손을 움켜잡았다. 시도는 허둥지둥 고개를 좌우로 저었다.

"시, 실은 말이야! 체육복을 준비하는 걸 깜빡했거든. 그러니까 오늘은 견학이나……."

"그건 뭐야?"

오리가미는 시도가 들고 온 가방 안을 손가락으로 가리켰다. 그 안에는 체육복이 들어 있었다. 아무래도 코토리가 사전에 준비한 것 같았다.

"앗……! 정말 용의주도한 녀석이라니깐……."

"빨리 가지 않으면 수업에 늦을 거야."

"앗! 시오리와 함께 탈의실에 갈 사람은 바로 나다!"

두 사람은 경쟁하듯 시도의 양손을 잡더니 그대로 시도를 끌고 갔다.

"자, 잠깐만……! 너희 둘! 아니, 오리가미는 일단 제쳐두고, 토카! 내가 여자 탈의실에 간다는 건 너도 내 앞에서 옷을 갈아입어야 하는 거라고!"

토카는 시도의 말을 듣고 한순간 어깨를 부르르 떨었지

만, 곧 생각을 고쳐먹듯 고개를 저었다.

"으음…… 확실히 그건 조금 부끄러울 것 같구나. 하, 하지만, 괜찮다."

"뭐, 뭐가?!"

시도가 묻자, 토카는 시도의 귀에 얼굴을 대고 귓속말로 말했다.

"……코토리에게 들었다. 사실 시도는 여자아이가 되고 싶다면서? 그러니 적어도 오늘 하루 동안은 너를 여자아이로 대해달라고 부탁하더구나. 시도를 위한 일이니 최선을 다하겠다."

"그 녀석 대체 무슨 소리를 해대고 다니는 거야?!"

코토리의 용의주도한 사전 공작에 시도는 비명에 가까운 목소리를 냈다.

그러는 사이에도 질질 끌려간 시도는 결국 그 어떤 **남자**도 발을 들이지 못했던 성지— 여자 탈의실로 끌려갔다.

그곳에서는 젊고 생기 넘치는 소녀들이 거리낌 없이 부드러운 속살을 드러내고 있었다. 요염하기 그지없는 목덜미에서 어깨로 이어지는 아찔한 라인. 브래지어에 감싸인 가슴. 잘록한 허리. 무심코 쓰다듬고 말 것 같은 엉덩이. 그런 것들에 둘러싸인 시도는 소리 없는 비명을 질렀다.

"……윽?!"

하지만 그것도 무리는 아니었다. 이곳은 여자들의 성역.

남학생따위 존재할 리가 없는 것이다. 그렇다— 단 한 명을 제외하고 말이다.

"우왓……?!"

"질문. 왜 그러죠? 카구……, ……읏!"

바로 그때, 귀에 익은 목소리가 들렸다. 고개를 돌려보니 그곳에는 판으로 찍어낸 것처럼 똑같은 얼굴을 지닌 쌍둥이가 서 있었다. 시도의 옆 반에 다니는 정령인 야마이 카구야와 야마이 유즈루였다.

체육은 옆 반과 합동으로 하니, 딱히 이상할 것은 없지만—.

"앗?!"

시도는 엉겁결에 비명을 지르고는 얼굴을 새빨갛게 붉히면서 숨을 삼켰다. 이유는 단순했다. 야마이 자매의 현재 옷차림 때문이었다. 그녀들도 옷을 갈아입는 중이었는지, 카구야는 치마를 벗고 블라우스만 걸치고 있었으며, 유즈루는 반대로 상의부터 벗었는지 브래지어에 감싸인 풍만한 가슴이 훤히 드러나 있었다.

야마이 자매도 시도의 시선을 눈치챘는지 얼굴을 붉히면서 허둥지둥 자신들의 몸을 가렸다.

하지만 곧 뭔가를 떠올린 것처럼 생각에 잠기더니, 다시 천천히 몸을 드러냈다.

"크…… 크큭, 시, 시오리구나. 오호라. 그대들도 체육 시간인 게냐."

"주의. 카구야, 목소리가 떨리고 있어요. 시오리는 여자. 여자예요."

"나, 나도 알아! 따, 딱히 부끄러워하는 건 아니라구!"

카구야는 부끄러워하는 티가 팍팍 나는 반응을 보이면서 언성을 높였다. ……아무래도 코토리의 사전 공작 대상에는 야마이 자매도 포함되어 있었던 것 같았다.

"저, 저기, 말이야. 코토리가 한 말은……."

이 이상 오해를 받을 수는 없다고 생각한 시도는 자초지종을 설명하기 위해 입을 열었다. 하지만— 시도는 말을 끝까지 이을 수가 없었다.

시도가 입을 연 순간, 갑자기 시도가 입고 있던 치마가 아래로 흘러내리고 만 것이다. —이런 짓을 할 사람은 한 명밖에 없다. 바로 오리가미다.

"꺄— 꺄아아아아아앗?!"

허둥지둥 치마를 다시 입으려고 했지만 한발 늦고 말았다. 오리가미는 멋진 손놀림으로 시도의 치마를 빼앗았다.

"이, 이게 무슨 짓이야?! 오리가미!"

"옷 갈아입는 걸 돕는 거야. 서두르지 않으면 수업이 시작될 거야."

"그…… 그래도 이렇게까지 할 필요는—!"

시도는 항의 하려고 했지만…… 이번에도 말을 끝까지 잇지 못했다. 뭔가 재미있는 걸 발견한 듯한 표정을 지은 야마이 자매가 시도의 눈에 들어왔기 때문이다.

"크큭…… 그래. 옷 갈아입히기인가. 좋다. 우리도 도와주겠느니라."

"긍정. 멋진 언니 캐릭터로 만들어줄게요."

그렇게 말한 두 사람은 양손의 손가락을 꼼지락거리면서 시도에게 접근했다.

"앗……! 너, 너희까지……!"

절망적인 심정으로 중얼거린 시도는 애원하는 듯한 눈길로 토카를 쳐다보았다.

하지만.

"으음…… 시오리가 곤란해 하는 것 같지 않느냐?"

"크큭, 나의 권속이여. 걱정할 필요 없느니라. 시오리는 그저 부끄러워하고 있는 것뿐이니라."

"음…… 정말이냐?"

"그래. 한번 생각해보거라. 지금부터 2교시 동안 체육을 해야 하는데 체육복으로 갈아입지 않으면 어떻게 될 것 같으냐? 우리는 그저 시오리를 돕는 것뿐이니라."

"흐음…… 그렇구나. 좋다! 나도 돕겠다!"

"속지 말라구, 토카아아아앗!!"

시도가 고함을 질렀지만 부질없는 짓이었다. 뒷걸음질 치는 시도에게 토카, 오리가미, 카구야, 유즈루가 서서히 다가갔다.
“걱정하지 마라, 시오리. 내가 체육복으로 갈아입혀 주마.”
“………….”
“크큭. 유즈루. 체육복은 준비됐느냐?”
“긍정. 여기에……?!”
바로 그때, 시도의 체육복을 꺼낸 유즈루가 숨을 삼켰다.
“음……? 왜 그러느냐, 유즈루.”
“전율. 이걸 보세요.”
““““…………앗!””””
유즈루가 체육복을 꺼내서 펼쳐 들자, 다들 눈을 부릅떴다.
그렇다. 그것은 현재 주류가 되고 있는 반바지 타입의 체육복이 아니라 블루머 타입의 매혹적인 체육복이었던 것이다.
“앗……?!”
예상외의 사태에 직면한 시도 또한 말문이 막히고 말았다. 코토리가 준비했다지만 이런 무자비한 짓까지 할 줄은—.
“크, 큭…… 설마 이런 괴물을 숨기고 있을 줄이야.”
“경악. 상상을 초월해요.”
“카구야, 유즈루, 이건 대체 뭐지? 내 체육복과는 모양이 다르구나.”
“………….”
정령들이 이야기를 나누는 사이, 오리가미는 자신의 체육복 가방에서 카메라를 꺼냈다. 게다가 그것은 좀 전에 시도를 찍을 때 썼던 콤팩트 디지털카메라가 아니라 거대한 렌즈가 달린 DSLR 카메라였다.

"어, 어이…… 너희들……? 설마 그걸 나한테 입히려는 건…… 아니지?"

시도가 머뭇거리면서 그렇게 말한 순간, 네 사람은 일제히 시도를 향해 고개를 돌렸다.

그녀들의 눈동자는 즐거움에 차 있던 방금 전까지와는 달리— 숭고한 사명을 지닌 전사 같은 빛을 띠고 있었다.

……그런 느낌이 들었다.

"어, 어이…… 잠깐만, 기다려봐…… 응? 내 말 좀 들어— 시, 싫어어어어어어어어어어어어어어어어엇?!"

음성 변조기로 만들어진 시도의 귀여운 비명이 여자 탈의실 안에서 울려 퍼졌다.

◇

"하아……, 하아……."

체육 수업이 끝나고 교실로 돌아온 시도는 어깨를 들썩이며 거친 숨을 내뱉었다.

그 후, 시도는 필사적인 저항 및 자존심을 내던지고 울며불며 애원한 덕분에 겨우겨우 남자의 중요한 부분을 지키는 데 성공했다.

……뭐, 결국 체육복을 깜빡한 걸로 해서 예비용 반바지를 빌려 여자아이들과 함께 체육 수업을 받기는 했지만 말이다.

하지만 이걸로 총 6교시 중 4교시가 끝났다. 남은 2교시만 남들 시선 모으지 않게 조심하면서 버티면 이 악몽 같은 시간은 끝난다. 조금만 더 참으면 되는 것이다.

하지만—.

"자…… 그럼 이동하자."

토카는 그렇게 말하면서 자리에서 일어났다.

"뭐? 이동이라니……."

"무슨 소리를 하는 것이냐. 다음 수업은 요리 실습이지 않느냐. 요리 실습실에 가자꾸나."

"아……."

그러고 보니 시오리 양 소동 때문에 완전히 잊고 있었지만, 오늘은 요리 실습수업이 있는 날이었다. 그래서 점심시간인데도 도시락을 먹는 학생이 적은 것이다. 요리 실습수업 때 만든 요리를 점심 삼아 먹을 생각인 것이리라.

"요리 실습……이라……."

시도는 볼을 긁적였다. 가능하면 국어나 수학 같은 그냥 입 다물고 자리에 앉아 있기만 하면 되는 과목이 좋지만…… 그래도 좀 전에 한 체육보다는 훨씬 나을 것이다.

……만약 지금이 여름이라면 학교 수영복을 입고 수영장

에서 수영 수업을 받았을 것이다. ……상상만 해도 소름이 끼쳤다.

"그래……. 좋아, 가자."

"음!"

"…………."

시도의 말을 들은 토카와 오리가미가 고개를 끄덕였다.

앞치마와 머릿수건(이것도 가방 안에 들어 있었다)을 꺼내 든 시도는 요리 실습실로 향했다. 그곳에는 학생 몇 명이 먼저 와 있었다. 그들은 실습 준비를 하고 있는 것 같았다.

시도는 앞치마와 머릿수건을 전용 가방에서 꺼내 착용했다. 그때 가방 안에서 『올바른 앞치마 착용법』이라고 적힌 종이가 떨어졌지만, 그 종이에 그려진 알몸 앞치마 그림을 본 시도는 아무 말 없이 그 종이를 구겨버렸다.

잠시 후, 점심시간 종료를 알리는 차임이 울리고 가정 수업을 담당하는 선생님과 다른 학생들이 요리 실습실에 들어왔다. 라이젠 고교에서는 이런 실습이 변칙적으로 편성될 때가 많다. 예를 들자면 일전에는 개개인의 작업량을 충실하게 하기 위해 남녀가 따로 요리 실습을 하기도 했고, 두 반이 동시에 실습을 해서 만든 요리를 서로에게 맛보여 주는 수업을 한 적도 있었다.

그리고 오늘은 그런 점들을 복합적으로 다루어— 좀 전의 체육 수업 때처럼 3반과 4반의 여학생이 합동으로 실습을 하는 것 같았다. 그리고 그 사실을 증명하듯, 야마이 자매가 함께 요리 실습실에 들어왔다.

"호오, 또 만났구나, 시오리여."

"수긍. 짜증 날 정도로 앞치마와 머릿수건이 잘 어울려요."

"하하……. 뭐, 잘 부탁해."

시도가 쓴웃음을 지었을 때, 그에 맞추기라도 한 것처럼 상냥해 보이는 가정 선생님이 입을 열었다.

"자아, 여러분. 오늘은 오므라이스를 만들 거예요."

선생님이 간단하게 만드는 순서를 설명한 후, 조별로 요리를 시작했다.

보통 한 조는 다섯 명에서 여섯 명으로 구성된다. 참고로 시도가 소속된 조는 시도, 토카, 오리가미, 카구야, 유즈루 이렇게 다섯 명으로 구성되어 있었다.

"자, 그럼 시작하자!"

"""오~!"""

토카의 말을 들은 야마이 자매가 힘차게 주먹을 치켜들었다. 시도는 그런 세 사람을 보면서 쓴웃음을 지었다. 그리고 오리가미는 그런 시도를 어디서 가져온 건지는 모르겠지만 방송국 카메라맨이 쓸 법한 거대한 비디오카메라로 촬영하고 있었다.

"……오리가미?"

"왜?"

"……아, 아무것도 아냐."

왠지 딴죽 걸면 안 될 것 같은 느낌이 들었다. 시도는 가능한 한 신경 쓰지 않는 척을 하면서 요리를 시작했다.

양파를 다지고, 닭고기를 잘라 소금과 후추로 밑간을 하면서 볶은 후 그것들을 밥과 섞은 다음, 케첩을 넣어서 색깔을 냈다.

그 후, 달걀을 부쳐서 치킨라이스를 감싸면 완성이다.

하지만.

"으음…… 시오리. 그건 어떻게 하면 되느냐?"

달걀을 푼 토카는 난처하다는 듯이 미간을 찌푸렸다.

"응? 아, 내가 시범을 보여줄게. 달걀로 감싸는 타입과 보들보들 타입, 어느 쪽이 좋아?"

시도가 묻자, 토카는 눈을 반짝였다.

"보들보들, 보들보들이 좋다!"

"오케이. 잠깐만 기다려."

시도는 열을 가한 프라이팬에 버터를 녹인 후, 잘 푼 달걀을 붓더니, 재빨리 뒤집어서 예쁜 오믈렛을 만들었다. 그리고 그것을 접시에 담은 치킨라이스 위에 얹었다.

"음……? 시오리, 이건 뭐냐?"

"후후, 잘 봐."

시도는 그렇게 말하면서 식칼을 쥐더니 오믈렛에 칼집을 냈다.

그러자 잘 구워진 오믈렛의 표면이 오믈렛 자체의 무게에 의해 좌우로 갈라지더니, 보들보들한 단면이 모습을 드러냈다.

"오옷! 보들보들하구나!"

토카는 눈을 동그랗게 떴다. 그리고 그에 맞춰 주위에서도 탄성이 들려오더니— 옆 조에서 아이, 마이, 미이 3인조가 부리나케 뛰어왔다.

"오오~."

"잘 만들었네~."

"맛 좀 봐도 될까요?"

그렇게 말한 그녀들은 숟가락과 케첩을 들고 있었다.

"아, 잠깐만 기다려줘요."

시도는 세 사람을 제지한 후, 좀 전에 요리 실습실에 있던 소스와 케첩, 버터와 맑은 수프 등을 끓여서 만든 시도 특제 데미그라스(풍) 소스를 끼얹었다.

"자, 드세요."

시도가 접시를 내밀자 아이, 마이, 미이는 꿀꺽 군침을 삼키고 숟가락으로 오므라이스를 떠서 입안에 넣었다.

그리고 우물우물 씹은 후— 눈을 치켜떴다.

"마, 맛의 보석함이대이!"

"입안에서 춤추고 있어!"

"맛~있~어어어어어어어엇!!"

아이의 얼굴은 경악으로 물들었고, 마이는 황홀한 표정을 지었으며, 미이의 입에서는 빛이 뿜어져 나오고 있었다. ……아니, 그런 것 같은 느낌이 들었다. 참고로 입안에서 춤출 만한 재료는 쓰지 않았는데, 대체 마이는 뭘 먹은 걸까.

아이, 마이, 미이의 오버 리액션 탓에 요리 실습실에 있는 학생들이 시오리의 주변으로 모여들었다.

바로 그때, 이번에는 토카와 야마이 자매가 숟가락을 들고 참전했다.

"시, 시오리! 나도 먹고 싶다!"

"나에게 공물을 바치거라!"

"애원. 한 입만 먹게 해주세요."

"으, 응…… 좋아. 먹어."

시도가 그렇게 말하자, 토카와 카구야, 유즈루가 일제히 오므라이스를 한입 가득 먹었다.

그러자.

"으음!"

"오오……!"

"황홀. 아아—."

그녀들은 동시에 넋을 잃은 듯한 표정을 지었다. 주위가 찬란한 빛으로 가득 차더니, 한순간 그녀들이 알몸이 되어 리액션을 취하는 이미지가 머릿속에 떠올랐다. ……아니, 그런 것 같은 느낌이 들었다. 뭐, 중요한 부위는 머리카락과

빛으로 교묘하게 가렸지만 말이다.

"너, 너무 오버하는 것 같은데……."

쓴웃음을 지으면서 볼을 긁적이던 시도는 누군가가 자신의 앞치마 자락을 잡아당기는 듯한 느낌이 들었다. 고개를 돌려보니 치킨라이스를 담은 새하얀 접시를 든 오리가미가 눈에 들어왔다.

"응……? 오리가미, 무슨 일이야?"

"나한테도 끼얹어줘. —시오리의, 부들부들한 그거."

"네가 방금 한 말에서 엄청난 악의가 느껴진 것 같은데?!"

시도가 비명에 가까운 목소리로 그렇게 외쳐도, 오리가미는 물러서지 않았다. 오리가미는 치킨라이스가 담긴 접시를 시도를 향해 내밀었다. 참고로 비디오카메라는 삼각대에 고정된 채 이쪽을 찍고 있었다.

"시도의, 농밀한 그걸…… 원해."

"아, 알았어! 알았으니까 조용히 좀 해줘!"

그리고 시도는 그제야 깨달았다.

주위에 있던 학생들이 깜박깜박 애원하는 듯한 눈길로 시도를 쳐다보고 있었던 것이다.

"어……? 여, 여러분……?"

시도가 그렇게 말하자, 학생들은 한순간 시선을 다른 쪽으로 돌렸— 지만 다시 시도를 향해 시선을 보냈다.

그 모습을 본 시도는 땅이 꺼져라 한숨을 내쉬었다.

“……한 줄로 서주세요.”

““““…………아!””””

그 순간, 표정이 한껏 밝아진 학생들은 시도 앞에서 기나긴 줄을 만들었다.

◇

“끝, 났……어…….”

수업 종료를 알리는 차임을 들은 시도는 온몸의 근육을 이완시키면서 풀썩 책상에 엎드렸다.

하지만 아무도 그런 시도를 탓하지 못할 것이다. 드디어 시도가 시오리 양으로서 보내는 하루가 끝난 것이다. 이제 종례도 끝났고 집에 돌아가기만 하면 된다. 그러면 이 하늘거리는 치마와도 작별할 수 있는 것이다.

“좋아……. 돌아가자. 지금 바로 돌아가자. 가급적 빨리 돌아가자.”

“음……? 으음.”

가방을 챙기고 자리에서 일어난 시도는 클래스메이트들에게 잡히기 전에 토카를 데리고 교실에서 빠져나갔다.

“크윽, 그렇게 서둘러 어디 가는 것이냐…… 잠깐, 진짜로 어디 가는 거야. 잠깐 서보라고!”

"제지. 유즈루와 카구야를 두고 가지 마세요."

그리고 복도에서 야마이 자매와 합류한 후, 신발을 갈아 신고 밖으로 나왔다. 그제야 시도는 안도의 한숨을 내쉬었다.

"하아…… 이제 안심해도 되겠지."

하지만— 사태는 종결되지 않았다.

"앗~!"

시도가 토카, 야마이 자매를 데리고 집으로 향하고 있을 때, 느닷없이 귀에 익은 아름다운 목소리가 들렸다.

목소리가 들린 방향으로 고개를 돌려보니, 세일러 교복을 입은 키가 큰 소녀가 놀란 것처럼 눈을 동그랗게 뜨고 있는 모습이 눈에 들어왔다.

"미, 미쿠……?!"

시도는 무심코 그녀의 이름을 입에 담았다.

그렇다. 그녀는 정령이자, 일본에서도 손꼽히는 인기를 구가하고 있는 아이돌, 이자요이 미쿠였다.

미쿠는 흥분한 표정으로 성큼성큼 다가오더니 시도의 손을 잡았다.

"달링……이 아니라 시오리 양! 시오리 양이 어째서 여기 있는 거죠?!"

"아, 그게…… 사정이 있어서……."

시도가 그녀의 시선을 피하면서 어떻게든 둘러대려고 한

순간, 미쿠는 잡아먹을 듯한 기세로 손을 꽉 잡아당겼다.

"시, 시오리 양과 다시 만나게 되다니! 정말 감격했어요~! 신은 저를 버리지 않으셨어요~! 아아, 이 세상은 정말 아름다워요!"

"너, 너무 오버하는 거 아냐……?"

"오버라니요~! 아앗, 게다가 다른 분들도 다 같이 계시네요! 이렇게 되면 다 같이 차를 마시러 갈 수밖에 없겠어요! 마침 괜찮은 가게를 발견해서 여러분에게 같이 가자고 말해 볼 생각이었어요~."

"뭐……?!"

시도는 미쿠의 말을 듣고 어깨를 부르르 떨었다. 차를 마시러 간다……는 것은 이대로 카페에 가야 한다는 것이다. 즉…… 시오리 양인 채로 말이다.

"자, 잠깐만 기다려! 하다못해 옷이라도 갈아입고……."

"그건 당연히 안 되죠~! 겨우겨우 시오리 양과 재회했는데 이대로 바이바이~ 하는 건 너무 슬프단 말이에요~! 저기~ 여러분도 차 마시고 싶죠~? 맛있는 케이크도 있어요~."

미쿠가 그렇게 말한 순간, 토카와 야마이 자매의 귀가 움찔했다.

"오오, 그거 좋지!"

"크큭…… 오늘은 공물 페스티벌이라도 열린 것 같구나."

"기대. 빨리 가죠."

"네~! 이걸로 결정된 거네요~! 아, 이렇게 된 거 요시노 양과 코토리 양도 부르죠~! 빨리 전화해야지~."

"너, 너희들……!"

시도는 아연실색한 표정을 지었다. 그것도 무리는 아니었다. 이제야 시도로 되돌아갈 수 있을 줄 알았는데, 시오리 양 타임이 추가되고 만 것이다. 절망하지 않는 편이 오히려 이상할 것이다.

하지만 미쿠는 그런 시도를 개의치 않으면서 요시노와 코토리에게 전화 했다. 그리고 약속 장소와 시간을 전한 후, 활기찬 발걸음을 내딛으면서 시도의 손을 잡아끌었다.

"자아! 여러분, 가죠! 가게는 역 앞에 있으니까 버스를 타고 갈까요~?"

"어, 어이! 잠깐……!"

시도는 저항을 시도했지만, 결국 미쿠에게 손을 잡힌 채 근처 버스 정류장까지 끌려갔다.

그리고 타이밍 좋게도 시도 일행이 버스 정류장에 도착한 순간, 목적지로 향하는 버스가 도착했다.

"자아, 시오리 양. 우리 빨리 타요~."

"시, 싫어어어엇! 집에 돌아갈래애애애앳!"

시도는 어리광을 부리듯 고함을 질렀지만 부질없는 짓이었다. 결국 그는 반강제로 버스에 태워졌다.

하교 시간이라 그런지 버스 안은 사람들로 가득 차 있었다. 시도는 사람들의 틈바구니에 끼인 채 버스의 가운데 부분까지 밀려들어갔다.

"으, 으으……."

버스에 탔으니 더 이상 저항해도 의미가 없다. 시도는 짐마차에 태워져 시장으로 끌려가는 송아지 같은 심정으로 낮은 신음을 흘렸다.

그리고— 그 후로 어느 정도의 시간이 흘렀을까. 두 번 정도 버스 정류장에 멈춰 서면서 승객 몇 명이 내리고 새로운 승객이 탔을 즈음—.

"……어?"

묘한 감각을 느낀 시도는 낮은 목소리를 냈다.

방금, 한순간…… 누군가가 자신의 엉덩이를 만진 듯한 느낌이 든 것이다.

"……에, 에이, 기분 탓이겠지……."

되뇌듯이 그렇게 말한 시도는 작게 헛기침을 하면서 창밖을 바라보았다.

하지만 몇 초 후. 또 누군가가 시도의 엉덩이를 매만졌다.

"……윽?!"

시도는 어깨를 부르르 떨었다. —방금 그것은 분명, 기분 탓이 아니었다.

그렇다. 누군가가, 승객들로 붐비는 만원 버스 안에서 시도의 엉덩이를 만진 것이다.

—치한이다.

"거, 거짓말……."

시도의 얼굴이 새파랗게 질리자, 치한의 행위는 더욱 집요해졌다. 치마 안으로 손을 집어넣더니 허벅지 안쪽을 집요하게 쓰다듬었다.

"……윽."

고함을 지르고 싶지만 목소리가 나오지 않았다. 공포와 수치심 때문에 몸이 경직된 탓에 꼼짝도 할 수가 없었다.

"……그, 그만하세요……."

시도는 필사적으로 목소리를 쥐어짜내 자신의 등 뒤에 있는 누군가에게 애원하는 목소리로 말했다.

하지만 그것은 역효과였다. 갑자기 상대의 호흡이 거칠어지더니, 시도의 엉덩이를 만지는 손이 더욱 거칠어졌다. 그리고 손가락 끝이 속바지 안으로 침입했다.

"히익……?!"

뜻밖의 사태가 발생하자, 시도의 이가 덜덜 떨리기 시작했다.

"음……? 왜 그러느냐, 시도."

그리고 옆에 있던 토카는 시도가 이상하다는 사실을 눈치채고 말을 걸었다. 얼굴을 새빨갛게 붉힌 시도는 눈가에 눈물이 맺힌 채 토카에게 속삭이는 듯한 목소리로 말했다.

"누, 누가…… 엉덩이를, 만지고 있어……."

"뭐, 뭐라고?"

시도의 말을 들은 토카는 눈을 치켜뜨더니 시도의 등 뒤에 선 인물의 손을 잡았다.

"네 이 녀석, 무슨 짓을 하는— 으윽?!"

하지만 토카는 갑자기 말을 멈추더니 의아한 표정을 지었다.

경직에서 풀려난 시도는 토카의 시선을 쫓듯 등 뒤를 돌아보았고— 다음 순간, 토카와 마찬가지로 눈을 동그랗게 떴다.

그것도 무리는 아니었다. 왜냐하면 그의 등 뒤에 서 있는 이는—.

"오…… 오리가미?!"

그렇다. 방금 전 교실에서 헤어졌던 오리가미였다. 게다가 토카에게 한 손을 잡힌 오리가미는 다른 한 손에 든 핸디캠으로 시도를 열심히 촬영하고 있었다.

"들켰어."

"아니…… 들켰어, 같은 소리를 할 때가 아니잖아. 진짜로 무서웠다고……."

시도는 범인이 오리가미라는 사실을 알고 자신이 안도했다는 사실을 깨달았다. 아무래도 감각이 마비돼버린 것 같았다.

"좋은 영상을 찍었어."

"……."

오리가미가 무표정한 얼굴로 그렇게 말하자, 시도는 땅이 꺼져라 한숨을 내쉬었다.

그 후로 십여 분이 지났을 즈음. 버스는 목적지에 도착했다. 시도 일행은 승객들로 붐비는 버스 안을 가로지르며 차례차례 버스에서 내렸다.

"휴우…… 그런데 미쿠. 네가 말한 카페는 어디 있는 거야?"

"저쪽에 있어요~. 그건 그렇고…… 후훗."

시도의 말에 대답한 미쿠는 즐거움에 찬 미소를 지었다.

"왜, 왜 그래?"

"아뇨~. 좀 전까지만 해도 완강하게 거부했으면서, 지금은 꽤 관심을 보이는 것 같아서요~."

"……도망칠 수 없다는 걸 알았기 때문에 빨리 끝내버리기로 마음먹은 것뿐이야."

삐친 듯한 눈빛을 띤 시도는 투덜거리듯 그렇게 말했다. 그러자 미쿠는 "우후후~." 하고 웃음을 터뜨렸다.

바로 그때, 각각 팔짱을 낀 야마이 자매가 미쿠에게 말했다.

"흥. 저 비좁은 버스를 탄 이상, 평범한 과자로는 납득하지 못하느니라."

"동의. 그때는 이자요이 미쿠가 추천한 가게에 가봤는데 정말 별 볼일 없었다는 이야기를 퍼뜨리겠어요."

"후훗~. 안심하세요. 맛은 보증할게요~."

하지만, 하고 미쿠는 말했다.

"그 가게는 얼마 전에 텔레비전에 나온 바람에 손님이 엄청 몰리고 있어요~. 지금은 하교 시간이니까 서두르지 않으면 자리가 없을지도 몰라요."

"음, 그건 안 되지. 빨리 가자!"

토카가 서두르듯 그렇게 말했지만 미쿠는 고개를 가볍게 저었다.

"그 전에 요시노 양, 코토리 양과 만나기로 한 장소에 가야만 해요~. 실수했네요~. 이럴 줄 알았으면 약속 시간을 좀 앞당길 걸 그랬어요."

미쿠는 길가에 설치된 시계를 보면서 투덜거렸다. 그런 그녀를 본 시도는 어깨를 으쓱하면서 말했다.

"그럼 너희는 먼저 가 있어. 내가 그 두 사람을 데리고 갈게."

"예~? 설마 말은 그렇게 해놓고 도망치려는 건 아니겠죠? 시오리 양~."

미쿠가 미심쩍은 시선으로 쳐다보자 시도의 이마에 땀방울이 맺혔다.

"도, 도망 안 쳐……."

"우후후, 농담이에요~. 그럼 부탁드릴게요, 시오리 양. 약속 장소는 맞은편 백화점 앞에 있는 분수예요. 그리고 저희가 가려는 가게는 이 길을 따라 쭉 가면 있는 『프르미에르』라는 곳이에요."

"응. 알았어. 그럼 나중에 봐."

시도가 가볍게 손을 흔들자, 미쿠와 유즈루는 손을 흔들었고, 토카는 힘차게 팔을 흔들었으며, 카구야는 손가락 두 개를 세우더니 "아디오스." 하고 말하듯 가볍게 들었다.

그리고 시도는 오리가미가 다른 소녀들과 다른 방향으로 향하고 있다는 사실을 눈치챘다.

"어……? 오리가미, 너는 같이 안 가는 거야?"

"좀 준비할 게 있어. 나중에 합류할게."

"……그, 그래……."

준비라는 말을 들은 시도는 불안함을 느꼈지만, 캐물어봤자 그 누구도 행복해지지 않을 것이라는 사실은 쉬이 상상이 되었다. 결국 시도는 경직된 미소로 어딘가로 향하는 오리가미를 배웅했다.

"자아…… 그럼 요시노와 코토리를 데리러 가볼까."

시도는 치맛자락을 신경 쓰면서 약속 장소로 향했다. 잠시 후, 커다란 분수가 눈에 들어왔다.

"으음, 두 사람은…… 아."

시도는 미쿠가 부른 두 사람을 찾기 위해 주위를 둘러보았다. 그러자 분수 앞에 있는 한 소녀의 모습이 눈에 들어왔다.

챙이 달린 모자를 쓴 체구가 조그마한 소녀였다. 사파이어를 연상케 하는 아름다운 두 눈동자와 왼손에 낀 토끼 퍼핏 인형이 인상적이었다. 요시노. 토카 일행과 마찬가지로 예전에 시도에게 영력을 봉인당한 정령이다.

하지만— 시도는 요시노의 모습을 확인하는 것과 동시에 뭔가 문제가 발생했다는 사실을 눈치챘다. 요시노는 세 명의 남자가 자신에게 말을 건 탓에 난처하다는 듯이 고개를 숙이고 있었다.

게다가 그들은 요시노에게 길을 묻고 있는 게 아닌 것 같았다. 남자들은 집요하게 자신들과 같이 놀자고 요시노를 꼬시고 있었다. 아무래도…… 헌팅 당하고 있는 것 같았다.

"어이 어이…… 제정신이냐."

시도는 무심코 미간을 찌푸렸다. 확실히 요시노는 귀여운 외모를 지녔지만…… 겉모습은 중학생 정도로밖에 보이지 않는다. 그런 어린아이를 헌팅하려고 하다니, 정말 절조가 없는 남자들이었다. 코토리가 이 자리에 있었다면 잘 쫓아냈겠지만…… 아무래도 아직 약속 장소에 오지 않은 것 같았다.

이대로 두고 볼 수는 없다고 생각한 시도는 요시노와 남자들 사이에 끼어들었다.

"……저기! 잠시 실례할게요!"

그러자 요시노와 그녀가 왼손에 낀 퍼핏 인형 『요시농』이 깜짝 놀란 반응을 보였다.

"아……!"

『시도 군……이 아니라, 시오리 양!』

"오우, 요시노, 요시농. 늦어서 미안해."

시도는 두 사람을 안심시키기 위해 미소 지은 후, 방금 전까지 요시노를 집요하게 꼬시던 남자들을 향해 고개를 돌렸다.

"……이 애, 저를 기다리고 있었던 거예요. 그러니 죄송하지만—."

시도가 말을 이으려던 순간, 남자들은 서로를 바라보면서 어깨를 으쓱했다.

"잠깐, 그건 좀 아니잖아~?"

"그래. 우리를 이렇게 유혹해놓고 그냥 가버리다니 너무하다고~."

"아, 그래. 너도 우리랑 같이 놀자. 그러면 되겠네. 자아, 다 같이 노는 걸로 결정~!"

한 남자는 그런 소리를 하면서 함부로 시도의 어깨를 만지며 다가섰다.

시도는 얼굴을 찡그렸다. 아무래도 말이 통하지 않는 상대인 것 같았다.

"……실례할게요!"

시도는 남자의 손을 쳐낸 후, 요시노의 손을 잡고 그 자리를 벗어나려고 했다.

하지만.

"어이, 거기 서."

그런 시도의 태도가 거슬렸는지, 방금 시도가 팔을 쳐냈던 남자가 시도의 팔을 강하게 움켜쥐었다.

"큭……."

"시, 시도 씨……!"

시도는 요시노 쪽을 힐끔 쳐다보니 겁을 잔뜩 먹은 것 같았다. 『요시농』이 없었다면 정신 상태가 불안정해져서 영력이 역류했을지도 모른다.

지금은 이 남자들과 요시노를 떼어놓는 것이 급선무였다. 그렇게 생각한 시도는 요시노의 귀에 얼굴을 대고 작은 목소리로 말했다.

"이 앞에 있는 『프르미에르』라는 가게에 다른 애들이 있어. 먼저 가 있어줄래?"

"예? 하, 하지만……."

"나는 괜찮으니까 먼저 가봐. 나도 곧 갈게."

시도는 그렇게 말하면서 요시노의 등을 살며시 밀었다. 요시노는 한순간 걱정스러운 표정을 지으며 시도를 쳐다봤지만, 뭔가를 결심한 것처럼 입술을 꼭 깨문 후 시도가 가르쳐준 가게를 향해 달려갔다.

"아아, 가버렸네."

"아까워라~."

"뭐, 됐어. 훨씬 괜찮은 애를 찾았잖아."

남자들은 그렇게 말하면서 시도를 포위하듯 둘러쌌다.

"자, 그럼 가자."

"도망쳐도 상관없지만, 그럼 우리는 좀 전의 그 애를 쫓아갈 수밖에 없다고~."

그들은 시도의 팔을 잡고 반강제로 끌고 가려 했다.

"큭……."

결국 시도는 대로를 지나 인적 없는 뒷골목으로 끌려갔다.

"자아…… 이제 어떻게 할까."

남자 중 한 명이 그렇게 말하자, 다른 두 명이 히죽 웃었다.

"어떻게 하기는 무슨. 안 그래?"

"맞아 맞아. 뻔한 걸 묻지 말라고."

그들은 시도를 향해 음흉한 미소를 지었다.

저렇게 노골적인 태도를 취하자, 시도도 자신이 정조의 위기에 처했다는 것을 눈치챘다. 그의 볼을 타고 땀 한 방울이 흘러내렸다.

하지만 시도에게는 비장의 카드가 있었다. 단숨에 그들의 전의를 상실시킬 수 있는 필살의 카드가 말이다.

"찬물 끼얹어서 미안한데, 아마 너희 뜻대로는 안 될 거야."
"뭐?"
"유감이지만—."
시도는 가볍게 한숨을 내쉰 후, 목에 붙인 음성 변조기를 뗐다.
"나는 남자거든."
그리고 남자 목소리— 시도의 진짜 목소리로 말했다. 그 순간, 남자들의 얼굴이 경악으로 물들었다.
"뭐……?! 마, 말도 안 돼……."
"남자?! 그 얼굴로?!"
"어이 어이…… 농담이지……?"
그들은 믿을 수 없다는 듯한 표정을 짓더니, 셋이서 이야기를 나누기 시작했다.
시도는 그 모습을 보면서 어깨를 으쓱했다. 이걸로 저들에게는 시도를 잡고 있을 이유가 없어진 것이다.
하지만—.
"……어, 어떻게 할까?"
"어, 어떻게 하다니…… 뻔하잖아?"
"그, 그래……. 맞아."
남자들은 서로를 향해 고개를 끄덕이더니, 일제히 엄지를 치켜세웠다.
"""귀여우니까…… 문제없음!!"""

“뭐……?!”

시도는 무심코 새된 목소리를 냈다.

“너, 너희, 제정신이야?! 정신 차려! 생물학적으로도 문제가 많은 선택이라고!”

“그게…… 나는 원래 노멀이지만…… 너 같은 애가 상대라면 괜찮을 것 같아!”

“그래그래……. 오히려 평범한 여자아이에게서는 느낄 수 없는 불가사의한 에로틱함을 지녔다고나 할까…….”

“남자는 배짱. 뭐든 시도해보고 볼 일이라고…….”

그렇게 말한 남자들은 거친 숨을 내쉬며 시도에게 다가갔다.

“히익……?!”

진짜로 정조의 위기를 느낀 시도는 몸을 움츠렸다.

하지만— 바로 그 순간.

“…….”

한 소년이 발소리도 내지 않고 시도가 있는 뒷골목에 홀연히 나타났다.

검은색 옷을 걸친 조그마한 소년이었다. 모자를 깊게 눌러썼기 때문에 표정은 짐작할 수 없었지만, 소년의 차분한 태도가 범상치 않은 분위기를 자아내고 있었다.

“아…….”

시도의 시선에 그제야 남자들도 소년의 존재를 눈치챘는

지 한 박자 늦게 뒤쪽을 돌아보았다.

—하지만 한발 늦었다. 남자들이 뒤돌아본 순간, 그 소년은 지면을 박차면서 가장 가까운 곳에 있는 남자의 턱을 발끝으로 걷어찼다. 머리가 뒤흔들린 그는 비명조차 지르지 못한 채 졸도했다.

"아닛……?!"

"너, 넌 누구냐?!"

남은 남자들의 당황한 목소리가 뒷골목에 울려 퍼졌다.

하지만 소년은 아무 말 없이 자세를 낮추더니 방금 전과 마찬가지로 남자들에게 발차기를 날려 기절시켰다.

소년이 남자 셋을 제압하는 데 걸린 시간은 겨우 10초. 무시무시할 정도로 멋진 솜씨였다.

"……윽!"

망연자실한 채 그 모습을 보고 있던 시도는 몇 초 후 어깨를 부르르 떨었다. 갑작스러운 사태가 발생한 탓에 상황 파악을 못 했지만, 저 정체불명의 소년이 자신을 구해줬다는 사실을 그제야 깨달은 것이다. 시도는 허둥지둥 음성 변조기를 목에 붙이고 입을 열었다.

"저, 저기…… 구해줘서 고마워요."

"고마워할 필요 없어."

소년은 차분한 목소리로 말했다.

"……어?"

하지만…… 바로 그때, 시도는 눈썹을 찌푸렸다. 그 목소리가 귀에 익었기 때문이다.

"서, 설마…… 너."

"큰일 날 뻔했네."

시도가 아연실색하면서 눈앞에 있는 소년을 손가락으로 가리키자, 소년은 깊게 눌러쓴 모자를 벗었다.

"오, 오리가미……?!"

그렇다. 그 사람은 바로 머리카락을 올려 묶은 오리가미 양이었던 것이다.

"왜, 왜 그런 옷차림을 하고 있는 거야……."

남 말 할 처지는 아니지만 시도는 물어볼 수밖에 없었다. 그러자 오리가미는 당연한 소리를 하듯 입을 열었다.

"지금의 나는 오리가미가 아냐. ―토비이치, 오리온. 오리가미의 사촌이야."

"뭐…… 뭐어?!"

"지금의 나라면, 시오리를 받아줄 수 있어."

오리가미는 그렇게 말하면서 시도에게 다가갔다. 아무래도 그녀가 말한 준비란 바로 남장이었던 것 같았다.

"자, 잠깐만 기다려! 그게 무슨 소리야?!"

"오늘 하루 동안, 네 결의가 얼마나 확고한지 깨달았어. 시도가 시오리로서 살 생각이라면 나는 네 뜻을 지지할 거야."

"그건 오해야! 그리고 은근슬쩍 옷 속으로 손 집어넣지 마!"

"걱정하지 마. 나라면 시도를 만족시켜줄 수 있어."

진지한 표정으로 그렇게 말한 오리가미는 시도를 향해 서서히 얼굴을 내밀었다. 이래서는 사자가 고양이를 쓰러뜨린 것이나 다름없었다. 고양이에게 당하던 쥐나 다름없는 신세인 시도는 히이익 하고 한심한 소리를 내면서 몸을 비틀었다.

바로 그때, 또 다시 귀에 익은 목소리가 들렸다.

"멈춰! 거기까지다!"

"네 녀석이 시오리를 끌고 간 남자냐?!"

그 목소리의 주인은 코토리와 토카인 것 같았다. 고개를 돌려보니 그 두 사람의 뒤에는 요시노와 야마이 자매, 미쿠도 있었다. 아무래도 요시노가 그녀들을 불러온 모양이었다. 코토리도 도중에 합류한 것 같았다.

하지만 정령들은 시오리를 희롱하고 있는 『남자』를 보고 경악했다.

"아니……!"

"토비이치…… 오리가미?!"

"…………."

오리가미는 토카 일행의 등장에 한순간 움직임을 멈췄지만, 곧 시도의 몸을 다시 더듬기 시작했다.

"잠깐! 너 지금 뭘 하는 것이냐!"

"왜 태연하게 그딴 짓을 계속하는 건데?!"

"그, 그런 짓…… 하면 안 된다고, 생각해요……."

"크큭, 혼자서 즐기려고 하다니 정말 무례한 녀석이로구나!"

"동의. 저희도 끼워주세요."

"아앙, 저도 남장을 하고 시오리 양과 그렇고 그런 짓을 하고 싶어요~!"

정령들은 그런 소리를 하면서 뒷골목 안으로 들어왔다.

◇

"……잘못했습니다."

그리고 약 두 시간 후. 집으로 돌아와 시오리 양 모드에서 평소 복장으로 갈아입은 시도는 코토리를 향해 깊이 고개를 숙였다.

"가, 갑자기 뭐 하는 거야……."

"……오늘 하루 동안, 여자아이들이 어떤 고생을 하고 있는지 처절하게 깨달았습니다. 앞으로는 말조심할 테니 용서해주세요."

시도의 사과를 듣고서야 사태를 파악한 코토리는 흥 하고 코웃음을 쳤다.

"알면 됐어. ……그리고 오늘 일은 우리 쪽에도 반성해야 할 부분이 있다고 생각해. 아무튼…… 아무 일도 없어서 정말 다행이야."

그렇게 말한 코토리는 거북하다는 듯이 고개를 돌렸다. 시도는 얼굴을 들더니 고개를 저었다.

"아냐. 내가 경솔했어. —그것보다, 미안해, 코토리."

"응? 뭐가 말이야? 사과는 좀 전에—."

"아…… 그게 아니라. ……저기, 어제 그 옷, 너한테 잘 어울렸어."

"뭐……?!"

시도가 그렇게 말한 순간, 코토리의 얼굴이 새빨갛게 달아올랐다.

"무, 무슨 소리 하는 거야?! 나, 나는 딱히……!"

"아…… 내가 이 말 하는 걸 깜빡했던 것뿐이야. 신경 쓰지 마."

"흐…… 흥! 당연하지. 하지만…… 뭐랄까, ……고마워."

"그래."

시도가 고개를 끄덕이자, 코토리는 얼굴을 획 돌리고 소파에 몸을 맡겼다.

"그, 그것보다 저녁 준비는 안 해도 되는 거야?"

"아, 맞아. 슬슬 시작해야겠네."

시도가 부드러운 표정을 지으면서 기지개를 켠 순간, 호주머니에 넣어둔 핸드폰이 진동했다.

"응……?"

핸드폰 화면을 보니 『토노마치 히로토』라는 이름이 표시되어 있었다. 시도와 같은 반에 다니는 친구였다.

"—여보세요? 토노마치?"

『오오, 이츠카! 너, 몸은 괜찮아? 인플루엔자에 걸려서 열이 56도까지 올랐다고 들었는데…….』

"잠깐만. 누구한테 그런 이야기를 들은 거야? 그리고 나는 군마 현이 아니라서 여름에도 체온이 그 정도까지 올라가지는 않는다고."

시도가 식은땀을 흘리면서 그렇게 말해도, 토노마치는 태연한 목소리로 할 말을 이어갔다.

『누구였더라? 뭐, 그건 아무래도 좋아. 그것보다 이츠카. 오늘 우리 반에 특별 청강을 들으러 온 여자아이, 시오리 양이 네 사촌이라면서? 그럼 연락처도 알고 있겠네?』

"……그야 알고 있지만, 너한테는 안 가르쳐줄 거야."

시도의 대답을 들은 토노마치는 『으윽…….』 하고 신음을 흘렸다.

『따, 딱히 그게 목적이었던 건…… 그런 마음도 있기는 했지만…… 뭐, 뭐어, 아무튼! 그럼 네가 시오리 양에게 전해줘! 실은 지금, 엄청난 일이 벌어지고 있다고!』

"엄청난 일……? 그게 뭔데?"

『알고 싶으면 지금 바로 인터넷에 접속해서 「이자요이 미쿠」로 검색해봐! 최신 기사로 말이야! 완전 놀라 자빠질 걸?!』

"뭐……?"

토노마치의 말을 이해하지 못한 시도는 미간을 찌푸렸다. 하지만 토노마치가 그 후에도 몇 번이나 검색해보라고 했기 때문에 알았다고 대답하면서 전화를 끊었다.

"정말…… 대체 무슨 일인데 이러는 거야?"

어차피 별것 아니겠지만 좀 신경이 쓰인 시도는 핸드폰으로 인터넷에 접속해 「이자요이 미쿠」라는 키워드로 검색했다. 그러자—.

"앗……?!"

시도는 무심코 숨을 삼켰다.

하지만 그러는 것도 무리는 아니었다. 검색 결과, 가장 먼저 나온 것은 누군가가 찍은 것으로 보이는 미쿠의 프라이빗 사진이었는데…… 그녀의 옆에는 시오리 양 모드의 시도가 찍혀 있었던 것이다.

"어…… 어느새……?!"

시도는 당황할 대로 당황한 채 떨리는 손가락으로 정보의 출처를 찾아보았다.

아무래도 오늘 우연히 미쿠를 목격한 팬이 멋대로 사진을 찍어서 소셜 네트워크 서비스에 사진을 올린 것 같았다. 그것이 겨우 몇 시간 만에 전 세계로 퍼져 나갔고, 그 결과 뉴스 사이트에서도 다루게 된 것 같았다.

게다가 악몽은 그것으로 끝이 아니었다.

이 기사에 달린 댓글 중 다수는 미쿠에게 관심을 가지고 있었지만…… 미쿠의 옆에 있는 정체불명의 소녀를 언급하는 댓글도 그에 못지않을 만큼 많았던 것이다.

『옆의 애는 누구지?』, 『미쿠땅의 친구인가?』, 『엄청 귀여워.』, 『모델이나 아이돌이 분명해.』, 『처음 보는 애네~.』, 『어느 사무소 소속이지?』 등등…….

시오리만 잘라낸 사진을 가공해서 말풍선을 붙인 후, 시오리에게 자신이 좋아하는 대사를 말하게 하는 콜라주 사진까지 돌아다니고 있었다. ……대부분 에로틱한 대사들이었다. 그야말로 인터넷 아이돌 상태였다.

"이…… 이게…… 뭐야……."

"무슨 일 있어?"

시도가 그 자리에서 딱딱하게 굳어버린 모습을 본 코토리는 그가 보고 있던 핸드폰 화면을 쳐다보았다. 그리고 몇 초 후, "푸풉……." 하고 웃음을 터뜨렸다.

"풉…… 후훗. 시오리 양은 정말 인기 있네."

"이제…… 여자아이가 되는 건, 지긋지긋해……."

시도는 피곤으로 가득 찬 한숨을 내쉬었다.

나츠미 티칭

TeachingNATSUMI

DATE A LIVE ENCORE 3

"여러분, 주목해주세요."

어느 날 학급 회의 시간. 애교 넘치는 동안을 한껏 굳힌 라이젠 고교 2학년 4반 담임, 오카미네 타마에— 통칭 타마 선생님은 양손으로 교탁을 짚으면서 말했다.

"무, 무슨 일 있나요?"

평소 항상 밝고 느긋하던 타마 선생님의 범상치 않은 모습을 본 시도는 의아해하면서 물었다. 다른 학생들도 영문을 모르겠다는 눈으로 타마 선생님을 쳐다보고 있었다.

"……내일, 공개 수업이 있다는 건 여러분도 알고 있죠?"

학생들은 타마 선생님의 말을 듣고 고개를 끄덕였다. 내일 6교시, 세계사 시간은 공개 수업— 즉, 수업 참관이다.

"……그 공개 수업 때, 텐구 시 교육 위원회의 쿠류 교육장님이 우리 반을 시찰하러 오신다고 해요."

"교육장이…… 시찰을 온다고요?"

그 말을 들은 학생들은 술렁거렸다. 시도도 교육 위원회나 교육장이라는 것에 대해 자세하게 아는 것은 아니지만, 높은 사람이 수업을 보러 오게 되었다는 것은 이해했다.

"으음…… 잘은 모르겠지만, 그 교육장이라는 녀석이 왜 수업을 보러 오는 것이냐?"

시도의 옆에 앉은 칠흑빛 머리카락을 지닌 소녀— 토카는 고개를 갸웃했다. 그러자 타마 선생님은 메마른 미소를 지었다.

"……그게 말이죠. 우리 학교 학생에 대한 이상한 소문을 들으셨대요."

"이상한 소문?"

"네……. 라이젠 고교의 남학생이 교실에서 클래스메이트의 옷을 벗기려고 했다든가, 자기 집을 『나만의 동물원』으로 개조한 후 거기서 어린 소녀들에게 파렴치한 복장을 강요했다든가……."

"푸웁……?!"

그 말을 들은 시도는 경악했다. 그와 동시에 교실 전체에서 시도를 향해 매서운 눈길이 날아왔다. 그 시선을 받은 시도의 등은 끈적끈적한 땀으로 범벅이 되었다.

이 짜증 나는 긴장감을 타파하려는 것처럼 타마 선생님은 말을 이었다.

"만약 그 소문이 사실일 경우, 특별 갱생 위원을 파견하려는 것 같아요……."

타마 선생님의 말을 들은 아이, 마이, 미이 3인조가 표정을 굳혔다.

"꽤, 꽤나 험악한 느낌이 드는 단어네."

"특별 갱생 위원…… 설마!"

"마, 마이, 너, 그게 뭔지 알아?"

미이가 연기 톤으로 그렇게 말하면서 놀란 척했다. 그러자 마이는 "음, 들은 적 있어." 하고 말하면서 고개를 끄덕였다.

"아라가미 공업 고교라고, 알지? 2년 전, 품행이 나쁜 걸로 유명한 아라가미 공업 고교를 보다 못한 교육 위원회가 예의 그 특별 갱생 위원을 그 학교에 파견했다고 해."

마이의 이야기를 들은 클래스메이트들의 얼굴이 전율로 물들었다.

"그, 그러고 보니, 거기 요즘 들어 꽤나 얌전해졌잖아……."

"얌전해진 정도가 아냐! 반년 만에 감옥, 1년 만에 사찰이 되었다더라고!"

"모든 학생들이 빡빡머리가 되었을 뿐만 아니라, 얼굴에서 생기가 느껴지지 않는대……."

"소문으로는 세뇌를 했다던데……."

"아냐. 전두엽 절제 수술로……."

차례차례 보고되는 정보를 들은 학생들은 마른침을 삼

켰다.

"아, 아무튼! 평범하게 수업을 들으면 아무 문제 없을 거예요! 여러분, 내일은 많은 협력 부탁드릴게요……!"

타마 선생님이 고개를 깊이 숙였다. 그 모습을 본 학생들의 입에서 차례차례 응원의 목소리가 흘러나왔다.

특별 갱생 위원이 파견되는 것은 싫은 데다, 타마 선생님이 이 반의 담임 자리에서 물러나는 것을 그들은 원하지 않았다. 2학년 4반은 이 반이 구성된 후 처음으로 일치단결된 모습을 보여주고 있었다.

뭐, 그중에는 때때로 시도를 향해 차갑기 그지없는 시선을 보내는 학생도 있었지만…… 시도는 신경 쓰지 않기로 했다.

◇

"……으음……."

나츠미는 낮은 신음 소리를 내며 안 그래도 일그러져 있던 눈썹을 더욱 찌푸렸다.

하지만 그러는 것도 무리는 아니었다. 그녀의 머릿속에서는 현재 어떤 고민이 소용돌이치고 있었던 것이다.

하지만 그렇다고 해서 열심히 빗질을 해도 계속 뻣뻣한 머리카락이나 건강이 나빠 보일 만큼 빼빼 마른 체구, 멍하니 있었을 뿐인데도 "아…… 미안. 재미없었나 보네." 같은 말을 들을 만큼 평소 표정이 언짢아 보인다는 점 때문에 고민하고 있는 것은 아니다.

……뭐, 그것도 고민거리이기는 하지만, 그런 것들은 나츠미가 항상 안고 있는, 간단하게 말하자면 패시브 고민이다. 지금 그녀가 고민하고 있는 것은 좀 더 능동적인 액티브 고민인 것이다.

"……."

소파 위에 앉은 상태에서 몸을 돌린 나츠미는 등받이에 배를 댄 채 지그시 부엌 쪽을 쳐다보았다.

그곳에서는 앞치마를 걸친 시도가 저녁 식사 준비를 하고 있었다.

이 집의 주인이자, 나츠미의 은인. 그리고— 현재 나츠미를 고민에 빠뜨린 장본인이다.

그렇다. 나츠미는 일전에 시도에게 받은 은혜를 어떻게 갚을지 고민하고 있는 것이다.

물론 은혜를 갚기 위해 다방면으로 노력해봤다. 선물을 해보려고도 했고, 시도가 집을 비운 사이 그의 방을 청소해 주려고도 했으며, 시도 대신 식사 준비를 하려고도 했다. ……하지만 전부 미수에 그치고 말았다.

한번 생각해봐라. 파멸적일 정도로 미적 센스가 없는 나츠미가 고른 선물을 받고 기뻐할 인간이 현존 인류의 문화

권 안에 있을 리가 없다. 그리고 나츠미처럼 존재 자체가 오물이나 다름없는 생명체가 허락 없이 청소 같은 것을 하면 방 전체가 그녀의 불결한 아우라에 오염되고 말 것이다. 그리고 요리는 아예 말조차 안 된다. 나츠미가 마구 주물러댄 것을 입에 넣고 싶어 하는 건 한 열흘 동안 아무것도 먹지 못한 하이에나뿐일 것이다.

"……나츠미 씨?"

"히얏?!"

느닷없이 등 뒤에서 목소리가 들려오자, 나츠미는 괴상한 소리를 내면서 돌아앉았다.

그러자 맞은편 소파에 앉은 소녀— 요시노가 왼손에 낀 퍼핏 인형 『요시농』과 함께 고개를 갸웃거리는 모습이 눈에 들어왔다.

나츠미와 달리 살랑살랑한 머리카락과 나츠미와 달리 아름다운 눈동자, 나츠미와는 달리 아름다운 얼굴을 지닌 천사 같은 소녀다.

게다가 그녀는 외모만 예쁜 것이 아니었다. 마음은 맑은 바다처럼 아름답고 몸짓 하나하나, 말 한마디 한마디에 이르기까지 상대를 향한 배려가 느껴졌다. 나츠미처럼 쇠똥구리에게나 겨우 필요로 할 것 같은 물체에게조차도 상냥하게 대해주는 것만 봐도 그녀가 얼마나 자비로운지 알 수 있을 것이다. 천사 「같은」이 아니라, 천사 그 자체가 아닐까.

요시노 엔젤이라고 부르는 편이 좋을지도 모른다.

『왜 그래, 나츠미~. 표정이 좀 이상해~.』

『요시농』이 고개를 갸웃거리자 나츠미는 어깨를 부르르 떨었다.

"아…… 미, 미안. 아무것도 아니니까 신경 쓰지 마……."

"그런가요……? 하지만—."

요시노가 그렇게 말한 순간, 부엌 쪽에서 시도의 목소리가 들려왔다.

"어이, 요시노, 나츠미. 슬슬 다 되어가니까 그쪽 테이블 좀 정리해줄래? 토카랑 다른 애들이 오면 같이 밥 먹자."

"……윽! 요, 요시노도 들었지? 빨리 치우자!"

"아…… 예."

요시노는 고개를 끄덕인 후, 테이블 위에 놓인 잡지와 신문 등을 정리했다. 나츠미도 테이블 위에 놓인 프린트 용지를 차곡차곡 모으기 시작했다.

"응……?"

바로 그때, 나츠미는 가장 위에 놓인 프린트에 적힌 글자를 보고 작은 목소리로 중얼거렸다.

"공개 수업…… 알림……?"

◇

그날 밤. 나츠미는 맨션에 있는 자기 방에서 빠져나와 요시노의 방으로 향했다.

벨을 누르고 얼마 지나지 않아 문이 열리더니, 귀여운 잠옷을 입은 요시노와 『요시농』이 모습을 드러냈다. 방금 목욕을 했는지 요시노의 볼은 살짝 홍조를 띠고 있었고, 그녀의 몸에서는 희미하게 김이 나고 있었다.

“나츠미 씨. 이런 시간에 무슨 일이세요……?”

“아…… 미, 미안……. 할 이야기가…… 좀, 있는데…….”

나츠미는 그렇게 말하면서 시선을 피했다.

“……그래. 비상식적이지? 이런 시간에 내 얼굴을 봤으니 숙면을 취하기는 그른 거나 마찬가지잖아. 정말 미안해. 빨리 죽어버릴게.”

“나, 나츠미 씨……?!”

나츠미가 문 앞에서 사라지려고 하자, 요시노는 허둥지둥 나츠미의 손을 잡았다.

“그렇지, 않아요……. 저기, 나츠미 씨가 이렇게 방문해주셔서, 정말 기뻐요.”

“요시노…….”

사랑이 넘쳐흐르는 요시노의 말을 들은 나츠미는 눈물을 흘리면서 뒤돌아섰다. 요시노는 천사의 범주조차 뛰어넘은 존재다. 여신님이다. 요시노 가디스(goddess)다. 아아, 세상은 이렇게나 아름다운 것이구나.

"저기, 괜찮다면 잠시 들어오지 않겠어요?"

"으, 응……. 고마워."

나츠미는 고개를 끄덕인 후, 신발을 벗고 요시노의 방에 들어섰다. 참고로 성역을 더럽히지 않기 위해 새 양말로 갈아 신고 들어가려고 했지만 요시노가 말렸다.

"그런데…… 무슨 일인가요?"

나츠미를 거실에 들인 요시노는 그녀와 마주 보는 소파에 앉은 후 물었다. 어깨를 오그린 나츠미는 무릎에 양손을 얹은 채 기어들어 가는 목소리로 말했다.

"저, 저기…… 물어볼 게 있는데 말이야."

"네. 뭔가요?"

"그게…… 내일, 한가해?"

"내일…… 말인가요? 네, 딱히 약속 같은 건 없어요……."

『어라~? 혹시 데이트 신청하는 거야~? 꺄아~. 나츠미는 정말 대담하네!』

"아, 아니, 그런 건……."

이마에 땀이 맺힌 나츠미가 변명하듯 그렇게 말하자, 요시노가 『요시농』을 말렸다.

"내일…… 무슨 일 있나요?"

"아, 응……. 저기, 혹시 괜찮다면, 나랑…… 시도의 학교에 안 갈래?"

"예?"

요시노는 나츠미의 갑작스러운 제안을 듣고 눈을 동그랗게 떴다.

"시도 씨의 학교……에요?"

『대체 뭘 하러 가는 건데~?』

『요시농』이 몸을 배배 꼬면서 물었다. 나츠미는 슬며시 고개를 돌리면서 대답했다.

"……시, 시도의 학교, 내일 공개 수업을 하나 봐. 하지만 시도의 부모님은 현재 해외 출장 중이잖아? 지금까지도 집을 비울 때가 많아서 수업 참관 때 부모님이 온 적이 거의 없다고 했었구……. 그러니까, 저기, 나랑 요시노가 이번 수업 참관에 가주면 시도에게는 좋은 추억이 되지 않을까, 싶어서……."

그렇다. 그것이 바로 나츠미가 시도에게 보답하기 위해 생각한 작전이었다.

"저와 나츠미 씨가요……?"

요시노는 잠시 동안 나츠미가 무슨 말을 하는 것인지 이해가 안 된다는 듯이 고개를 갸웃했지만 곧 그녀의 의도를 눈치챘는지 눈을 동그랗게 떴다.

"그럼…… 혹시, 저와 나츠미 씨가 시도 씨의 부모님인 척하자는 건가요……?"

나츠미는 요시노의 말을 듣고 고개를 끄덕였다.

평범하게 생각한다면 그런 것은 불가능하다. 게다가 나츠미와 요시노는 시도보다도 어렸다.

하지만— 나츠미의 힘을 사용한다면 이야기는 달라진다.

나츠미의 천사 〈위조마녀(하니엘)〉는 물체를 다른 형태로 바꾸는 힘을 지녔다. 그리고 나츠미는 시도에게 영력을 봉인당한 지금도 스스로 정신을 불안정하게 만들어 한정적으로나마 그 힘을 사용할 수 있었다.

하지만 나츠미 혼자서 아버지와 어머니, 두 역할을 다 하는 것은 불가능했다. 그래서 요시노에게 도움을 요청하러 온 것이다.

"어…… 어…… 어때? 저, 저기, 물론…… 내키지 않으면, 사양해도 돼."

나츠미가 우물쭈물하면서 그렇게 말하자, 요시노는 고개를 저었다.

"그렇지 않아요. 정말…… 멋진, 생각이에요. 저도, 협력하고 싶어요."

"요시노……!"

나츠미는 환한 표정을 지으면서 요시노의 손을 움켜잡았다.

◇

다음 날. 나츠미와 요시노는 시도가 다니는 라이젠 고교로 향하고 있었다. 두 사람은 아직 원래 모습이었다.

작전은 어젯밤에 세워두었다. 라이젠 고교에 도착하면 인적이 드문 장소에서 능력을 발현시켜 요시노는 시도의 아버지로, 나츠미는 어머니로 변신한 후 교실로 향한다.

시도의 부모님 사진을 입수하지 못했기 때문에 디자인은 나츠미 오리지널로 갈 수밖에 없다. 하지만…… 수업이 시작되기 전에 시도의 부모님을 자처해두면, 시도에게 수업 참관에 부모님이 온 분위기 정도는 맛보게 해줄 수 있을 것이다.

"자…… 그럼 요시노. 슬슬 변신하자."

"아, 예……. 왠지, 긴장되네요."

요시노는 약간 긴장된 표정을 지으며 고개를 끄덕였다. 나츠미는 그런 요시노와 함께 인적이 없는 뒷골목으로 들어갔다.

그리고 가볍게 숨을 들이마시더니, 봉인된 영력 중 일부를 되찾을 준비를 시작했다.

기본적으로 정령은 정신이 불안정해지면 영력이 역류한다. 나츠미는 정신의 안정감이 모든 정령 중에서 가장 낮기 때문에 머릿속으로 부정적인 망상만 반복해도 변신 능력 발동이 가능해지는 것이다.

……초등학교 교실. 교실 안에 울려 퍼지는 선생님의 목소리. 자아, 그럼 친한 애들끼리 조를 만들렴~. 척척 조를 만드는 클래스메이트들. 하지만 아무 조에도 들어가지 못한

채 홀로 있는 나츠미. 선생님이 말했다. 누가 나츠미를 조에 넣어주렴. 술렁거리는 교실 안. 이윽고 한 사람이 입을 열었다. 그럼 친한 애들끼리 조를 만드는 게 아니잖아요…….

"아, 아, 아아아아아아……!"

"나츠미 씨……!"

나츠미의 스트레스가 정점에 달하려고 한 순간, 요시노는 나츠미의 어깨를 흔들었다. 그와 동시에 나츠미의 집중력이 흐트러졌다.

"어? 왜, 왜 그래?"

"잠시만 기다려주세요. 지금은—."

요시노는 그렇게 말하면서 길 쪽을 쳐다보았다. 안경을 쓴 조그마한 체구의 여성이 그 길을 지나고 있었다.

"—아."

지금 변신 능력을 사용했다면 엄청난 소동이 벌어졌을 것이다. 나츠미는 망상을 멈추고 그 여성이 지나갈 때까지 가만히 기다렸다.

하지만 바로 그때—.

비틀거리면서 걷던 그 여성이 갑자기 그 자리에서 털썩 쓰러지고 말았다.

"어……?!"

"아……."

나츠미와 요시노는 동시에 숨을 삼킨 후, 허둥지둥 그 여성을 향해 달려갔다.

"저, 저기, 왜 그래……?"

"괜찮……으세요?"

두 사람이 그렇게 말하면서 그 여성을 돌려 눕히자, 그녀는 멍한 표정을 지은 채 입을 빼끔거렸다.

"죄, 죄송해요……. 어제 너무 열심히 준비한 바람에…… 컨디션을……."

"컨디션……."

나츠미는 눈썹을 찌푸리면서 여성의 이마에 손을 댔다. 엄청 뜨거웠다.

"……이 상태로 밖을 돌아다니는 건 무모해……. 빨리 집에 돌아가서 쉬도록 해."

"그럴 수는 없어요……. 오늘 공개 수업을 하는데…… 제가 없으면……."

"뭐?"

그 말을 들은 나츠미는 눈을 치켜떴지만 여성은 더는 아무 말도 하지 못했다. 아무래도 기절한 것 같았다.

"아, 저, 저기……!"

두 사람은 축 늘어진 그 여성을 부축했다.

"어쩔 수 없지……. 일단 휴식을 취할 만한 곳으로 데리고 가자……."

"예……. 그런데, 방금, 공개 수업이라고……."

바로 그때, 요시노는 뭔가를 눈치챘는지 "아." 하고 말했다.

"이 사람…… 시도 씨 반의 담임 선생님이에요……!"

"—아! 그러고 보니……."

나츠미도 그 말을 듣고 떠올렸다. 일전에 시도로 변해 이런저런 장난을 쳤을 때, 그녀를 본 것 같은 느낌이 들었다.

"그럼…… 이 사람이 쓰러져 버리면, 수업 참관은……."

"으음…… 자습……이 되려나요?"

"그, 그건 곤란해!"

나츠미는 새된 목소리로 고함을 질렀다. 그렇게 되면 시도에게 추억으로 남을 수업 참관을 만들어줄 수가 없다.

"하, 하지만, 이 상태에서 수업을 하는 건 무리라고 생각해요……."

『완전히 뻗어버렸잖아~.』

『요시농』이 의사처럼 기절한 선생님의 눈을 벌려보면서 말했다. 나츠미는 어금니를 꽉 깨물었다.

"아냐……. 아직 방법이 있어."

나츠미는 주먹을 말아 쥐면서 그렇게 말했다.

◇

5교시 수업 후 쉬는 시간. 교실은 평소와는 다른 분위기에 휩싸여 있었다.

하지만 그것도 무리는 아니었다. 오늘 6교시는 공개 수업, 그것도 이 반의 운명이 걸린 중요한 시간이다. 다들 평범한 수업 참관 때와는 비교도 되지 않을 만큼 긴장하고 있었다.

이미 교실 뒤편에는 학생들의 보호자들이 몇몇 와 있었다. 그중에서 아는 얼굴을 발견한 학생들은 평소보다 행동이 어색해졌다.

“하하……. 다들 안절부절못하는 것 같네.”

시도는 뒤편을 힐끔 쳐다보면서 쓴웃음을 지었다. 그러자 옆자리에 앉은 토카가 수정처럼 맑은 눈을 크게 뜨면서 흥미로워하는 듯한 목소리로 물었다.

“저 자들이 교육장이라는 녀석들이냐? 꽤 숫자가 많구나.”

“아니, 저 사람들은 우리 반 애들의 보호자들이야.”

토카의 질문에 대답한 이는 시도가 아니었다. 목소리가 들려온 방향으로 고개를 돌려보니 이 반의 명물 3인조, 아이, 마이, 미이가 서 있었다.

“저기, 토카의 어머니는 이미 오셨어?”

“아, 나도 그게 궁금했어~.”

“이 미모는 유전인가? 아니면 돌연변이?”

세 사람은 눈을 반짝이면서 토카에게 다가갔다. 토카는 난처하다는 듯이 “으, 으음…….” 하고 낮은 신음을 흘렸다.

“아……. 토카의 부모님은 일 때문에 못 오셔. 그렇지?”

“으…… 음. 그렇다.”

시도가 변명하듯 그렇게 말하자, 토카는 그의 말이 옳다는 듯이 고개를 끄덕였다. 그러자 세 소녀는 진심으로 아쉬워했다.

바로 그때, 토카는 교실 뒤편을 손가락으로 가리키면서 입을 열었다.

“저기, 시도. 저 사람도 누군가의 보호자인 것이냐?”

“……응?”

시도는 토카의 손가락을 쫓듯 뒤편을 돌아보았고— 그 순간, 그 자리에서 딱딱하게 굳어버렸다.

그것도 무리는 아니었다. 평범한 복장을 한 보호자들 사이에 검은색 로브를 걸치고 끝이 뾰족한 복면을 쓴, 수상하기 그지없는 복장을 한 인물이 섞여 있었기 때문이다.

“으, 으음…….”

시도가 난처해하고 있을 때, 갑자기 아이가 입을 열었다.

“아, 아빠……!”

“뭐?!”

뜻밖의 말을 들은 시도는 눈을 동그랗게 떴다. 얼굴이 새빨개진 아이는 그 수상한 인물에게 다가가더니, 낮은 목소리로 이야기를 나누기 시작했다.

“……아빠! 그 차림으로 오지 말라고 말했잖아!”

“무슨 소리를 하는 거냐, 아이. 이건 우리 조직의 유서 깊은…….”

"그런 문제가 아니라구! 아무튼 빨리 벗어! 아빠가 항상 이러는 건 알지만 오늘 만큼은 좀 봐달란 말이야!"

그런 모습을 본 마이와 미이는 경직된 미소를 지었다.

"아…… 하하. 맞아. 아이의 아버지는 흑마술 결사의 높은 분이시지."

"저 복면 속 얼굴은 의외로 평범하지만 말이야……."

"나쁜 분은 아니지만, 그래도 저 차림으로 딸의 학교에 오는 건 비상식—."

바로 그때, 말을 하다 멈춘 마이는 방금 교실 안에 들어온 본디지 의상의 여성을 보고 할 말을 잃었다.

"어, 엄마?!"

"뭐?"

시도가 아연실색한 사이, 그 여성에게 다가간 마이는 얼굴을 새빨갛게 붉힌 채 항의를 하기 시작했다.

"왜, 왜 그 복장으로 온 거야?!"

"미안해. 일 끝내고 집에 돌아가던 길에 옷을 더럽혔지 뭐니. 갈아입을 옷이 이것밖에 없었단다."

"더러운 옷이라도 괜찮으니까 갈아입고 와아아아앗! 그 복장은 완전 아웃이라구!"

마이가 새된 목소리로 고함을 질렀다. 그 모습을 본 미이의 볼을 타고 땀방울이 흘러내렸다.

"아아~ 마이도 고생이네. 아무리 SM클럽의 여왕님이라도 일과 프라이빗은 구분해줘……야……."

바로 그때. 이번에는 미이가 눈을 치켜뜨면서 몸을 부들부들 떨기 시작했다.

고개를 돌려보니, 교실 입구에 장신의 남성이 서 있었다. 흰색 양복 위로도 알 수 있을 만큼 근육질에 면도칼을 연상케 하는 두 눈, 맹금류의 깃털처럼 두꺼운 눈썹이 인상적인 남성이었다. 사람 몇 명 정도는 죽여 봤을 듯한 얼굴이었다. 참고로 그는 한 손에 M16 자동 소총을 들고 있었다.

"사, 삼촌!"

미이는 허둥지둥 그 남성을 향해 뛰어갔다. 그러고 보니 미이의 삼촌이 외국에서 킬러로 활동하고 있다는 이야기를 들은 적이 있다.

"왜, 왜 그런 걸 가지고 온 거야?!"

"…………."

미이의 지극히 당연한 지적을 듣고도 그 남성은 침묵을 일관했다.

"일본에서 어설트라이플을 들고 다니면 엄청 눈에 띈다구! 프로로서의 자각이 부족한 거 아냐?!"

"……저기, 딴죽 걸 부분은 거기가 아닌 것 같은데?"

시도는 무심코 그런 혼잣말을 하면서 볼을 긁적였다.

……뭐랄까, 개성적인 보호자들이었다.

아이, 마이, 미이가 보호자의 손을 잡고 교실에서 나갔다.

그리고 몇 분 후, 아이와 마이가 평범한 복장으로 갈아입은 부모님을, 미이가 어설트라이플을 어딘가에 두고 온 삼촌을 데리고 왔다. ……하지만 유심히 보니 양복 상의의 앞 단추가 풀려 있었다. 마치 왼쪽 겨드랑이 쪽에 있는 『무언가』를 언제라도 뽑을 수 있도록 하기 위해서인 것처럼 말이다.

"……."

"으음……. 시도, 시도!"

시도가 식은땀을 흘리고 있을 때, 토카가 깜짝 놀란 것처럼 눈을 치켜뜨면서 시도의 어깨를 두드렸다.

"아, 토카. 왜 그래?"

"저 사람…… 저 사람도 보호자인 것이냐?"

토카는 그렇게 말하면서 다시 교실 뒤편을 가리켰다. 아무래도 또 누군가가 교실에 들어온 모양이다.

시도는 저 세 사람을 봤으니 이제 그 어떤 보호자가 와도 놀라지 않을 거라고 생각하면서 교실 뒤편을 쳐다보고—온몸을 딱딱하게 경직시켰다.

"어……?"

그곳에는 아름다운 여성 한 명이 있었다. 웨이브진 긴 머리카락과 사파이어 같은 눈동자. 육감적인 몸매는 교실에 있는 남학생들의 시선을 한 몸에 모으고 있었지만 그녀의 행동거지는 조신하고 정숙했다. 그야말로 요조숙녀라는 말이 생각나게 하는 여성이었다.

하지만 가장 인상적인 부분은 그녀의 왼손이었다. 그녀는 왼손에 만화에나 나올 법한 수염을 기르고, 더블수트를 입은 토끼 모양 퍼핏 인형을 끼고 있었던 것이다.

"어……? 뭐, 뭐가 어떻게 된……."

시도는 당혹한 나머지 눈썹을 찌푸렸다.

시도는 분명 저 여성과 일면식이 없다. 하지만 그녀가 왼손에 낀 것은 『요시농』이 틀림없었다.

게다가 유심히 보니 그녀의 얼굴도 눈에 익었다. 뭐랄까, 만약 요시노가 성장한다면 저런 여성이 되지 않을까…… 하는 생각이 들게 하는 미인이었다.

"저, 저기…… 으음……."

『자아, 우선 그 말부터 해야지.』

"아, 응……."

그렇게 그 여성은 사람들의 시선이 부담스러운지 몸을 움츠린 채 퍼핏 인형과 잠시 이야기를 나눈 후, 각오를 다지듯 마른침을 삼키며 얼굴을 들었다.

그리고—.

"……아, 아들이 신세를 지고 있어요. 이츠카 시도의…… 엄마입니다."

『그리고, 아빠입니다.』

—라는 말을 교실 안에 있는 이들을 향해 말했다.

그 뜻밖의 선언 때문에 교실 안에서는 한순간 정적이 감돌았고—.

『뭐어어어어어어어어어어어어어어어어어어어어어어어어어어어어어어어어어어엇?!』

다음 순간, 경악에 찬 목소리가 교실 안을 가득 채웠다.

"잠깐만, 이츠카 군의 어머니라구?!"

"거짓말, 너무 젊지 않아?!"

"설마…… 후처?! 피가 이어지지 않은 어머니?!"

"어, 엄청 에로틱한 표현이네! 금단의 관계를 떠올리게 된다고!!"

"게다가 저게 아버지야?! 이츠카 군, 혹시 토끼 귀 유전자를 가지고 있는 거야?!"

교실 전체가 술렁거렸다.

"아, 아니…… 그게, 으윽……?!"

하지만 시도는 클래스메이트들을 진정시킬 수가 없었다. 이유는 단순했다. 시도 또한 무슨 일이 일어나고 있는 것인지 이해하지 못했기 때문이다.

하지만 바로 그때. 시끌벅적한 교실에 새로운 방문자가 나타난 순간— 학생들은 순식간에 입을 다물었다.

부하로 보이는 여성을 대동한 초로의 남성이었다. 꼿꼿한 등과 꾹 다문 입술이 그의 고지식한 성격을 드러내고 있었다.

""""…………으.""""

그 인물이 등장하자, 학생들은 숨을 삼켰다.

하지만 그것도 무리는 아니었다. 다들 어제 사진을 통해 그의 얼굴을 봤던 것이다. 그가 바로 텐구 시 교육 위원회의 쿠류 쇼타로 교육장인 것이다.

"두목이 나타났군……."

"4반의 결속력을 보여주자구……."

"타마 선생님이 모가지 당하게 놔둘 것 같아……."

학생들은 교육장에게 들리지 않을 만큼 낮은 목소리로 말했다. 시도의 어머니를 자처하는 정체불명의 여성을 향한 흥미가 사라진 것은 아니지만, 지금은 이 수업을 무사히 넘기는 것이 중요하다고 생각한 것이리라. ……수업 종료 후에 시작될 질문 공격을 상상한 시도는 벌써부터 마음이 무거워졌다.

하지만 시도도 마음은 다른 학생들과 같았다. 타마 선생님이 이 반의 담임 자리에서 물러나는 것은 그도 원하지 않았다. 게다가 이 일의 원인은 시도라고 해도…… 과언이 아니었다. 정체불명의 어머니에 관한 건 나중에 알아보기로 결심한 시도는 마음을 진정시키기 위해 숨을 고르면서 교탁을 쳐다보았다.

그에 맞추기라도 한 것처럼 차임이 울리더니 교실 문이 드르륵 소리를 내면서 열렸다. 오늘의 주역인 타마 선생님이 등장한 것이다.

"……어?"

하지만 교실에 들어온 사람을 본 시도는 아연실색했다.

그럴 만도 했다. 교실에 들어온 사람은 몸집이 조그마한 사회과 교사 타마 선생님이 아니라—.

"우후후……. 수업을 시작할게. 다들 자리에 앉으렴~."

—같은 말을 달콤한 목소리로 입에 담은 장신의 미녀였던 것이다.

비단 같은 머릿결. 촉촉한 입술. 그리고 모델도 울고 갈 듯한 몸매를 자랑하는 20대 중반의 여성이었다. 위에서부터 세 개의 단추를 풀어 벌어진 블라우스 사이로 보이는 끝내주는 가슴은 금방이라도 흘러나올 것만 같았고, 깊숙한 곳까지 슬릿이 들어간 타이트스커트 아래로는 요염한 허벅지가 보였다. 일단 교사라는 사실을 의식하고 있는지 테가 얇은 안경을 썼고 한 손에는 지시봉을 들고 있었지만, 솔직히 말해 엉큼한 플레이용 도구로 보였다.

마치 『여교사』라는 말의 해석에 완벽하게 실수한 것처럼 보이는 여성이 등장하자, 교실 안은 또 술렁거렸다.

하지만 시도는 다른 학생들과는 다른 이유에서 깜짝 놀라고 있었다.

"나……나츠미……?!"

그렇다. 그 여교사는 나츠미가 어른으로 변신한 모습이었다. 그 모습을 본 적 있는 토카 또한 영문을 모르겠다는 듯이 눈을 동그랗게 뜨고 있었다.

요시노로 보이는 여성이 등장한 탓에 혼란스러워졌던 뇌가 더욱 혼란스러워졌다. 대체 그녀들은 뭘 하고 있는 걸까.

시도가 그런 생각을 하고 있을 때, 나츠미는 필요 이상으로 몸을 배배 꼬면서 교탁 위에 앉더니 도발적으로 다리를 꼬았다. 그리고 입가에 손가락을 하나 대면서 "쉿." 하고 말했다.

"자아, 여러분, 조용히 하세요~. 그럼 수업을 시작할게요. 선생님에게 질문할 게 있다면 수업이 끝·난·후·에 해주세요."

그런 요염한 모습을 본 남학생들과 일부 학부형들은 마른 침을 삼켰다.

하지만— 그들은 바로 정신을 바짝 차렸다. 큰일 났다. 무슨 일이 일어나고 있는 건지는 모르겠지만, 아무튼 큰일 난 것은 분명했다.

교실 뒤편을 힐끔 쳐다보자 쿠류 교육장이 언짢다는 듯이 미간을 찌푸린 채 부하 여성에게 무슨 말을 하는 모습이 보였다.

"…………윽!"

그 모습을 본 학생들은 누가 신호를 보낸 것이 아닌데도 아이 콘택트를 나누기 시작했다.

(—저 선생님, 대체 누구야?!)

(우리 학교 선생님이 아니라는 걸 밝히는 게 좋지 않을까?)

(하지만 그랬다간 타마 선생님이 중요한 수업을 빼먹고 어딘가에 간 것이 되지 않아?)

(그, 그럼 어떻게 해!)

(그건……)

다들 눈 깜빡임과 시선만으로 의사소통을 끝낸 후, 자세를 바로 하면서 교탁을 바라보았다.

그렇다— 학생들은 이대로 수업 받는 길을 선택한 것이다.

저 선생님이 누구인지는 알 수 없다. 어째서 이곳에 있는지도 알 수 없다. 하지만 수업이 시작된 이상, 그것을 끝내는 것 이외에는 교육장을 납득시킬 방법이 없는 것이다.

수업은 선생님이 혼자서 만들어나가는 것이 아니다. 포수의 글러브에 공이 꽂히면서 내는 소리가 크면 클수록, 투수의 공은 강속구처럼 보인다. 학생들이 멋지게 호응해준다면 이 선생님의 수업을 명강의로 보이게 만드는 것도 가능하리라.

(저 누님. 대체 어떤 수업을 할까?)

(아무튼, 모범적인 학생을 연기해주겠어!)

(타마 선생님과 우리의 행복한 내일을 위해서……!)

나츠미는 학생들의 진지한 태도를 보고 만족했는지 고개를 끄덕인 후, 분필로 칠판에 글자를 적었다.

『착한 아이의 보건체육 ~아기는 어디에서 오는가?~』

그 문장을 본 시도를 비롯한 학생들은 일제히 얼어붙었다.

(—하필이면 성교육이냐아아아아아앗?!)

아이 콘택트를 할 필요도 없었다. 모든 학생들이 똑같은 마음이라는 것은 쉬이 상상이 되었다.

안 그래도 성교육은 수업 참관 때는 하지 말아줬으면 하는 수업이다. 게다가 지금은 엄격한 교육장이 시찰을 하고 있는 중이다. 그 원인은 라이젠 고교 학생이 익스트림한 불순 이성 교제를 하고 있다는 소문이 돌고 있기 때문이다.

"……어머?"

나츠미는 그제야 교실 안의 분위기가 변했다는 사실을 눈치챈 것 같았다. 분필을 내려놓은 그녀는 교실 전체를 둘러보면서 말했다.

"다들 왜 그래? 분위기가 많이 어둡잖니."

""""…………….""""

나츠미가 밝은 목소리로 그렇게 말했지만, 학생들은 아무 말도 하지 않았다.

그 침묵을 어떻게 받아들인 것인지는 모르겠지만 나츠미는 뭔가를 눈치챈 것처럼 손뼉을 가볍게 쳤다.

"아! 맞아. 미안해. 이 선생님이 눈치가 없었구나."

그리고 교실 안을 둘러보면서 말했다.

"모처럼의 수업 참관이니 보호자 여러분께도 참가를 부탁드리도록 하자. 자아, 보호자 여러분. 자녀 옆으로 이동해주세요."

(—상황이 더 악화됐어어어어엇!)

(저 누님, 대체 무슨 생각을 하고 있는 거야아아앗?!)

(보호자 참가형 성교육이라니, 완전 고문이잖아아아앗!)

학생들이 새파랗게 질린 얼굴로 식은땀을 줄줄 흘리고 있을 때, 보호자들은 당황한 표정을 지으면서도 자신의 아이 옆으로 이동했다. 당연히 시도의 부모를 자처한 여성과 퍼핏 인형은 시도의 옆에 섰다.

"……요시노…… 맞지?"

시도가 작은 목소리로 물었다. 그러자 예상대로 여성은 고개를 끄덕였다.

"대체 뭐가 어떻게 된 거야? 왜 나츠미가……?"

"시, 실은……."

요시노는 작은 목소리로 간략하게 자초지종을 설명했다. 그러자 시도의 이마에 땀방울이 맺혔다.

"쓰러진 타마 선생님을 대신해서……?"

"예……. 나츠미 씨는 장난을 치는 게 아니라……."

"그래……. 알아."

하지만 타이밍이 너무 좋지 않았다. 시도는 교실 뒤편에 남아 있는 쿠류 교육장과 그의 부하를 힐끔 쳐다보았다.

바로 그때, 나츠미가 교육장에게 말을 걸었다.

"어머, 왜 그러시죠?"

"아니, 나는—."

"사양하지 마시고 이쪽으로 오세요."

"……."

나츠미는 교실 뒤편으로 걸어가더니 교육장의 손을 잡고 옆에 아무도 서 있지 않은 학생— 토카의 곁으로 데려갔다.

토카와 시도 사이에 선 교육장은 당혹스러운 표정으로 토카에게 말을 걸었다.

"……미안하네. 잠시 실례하지."

"음? 괜찮다."

교육장의 말을 이해하지 못한 토카는 태연한 목소리로 그렇게 대답했다.

"자네들의 선생님은 항상 저런 느낌인가?"

"음? 무슨 소리를 하는 것이냐? 재는 선생님이 아니라—."

"……읏! 유, 유머러스한 선생님이죠? 친구 같은 선생님이라 학생들 사이에서도 인기가 많아요!"

토카의 말을 막듯, 시도가 입을 열었다. 교육장은 이해가 안 된다는 표정을 지은 채 고개를 갸웃했다.

"……흐음."

무슨 말을 한 것은 아니지만, 교육장의 심기가 좋지 않다는 것은 확연하게 알 수 있었다. 주위 학생들도 그것을 느꼈는지 태연을 가장하면서도 눈썹 가장자리가 희미하게 떨렸다.

(큰일 났어……. 진짜로 큰일 났다고……)

(이대로 가다간, 특별 갱생위원 코스 직행이야……!)

(어, 어떻게든 해야 해……!)

학생들은 아무 말 없이 시선을 나눴다. 바로 그때, 나츠미 선생님이 환한 미소를 지으며 입을 열었다.

"자아! 그럼 아버님, 어머님께 여러분이 어떻게 태어났는지 물어보죠!"

나츠미의 절망적인 선고는 학생들뿐만 아니라 보호자들까지 어깨를 부르르 떨게 만들었다.

(—이제 그만해애애애앳!)

(농담하는 거지이이이이이이잇?!)

(아무 말도 듣고 싶지 않아아아아아아앗!)

학생들의 소리 없는 외침이 교실 안을 가득 채웠다. 시도는 자신의 오른편에 선 교육장이 토한 언짢음 섞인 헛기침 소리를 들었다.

하지만 그 사실을 전혀 눈치채지 못한 듯 나츠미는 손가락을 하나 세우더니 누·구·에·게·물·어·볼·까·요, 하고 말하면서 손가락으로 학생들을 가리켰다.

"자, 그럼 우선 야마부키 양. 부탁해."

"예엣?!"

아이는 싫어죽겠다는 듯한 비명을 질렀다. 교육장의 눈썹이 떨렸다.

(아이! 안 돼! 스마일, 스마일!)

(학생이 싫어하는 수업을 하고 있는 것처럼 보이면 그걸로 끝이야!)

마이와 미이가 눈으로 호소했다. 아이는 울 것 같은 표정을 지으면서 어색한 미소를 지었다.

"와, 와아~ 서, 선생님. 이런 좋은 기회를 주셔서 정말 기뻐요~! 자, 자아, 아빠. 빨리 대답해드려."

"으음, 요즘 공개 수업에서는 흥미로운 내용을 다루는군요."

아이가 그렇게 말하자, 방금 전까지 수상쩍은 복면을 쓰고 있던 아이의 아버지는 진지한 표정을 지었다.

"자식을 만드는 방법에는 사실 몇 가지 패턴이 있죠. 그럼 제 딸아이가 생겼을 때 썼던 방법을 이야기해보죠."

"…………읏!"

아이의 얼굴이 새빨갛게 달아올랐다. 하지만 그녀의 아버지는 태연한 얼굴로 말을 이었다.

"우선 보름달이 뜨는 날, 닭의 피로 그린 마방진에 아내를 눕힙니다."

"아니, 무슨 소리를 하는 거야아아앗!"

아이는 고함을 지르며 아버지의 멱살을 잡았다. 하지만

교육장의 시선을 느낀 그녀는 어깨를 부르르 떨면서 메마른 미소를 지었다.

"아, 아빠도 차암~ 농담을 너무 좋아한다니깐. 서, 선생님. 괜찮다면 다른 사람에게도 물어봐 주세요."

"응? 그럼…… 다음은 하자쿠라 양에게 부탁해볼까?"

"……윽! 여, 영광이에요……."

이번에는 마이가 메마른 미소를 지었다. 거부가 허락되지 않는 지옥의 문답. 왠지 수상쩍은 신흥 종교의 세미나를 보고 있는 것만 같았다.

마이가 재촉하자, 방금 전까지 본디지 의상을 입고 있었던 그녀의 어머니가 입을 열었다.

"글쎄요~. 우선 저와 진성 왕 변태 토사물 돼지 자식의 만남은—."

"토사물 돼지 자식?"

"아, 죄송해요. 제 남편을 말하는 거예요."

(—나, 남편?!)

학생들은 마음속으로 일제히 딴죽을 날렸다. 하지만 마이의 어머니는 개의치 않으면서 말을 이었다.

"원래 저희 가게의 손님이었는데, 이렇게 불러주면 정말 기뻐해요. 기본적으로 괴롭힘당하는 걸 좋아해서, 이 애를 만들 때도 가죽 벨트로 꽁꽁 묶어줬죠. 그런데 그 자식이 허락도 없이—."

"서, 선생님! 좀 더 다방면으로 의견을 듣는 게 참고가 될 것 같으니, 다른 분들께도 물어보는 게 어떨까요?!"

허둥지둥 손을 든 마이는 모친의 말을 막으면서 그렇게 말했다.

"으음, 그래? 방금 그 이야기도 꽤 재미있을 것 같은데…… 뭐, 좋아. 그럼 다음은 후지바카마 양."

"윽! 아, 저, 기, 저희 집은 부모님이 바쁘셔서, 삼촌이 대신 오셨어요! 아아, 아쉬워라~!"

"나와 잔 여자 중 살아 있는 이는 한 명도 없다."

"Shut up!"

미이는 표정 하나 바꾸지 않고 그렇게 말한 삼촌의 입을 막았다.

이런 일련의 문답을 본 교육장은 핏대를 세우고 있었다.

"자네…… 이 반의 수업은 항상 이런 느낌인가?"

"아, 아니, 그게……."

언짢아 보이는 교육장에게 뭐라고 대답할지 고민하고 있을 때, 나츠미는 씨익 웃으면서 시도를 향해 고개를 돌렸다.

"그럼 이번에는 시도 군과 그의 어머님에게 물어볼까나~."

"뭐—."

"……윽."

요시노는 나츠미의 말을 듣고 숨을 삼켰다.

"자아, 대답해주세요. 아기는 어떻게 만드는 거죠? 아드님에게 가르쳐주세요. 부모님이 협력해주셔야 자녀분에게 있어 추억에 남는 수업 참관이 될 거라고 생각해요."

"저, 저기……."

"부탁드려요."

나츠미는 조금 흥분한 듯한 어조로 말했다. 요시노는 난처한 듯이 눈썹을 팔(八) 자 모양으로 일그러뜨리면서도 떨리는 입술로 말했다.

"으음…… 그건……."

"예."

"나, 남자와, 여자가…… 그러니까."

"그러니까, 뭐죠?"

나츠미는 느긋한 동작으로 걸어오더니 요시노의 턱을 살며시 들어 올렸다. 그 요염한 동작을 본 순간, 무심코 가슴이 뛰었다.

"자아…… 가르쳐주세요."

나츠미는 재촉하듯 물었다. 요시노는 볼을 새빨갛게 붉혔다.

"어, 어이. 너무 심한 것……."

시도가 식은땀을 줄줄 흘리면서 나츠미를 제지하려고 한 순간, 갑자기 오른편에서 목소리가 들려왔다.

"……적당히 하시죠!"

누구인지는 안 봐도 뻔했다. 쿠류 교육장이다. 나츠미의

자유롭기 그지없는 수업을 더는 두고 보지 못하겠다는 분위기를 띤 그의 얼굴은 짜증으로 물들어 있었다.

"좀 전부터 잠자코 보고 있었더니, 당신 대체 뭘 하는 겁니까?! 그분에게서 떨어지세요! 당신, 교사로서의 자각이 있기는 한 겁니까?!"

"어머? 왜 그러시죠? 으음…… 어느 학생의 아버님이시죠?"

"시치미 그만 떼시죠! 정말 실망스럽군요. 이게 일선에서 활동하는 교사의 레벨입니까? 그리고 그 파렴치하기 그지없는 복장은 뭡니까! 잘 들으세요. 교사는 수업만 하면 되는 존재가 아닙니다. 학생들의 규범이 되어야 한다고요! 특히, 이곳 텐구 시는 전국에서도 공간진 피해가 손꼽힐 만큼 많은 지역입니다. 당신 같은 사람이 유사시에 학생들을 지킬 수 있겠습니까?!"

교육장이 언성을 높이자, 나츠미는 장난기 섞인 눈빛으로 말했다.

"어머 어머, 그렇게 고함을 지르시면 혈압이 올라갈 거예요~."

(기름 좀 붓지 마아아아아아아아아앗!)

학생들의 진심 어린 마음의 외침이 메아리쳤다. 그 와중에도 교육장은 불쾌하다는 듯이 눈썹을 찌푸렸다.

"됐습니다! 정말 말이 안 통하는 사람이군요. 이러니 그런 소문이 도는 거겠죠. —이 건에 대해서는 교육 위원회에 정식으로 회부하겠습니다. 최악의 경우, 특별 갱생 위원이 파견될 수도 있겠죠."

"윽……!"

시도는 눈을 치켜뜨면서 숨을 삼켰다. 시도만이 아니었다. 클래스메이트들은 일제히 절망적인 표정을 지었다.

그 분위기를 감지했는지 요시노는 난처한 표정을 지으면서 교육장을 바라보았다.

"저, 저기…… 저는 괜찮습니다……. 그, 그리고 선생님도 나쁜 뜻이 있어서 그런 건 아니라고 생각해요."

"그런 문제가 아닙니다, 어머님…… 응?"

요시노를 향해 고개를 돌린 교육장은 의아한 표정을 지었다.

"……실례했습니다. 꽤 젊어 보이시는데 보호자분이신가요?"

"아, 예……. 이츠카 시도의…… 엄마입니다."

『그리고, 아빠입니다.』

"……."

요시노와 『요시농』의 말을 들은 교육장은 당혹스럽다는 듯이 미간을 찌푸렸다.

『이야, 그렇게 쳐다보면 부끄럽다고요~. 톡톡.』

이 침묵을 견디지 못한 수염 달린 『요시농』이 교육장의 코를 톡톡 두드렸다. 그리고 순식간에 교육장의 인상이 험악해졌다.

"뭐 하시는 겁니까!"

그렇게 말하면서 『요시농』의 얼굴을 잡더니 요시노에게서 『요시농』을 빼앗았다. 그러자 요시노는 "히익." 하고 숨을 삼켰다.

"딱히 인형 놀이를 하지 말라는 건 아닙니다. 하지만 때와 장소를 가려주십시오. 초면인 사람에게 이러는 건 실례라고 생각하지 않는 겁니까?"

"윽, 큰일 났다……!"

시도는 전율했다. 교육장의 말은 하나같이 옳지만, 정령에게 그런 상식을 강요해서는 안 된다. 특히 요시노는 성격이 얌전하지만 친구인 『요시농』과 떨어지면 급격하게 정신 상태가 불안정해지고 마는 것이다.

"아…… 아, 요, 요시……농……."

"요, 요시노, 진정―."

하지만 시도가 요시노를 진정시키려고 했을 때는 이미 한 발 늦었다. 온몸을 부들부들 떨기 시작한 요시노의 눈에 눈물이 맺힌 순간, 주위의 온도가 급격하게 내려갔다. 그리고 학교 건물이 삐걱거리기 시작했다.

"아…… 이, 이건……!"

교육장이 당황한 목소리를 냈다. 시도는 어금니를 깨물었다. 이 소리는 이전에도 들은 적이 있었다. 수도관 안의 물이 요시노의 영력에 의해 동결 및 융기되면서 건물을 파괴하고 있는 것이다.

아니…… 아마 그것만이 아닐 것이다. 토카를 비롯한 여러 정령들이 다니고 있는 이 라이젠 고교는 다른 곳에 비해 가혹한 환경에 처해 있었다. 건물에 축적된 대미지가 단숨에 터지고 만 것이리라.

잠시 후 건물이 흔들리기 시작하더니, 벽과 천장에 금이 가기 시작했다.

"뭐, 뭐야……?!"

"꺄아아아앗!"

"도, 도망쳐!"

학생과 보호자들이 허둥지둥 교실에서 도망쳤다. 그 때, 도망치는 사람들에게 휘말린 교육장은 『요시농』을 놓쳤고, 『요시농』은 학생들의 발에 차여 교실 구석으로 날아갔다.

"아……!"

"시도! 요시노! 이건—."

토카가 혼란에 빠진 학생들을 보고 놀라면서 입을 열었다. 시도는 『요시농』의 행방을 눈으로 쫓으면서 대답했다.

"토카는 먼저 도망쳐! 나도 요시노를 진정시킨 후 바로 따라갈게!"

"하, 하지만—."

"자, 토카도 서둘러!"

"이거 진짜로 장난이 아닌 것 같아!"

"이게 신의 분노란 거 아냐?!"

아이, 마이, 미이는 그렇게 말하면서 토카를 데리고 교실에서 나갔다.

시도는 다른 사람들이 전부 나간 후, 『요시농』을 주워서 오열하는 요시노를 향해 뛰어갔다.

"자, 받아, 요시노! 요시농이야!"

시도는 그렇게 말하면서 요시노의 왼손에 『요시농』을 끼워줬다. 그러자 『요시농』은 등을 꼿꼿이 세우더니 수염을 쓰다듬으면서 말했다.

『안녕하세요. 아빠입니다.』

"요, 요시농……!"

안도에 찬 표정을 지은 요시노는 『요시농』을 꼭 끌어안았다. 나츠미의 변신 능력 덕분에 커진 가슴에 『요시농』이 완전히 파묻혔다.

『꺄아~. 숨~막~혀~!』

"미, 미안해, 요시농……."

시도는 그 모습을 보고 한숨을 내쉰 후, 요시노의 손을 잡았다. 이미 다들 피난을 끝냈기에 교실에는 아무도 없었다. 금이 간 벽과 천장은 금방이라도 무너질 것만 같았다.

"요시노. 일단 밖으로 나가자."

"아, 네……!"

요시노는 고개를 끄덕이면서 시도와 맞잡은 손에 힘을 줬다. 하지만—.

"우왓……?!"

"꺄앗!"

시도와 요시노가 교실에서 나가려 한 순간— 엄청난 소리를 내면서 무너진 천장이 두 사람을 가로막았다.

"하아……. 하아……."

붕괴된 건물에서 빠져나온 쿠류 교육장은 교정에 도착한 후에야 안도의 한숨을 내쉬었다.

무슨 일이 일어난 것인지 알 수가 없었다. 주위의 상황을 볼 때 지진이 일어난 것은 아닌 것 같지만…… 부실 공사 때문에 무너진 것일까.

주위에는 다른 교실에서 도망친 것으로 보이는 학생과 교사, 보호자들이 모여 있었다. 마치 학교 조회라도 하고 있는 것 같았다.

한편에서는 각 반의 담임이 자신의 반 학생들과 보호자가 전원 무사한지 확인하기 위해 점호를 시작했다. 방금 최악의 수업을 했던 2학년 4반의 담임도 주위 교사들이 하는 것을 보고서야 학생들과 보호자들이 무사한지 확인하기 시작했다.

"시도와 요시노가 없다!"

그러자 토카라고 불린 여학생이 갑자기 고함을 질렀다.

"분명 아직 저 안에 있을 거다! 내가 구해오겠다!"

그리고 그렇게 말하면서 금방이라도 무너질 것 같은 건물 안으로 들어가려 했다. 그러자 여학생 세 명이 허둥지둥 그녀를 말렸다.

"아, 안 돼, 토카!"

"맞아, 위험해!"

"금방이라도 무너질 것 같단 말이야!"

"놔, 놔다오……!"

토카가 자신을 말리는 세 사람을 떨쳐내려 했다. 바로 그때, 누군가가 그녀의 어깨에 손을 얹었다. ―4반의 담임 교사였다.

"내가 갈게, 토카 양. 그러니까 여기서 기다려줄래?"

"나츠미……?"

토카가 눈을 동그랗게 뜨자, 나츠미라고 불린 교사는 윙크를 했다.

그리고 신고 있던 하이힐을 벗더니, 입고 있던 치마를 찢어서 움직이기 편하게 만든 후, 건물 안으로 뛰어 들어갔다.

"아……!"

그 뜻밖의 행동을 본 쿠류 교육장은 눈을 치켜떴다. 설마

저 불량 교사가 저런 짓을 할 것이라고는 꿈에도 생각하지 못했던 것이다.

"누, 누가 안으로 들어갔어!"

"거짓말?! 위험하단 말이야!"

"거, 건물이 무너진다!"

누가 그렇게 외친 순간, 쿠쿵…… 하는 묵직한 소리를 내면서 건물의 일부가 함몰되듯 붕괴되기 시작했다. 엄청난 흙먼지가 피어오르자 사람들의 입에서 비명이 흘러나왔다.

하지만 다음 순간.

"—우와아아아아앗?!"

"꺄앗……!"

그런 고함 소리가 위쪽에서 들려오는가 싶더니 흙먼지 안에서 뭔가가 튀어나왔다.

유심히 보니, 그것은 양쪽 허리에 학생과 그 학생의 어머니를 안아 든 나츠미 선생님이었다. 아무래도 건물이 무너지는 순간, 창밖으로 뛰어내린 것 같았다.

두 사람을 안아 든 나츠미는 건물 옆에 있는 화단에 착지했다. 그러자 멍하니 그 광경을 지켜보던 학생들이 일제히 박수를 쳤다.

"대단해! 진짜 대단해! 대체 뭘 어떻게 한 거야?!"

"다, 다친 데는 없는 거야?!"

학생들은 그렇게 말하면서 세 사람의 주위에 모였다. 그리고 그에 맞춰 몸을 일으킨 나츠미 선생님은 씨익 웃으면서 V사인을 날렸다. 지면에 주저앉아 있는 두 사람도 무사한 것 같았다.

"……."

쿠류 교육장은 잠시 동안 그 광경을 지켜보면서 생각에 잠겼다가, 이윽고 느릿한 걸음걸이로 세 사람을 향해 걸음을 옮겼다.

그리고 나츠미 선생님 앞에 선 그는 언짢은 표정을 지으면서 입을 열었다.

"……왜 그런 짓을 한 거죠? 위험하다고는 생각하지 않은 겁니까?"

"에엥? 이제 와서 무슨 소리 하는 거예요? 다들 무사하니 된 거 아니에요?"

나츠미 선생님은 어깨를 으쓱하면서 대답했다. 쿠류는 안경을 고쳐 쓰면서 말했다.

"결과적으로 본다면 그럴지도 모르죠. 하지만 당신의 무모한 행동 때문에 피해가 커질 수도 있다는 생각은 하지 않은 겁니까?"

"—하지만 지금의 나는 『선생님』이라고요. 학생들을 지키는 게 제 일이잖아요?"

쿠류의 말을 들은 나츠미는 당연한 소리를 하듯 그렇게 말했다.

"……"

쿠류는 잠시 동안 침묵을 지킨 후, 이윽고 머리카락을 긁적이면서 뒤돌아섰다.

"……역시 당신의 행실에는 문제가 있습니다. 그러므로 특별 강습을 받도록 하세요."

쿠류의 말을 들은 학생들은 눈썹을 찌푸렸다.

"자, 잠깐만요."

"선생님은 이츠카 군과 그의 어머니를 구하려고—."

"—강습을 받은 후, 이 학교의 학생들에게 적절한 교육을 할 수 있도록 노력해주세요."

하지만 쿠류가 그렇게 말하자, 학생들은 한순간 한 방 먹은 듯한 표정을 지은 후 그대로 환호성을 지었다.

◇

그날 방과 후.

"……잘못했어."

"……죄송해요."

원래 모습으로 돌아온 나츠미는 요시노와 함께 이츠카 가의 거실에서 시도를 향해 고개를 숙였다.

쓰러진 오카미네 선생님을 양호실로 옮긴 후, 그녀를 대신해 공개 수업을 하기로 한 것까지는 좋았지만(아니, 그 생각에도 문제가 있었을지도 모르겠지만), 어른 버전 나츠미는 여러모로 폭주하고 만 것이다.

딱히 내용물이 바뀐 것이 아닌데도, 나츠미는 어른 버전이 되면 평소의 부정적 사고방식에서 해방되어 자유로운 언니로 변신하고 만다. 그리고 원래 모습으로 돌아온 순간, 어른 버전 때 저지른 짓들을 떠올리며 "아아아아아아아아아아아아아아아아아." 하고 비명을 질러대게 되는 것이다.

"너희 둘……."

시도가 머리카락을 긁적이면서 그렇게 말하자, 나츠미와 요시노는 어깨를 부르르 떨었다.

"미, 미안해……. 하지만 요시노는 아무 잘못 없어. 내가 꼬셨을 뿐이야. 화낼 거면 나한테만 화내."

"아, 아니에요……. 건물이 부서진 건 저 때문이에요……. 나츠미 씨 탓이 아니에요……."

"요시노……!"

요시노의 말을 들은 나츠미는 허둥지둥 고개를 저었다. 나츠미를 도와주려 한 요시노가 벌을 받아서는 안 된다. 잘못한 사람은 요시노가 아니라 나츠미다. 나츠미는 어떻게든 요시노를 감싸주기 위해 허둥지둥 변명을 하려고 했다.

"……하아."

하지만 그런 두 사람을 본 시도는 두 사람을 꾸짖지도, 꿀밤을 날리지도 않았다. 그저 한숨만 크게 내쉴 뿐이었다.

"나한테 추억이 될 만한 수업 참관을 만들어주려고 해준 건 기뻐. 고마워."

"아…… 으, 응……."

"하지만 일부러 그런 게 아니라고 해도, 다른 사람들에게 폐를 끼친 건 그냥 넘어갈 수 없어."

"아, 으으……."

그 말을 들은 두 사람은 온몸을 잔뜩 움츠렸다.

시도는 팔짱을 끼면서 말을 이었다.

"그러니 두 사람은 벌로써— 오늘 저녁 준비를 도울 것."

"……윽! 뭐?"

"저, 저녁…… 말인가요?"

나츠미와 요시노는 시도가 한 말을 듣고 눈을 동그랗게 떴다.

"자, 빨리 준비해. 서두르지 않으면 다른 애들이 오기 전에 못 끝낸다고."

"으, 응……!"

"네……!"

나츠미와 요시노는 서로의 얼굴을 쳐다본 후, 활기찬 목소리로 그렇게 대답했다.

그 후, 몸이 좋아진 오카미네 타마에 선생님 앞으로 감사장과 특별 강습 안내서가 날아온 바람에 그녀는 매우 당혹스러워하지만…… 그것은 이것과는 별개의 이야기다.

마나 리서치

ResearchMANA

DATE A LIVE ENCORE 3

"흐흥, 흐흐흐흥~."

타카미야 마나는 제목도 모르는 노래를 콧노래로 부르면서 주택가를 걷고 있었다.

어깨 근처까지 기른 머리카락을 하나로 모아 묶은 활발해 보이는 소녀였다. 왼쪽 눈가에 있는 눈물점과 중성적인 외모가 인상적이었다.

"이야~ 이 근처도 오래간만에 와버렸네요~. 뭐, 아무리 마나가 바쁜 몸이라고 해도, 때때로 오라버니에게 얼굴을 보여주지 않으면 쓸쓸해할 테니까요~."

그녀는 기묘한 존댓말로 혼잣말을 하면서 경쾌한 발걸음으로 길을 따라 걸었다.

현재 마나가 향하고 있는 곳은 오빠인 이츠카 시도가 사는 집이다. 친오빠인데 성이 다른 데에는 복잡한 사정이 있었다.

얼마 동안 기억에 의지해 나아가던 마나는 목적지에 도착했다. 지붕이 푸른색인 2층집이다. 집의 문패에는 『이츠카』라고 적혀 있었다.

"자, 그럼……."

오늘 마나가 이 집을 방문한다는 사실을 시도에게는 알려두지 않았다. 그의 놀라는 모습을 상상한 마나는 후훗하고 웃었다.

하지만 마나는 벨을 누르기 직전에 손가락을 멈췄다.

"……아~. 그러고 보니 코토리 씨가 집에 있어버렸지요."

그렇게 말한 마나의 이마에 땀방울이 맺혔다.

코토리는 시도의 피가 이어지지 않은 여동생이다. 그녀는 이 집에서 시도와 함께 살고 있었다.

마나와 코토리는 딱히 서로를 싫어하거나 거북해하는 사이는 아니었다.

하지만…… 사실 마나는 피치 못할 사정 때문에 코토리와 마주치면 여러모로 곤란했다.

"코토리 씨에게 잡히면 바로 병원으로 보내져버릴 테니까요……."

오해 사기 딱 좋은 소리를 하면서 볼을 긁적인 마나는 주위에 사람이 없는지 확인한 후, 벨을 누르지 않은 채 이츠카 가의 정원에 몰래 들어갔다. 그리고 그대로 거실이 보이는 위치까지 걸음을 옮겼다.

코토리가 집 안에 있는지 없는지 살펴본 후, 그녀가 있다면 다음에 다시 오자. 남들에게 칭찬받을 수단은 아니지만, 그래도 피치 못할 사정이 있으니 어쩔 수 없다.

"으음, 오라버니는…… 아."

하지만 나무 뒤에 숨어서 창 너머를 들여다본 순간—.

"앗……?!"

마나는 무심코 눈을 치켜뜨고 말았다.

"이게 대체 어떻게 되어버린 거죠……."

마나의 얼굴은 전율과 공포로 물들었고, 목소리 또한 떨리고 있었다.

하지만 그것도 무리는 아니었다. 지금 마나의 눈앞에는 믿기지 않는 광경이 펼쳐지고 있었기 때문이다.

"예전보다 늘어나 버렸잖아요……!"

그렇다. 이츠카 가의 거실에 있는 사람들의 숫자는 한 손으로 다 셀 수 없을 정도였다.

우선 시도. 그가 여기에 있는 점에는 아무런 문제도 없었다. 원래 이곳은 시도의 집이며, 마나도 그를 만나러 왔으니까 말이다.

그리고 시도의 여동생인 코토리. 그녀도 괜찮은 것으로 치자. 피가 이어지지 않았다고는 해도 시도의 여동생이니까 말이다.

하지만 문제는 남은 이들이었다.

『오오, 이것은 정말 맛있다! 요시노도 먹어봐라!』

『아— 예. 고마워요.』

창 너머에서 목소리가 들렸다. 대화를 나누고 있는 이는 칠흑빛 머리카락과 수정 같은 눈동자를 지닌 소녀와 왼손에 토끼 모양 퍼핏 인형을 낀 조그마한 소녀였다. 이츠카가 옆에 있는 맨션에 사는 토카와 요시노다. 사실 그녀들과는 만난 적이 있는데…… 역시 빈번하게 이츠카 가에 드나들고 있는 것 같았다.

그리고 맞은편 소파를 쳐다보니 얼굴이 똑같이 생긴 쌍둥이가 게임에 푹 빠져 있었다.

『크, 으으윽……! 감히 이 몸에게 빨간색 등껍질을 맞추다니! 그 대가를 치르게 해주겠노라……!』

『조소. 방심한 쪽이 나빠요. 자, 한 발 더 가요.』

『으윽?!』

두 사람은 이런 대화를 나누면서 열심히 컨트롤러를 조작하고 있었다. 그녀들과도 전투 중에 한 번 마주친 적이 있었다. 그녀들의 이름은 야마이 카구야·유즈루 자매다. 활발한 카구야와 차분한 유즈루. 체형면에서 고려해 봐도 빈틈이 없는 포진이다.

그녀들만으로도 엄청난 문제인데, 아직도 남은 사람이 있었다. 거실 구석에서 놀고 있는 두 소녀를 본 마나는 마른

침을 삼켰다.

『아앙, 나츠미 양도 참. 집 안이라고 해도 방심하면 안 돼요~. 여자아이는 언제 어느 때나 남들의 시선을 받고 있다는 자각을 가져야만 하니까요~. 아, 그래요! 나중에 시간 좀 있어요? 제가 옷을 골라드릴게요~.』

『꺄아~! 꺄아——!!』

한 사람은 나츠미라고 불린 처음 보는 조그마한 소녀였다. 뻣뻣해 보이는 머리카락과 언짢아 보이는 얼굴을 지닌 그녀는 다른 소녀에게 잡힌 채 발버둥 치고 있었다.

그리고 그 소녀를 잡고 있는 마지막 한 명이 바로— 현재 일본에서 굴지의 인기를 자랑하고 있는 아이돌, 이자요이 미쿠였다.

마나는 가슴을 진정시키기 위해 심호흡을 한 후, 양손의 손가락을 하나씩 접기 시작했다.

"하나, 둘, 셋, 넷, 다섯, 여섯, 일곱……."

일곱 명. 코토리를 포함해 총 일곱 명의 소녀들이 이츠카가를 점령하고 있었다. 이제 시도의 집이라기보다 여학교 기숙사, 혹은 시도의 총애를 받은 소녀들이 모여 있는 하렘 같았다.

마나는 방심했던 자기 자신을 원망했다. 설마 잠시 눈을 뗀 사이에 이런 상황이 벌어질 줄이야……!

"이건…… 안 돼요! 불결해요! 불결 오브 더 데드예요, 오라버니……!”

마나는 주먹을 말아 쥐었다. 자신이 무슨 말을 하는 것인지 잘 모르겠지만, 아무튼 이건 용납할 수 없다. 그렇다. 남자라면 성실하게 한 명의 여성만을 사랑해야 한다.

그런데 시도는 어떤가. 일곱 명. 마나가 경애해 마지않는 멋진 오라버니는 어느새 양다리, 아니 일곱 다리나 걸치는 바람둥이가 되어 있었다. 유명한 가수인 주디 온그의 말에 따르면 여자는 바다라고 하니, 그야말로 일곱 바다를 넘나드는 남자다. 대해적 캡틴 시도인 것이다.

“……아! 그녀들만이 아니잖아요.”

마나는 고개를 저으며 그렇게 말했다. 한 인물을 잊고 있었던 것이다.

“그러고 보니 새언니…… 아니, 토비이치 상사도 있었죠.”

그 이름을 입에 담은 마나의 얼굴을 타고 한 줄기 땀방울이 흘렀다.

그렇다. 토비이치 오리가미. 마나의 전 동료이자 시도의 연인(자칭). 현재 저 집 안에는 없지만, 그녀를 포함한다면 시도는 여덟 명이나 되는 소녀들을 건드린 것이다.

여덟 명. 미지의 숫자를 접한 마나는 현기증이 났다.

“그, 그래요……. 아직 확정짓기엔 일러요…….”

무너져 버릴 것 같은 자기 자신을 격려하듯 고개를 저었다.

아직 그녀들과 시도의 관계는 명확하지 않았다. 그녀들

모두와 사이가 좋은 것 같지만, 그중 단 한 명만 사랑하는 걸지도 모른다. 겉보기에는 주지육림 하렘이지만, 그래도 마나의 오라버니가 인간의 도리에서 벗어났다고 판단하기에는 아직 일렀다.

“그렇다면…… 조사해볼 수밖에 없겠군요.”

마나는 시선을 날카롭게 만들더니, 혀로 입술을 핥았다.

◇

“자…… 그런데 누구부터 접촉해볼까요…….”

이츠카 가의 정원에 숨은 마나는 턱에 손을 댄 채 생각했다.

조사한다고 해도, 그저 이렇게 보고 있기만 해서는 모을 수 있는 정보에 한계가 있었다. 그렇다고 해서 지금 집 안에 들어가는 것도 좋지 않았다. 시도도 저 소녀들 앞에서는 그런 이야기를 하기 힘들 테고, 무엇보다 모든 일이 끝난 후, 마나가 코토리에게 잡힐 가능성도 있었다.

역시 지금은 개별적으로 직접 만나 물어보는 수밖에 없다. 하지만 마나가 여기 있다는 사실을 코토리에게 들켜서는 안 된다. 코토리만은 그냥 감시만 하기로 하더라도, 어떻게든—.

바로 그때.

『자아~ 나츠미 양! 무서워할 필요 없어요~. 저와 함께 옷 사러 가요~! 달링, 나츠미 양 좀 빌릴게요~.』

『안 간다고 했잖아아아아앗!』

마나가 그런 생각을 하고 있을 때, 집 안에서 그런 목소리가 들렸다.

그리고 잠시 후, 현관이 열리더니 미쿠와 나츠미가 모습을 드러냈다. 아무래도 둘이서 외출할 생각인 것 같았다.

"자아, 빨리 가요, 나츠미 양. 제가 나츠미 양을 공주님으로 만들어드릴게요~."

"끄아아아앗! 요시노오오! 요시노오오오옷!"

……뭐, 사이좋게 외출한다기보다 억지로 치과에 끌려가는 어린아이, 혹은 시장에 끌려가는 송아지 같았다.

"……아, 아무튼, 찬스예요."

마나는 마음을 다 잡으면서 고개를 끄덕였다. 마침 개별적으로 시도와의 관계에 대해 물어보고 싶었던 참이다. 게다가 미쿠와 나츠미는 마나의 얼굴을 모른다. 바라 마지않던 찬스였다.

"좋아……!"

마나는 각오를 다지고 이츠카 가를 나서는 두 사람의 뒤를 쫒았다.

하지만 아직 거리를 벌리지는 않았다. 미쿠와 나츠미가 아직 문에서 몇 미터 정도 떨어진 곳에 있었기 때문이다.

"안~갈~거~야~! 나, 옷 같은 건……!"

"걱정하지 마세요~! 제가 귀엽게 만들어드릴게요~."

"아무도 그런 부탁—! 안…… 했잖아……."

나츠미의 목소리가 갑자기 작아졌다. 큰소리를 내다가 길을 가던 사람들에게 주목 받은 바람에 부끄러워진 것 같았다.

"아, 아무튼, 나는 돌아갈 테니까……."

"괜찮잖아요~. 겨울에 맞춰 약간 이미지를 바꿔보자고요~. 달링과 요시노 양에게 『귀엽다』는 말을 듣고 싶지 않으세요~?"

"으……."

나츠미는 미쿠의 그 말을 듣고 움찔했다.

하지만 바로 나츠미는 고개를 세차게 저었다.

"바, 바보 같은 소리 하지 마. 나한테 그런 말을 해줄 리가……."

말을 하던 나츠미가 갑자기 입을 다물었다. 아마 시도와 요시노라면 그렇게 말해줄지도 모른다고 생각한 것이리라. 그런 나츠미의 갈등을 눈치챘는지, 미쿠는 빙긋 웃었다.

이윽고 나츠미는 볼을 살짝 붉힌 채 미쿠의 시선을 피하면서 입을 열었다.

"……정말이지?"

"네~?"

미쿠는 그 말이 무슨 의미인지 알면서도 입가에 미소를

머금으며 되물었다. 나츠미는 "크윽……." 하고 낮은 신음을 흘리면서 치맛자락을 움켜쥐었다.

"……시도와 요시노가 귀엽다고…… 말해줄 거라는 거 말이야……."

나츠미가 그렇게 말하자, 미쿠는 감격한 표정을 지으면서 그녀를 꼭 끌어안았다.

"아아, 정말, 귀여워요귀여워요귀여워요오오오~!"

"자, 잠깐……?!"

나츠미는 허둥지둥 두 팔로 미쿠를 밀어냈다.

그 모습을 보면서—.

"……."

—그녀들의 대화를 듣고 있던 마나의 볼을 타고 땀 한 방울이 흘러내렸다.

그렇게 옷 사러 가는 걸 싫어하던 나츠미가 "시도가 귀엽다고 말해줄 것이다."라는 말 한마디에 저렇게 태도를 바꿀 줄이야. 게다가 그 순간 그녀는 사랑에 빠진 소녀 같은 표정을 짓고 있었다.

미쿠 쪽은 더 심각했다. 언뜻 보기에는 귀여운 여자아이를 좋아하는 것처럼 보이지만, 마나의 귀는 그녀가 지극히 자연스럽게 『달링』이라는 호칭을 썼다는 사실을 놓치지 않았다.

달링. 달링이다. 영어에서 가장 사랑하는 사람을 가리키는 말이다. 게다가 나츠미의 반응을 볼 때 그 말은 시도를 가리키는 것이 틀림없었다.

마나는 무심코 그 자리에 주저앉아 버릴 뻔했다. 저 국민 아이돌 이자요이 미쿠가 길 한복판에서 한 치의 주저도 없이 『달링』이라는 말을 쓴 것이다. 대체 시도는 미쿠에게 무슨 짓을 한 것일까.

"기왕 가기로 한 거 빨리 가자……! 어차피 옷 고르는 데도 시간이 걸릴 거잖아……."

"네! 그럼 빨리 가요~!"

두 사람은 그렇게 말하면서 걸음을 옮겼다. 생각에 잠겨 있던 마나는 깜짝 놀라면서 두 사람의 뒤를 쫓았다.

그리고 이츠카 가에서 어느 정도 떨어졌을 즈음. 약간의 소동이 벌어져도 이츠카 가에 있는 사람들이 눈치채지 못할 정도의 거리까지 오자, 마나는 두 사람을 앞지른 후 길 한복판에 당당하게 섰다.

"—잠시, 실례해버리겠어요."

"어머~?"

"……윽!"

마나가 막아서자, 미쿠는 영문을 모르겠다는 듯이 고개를 갸웃거렸고, 나츠미는 어깨를 부르르 떨면서 고개를 돌렸다.

"우후후. 무슨 일이시죠~? 저희에게 무슨 볼일이라도—."

미쿠는 말을 하던 도중에 뭔가 알았다는 듯이 가볍게 손

뺨을 치더니, 환한 미소를 지으면서 마나의 손을 잡았다.

"항상 응원해줘서 고마워요~. 허그도 해드릴까요?"

"에엥?"

느닷없는 제안을 들은 마나는 엉뚱한 소리를 냈다. 하지만 그녀는 곧 눈치챘다. 아무래도 미쿠는 마나가 자신의 팬이라고 생각한 것 같았다. 마나는 그 사실을 부정하듯 고개를 저었다.

"아, 그런 것 때문이 아니에요."

"아, 그래요? 그럼 실례했어요~. 그럼 무슨 일이시죠?"

"으음……."

마나는 미쿠의 독특한 분위기에 압도당하면서도 각오를 다진 후, 입을 열었다.

"느닷없이 이상한 걸 묻는 것처럼 들릴지도 모르지만…… 당신들은 오라버— 아니, 이츠카 시도 씨와 어떤 사이인가요?"

"에엥?"

"……시도와?"

마나의 말을 들은 미쿠는 눈을 동그랗게 떴고, 나츠미는 미심쩍은 목소리를 냈다.

뭐, 그녀들이 그러는 것도 무리는 아닐 것이다. 마나도 모르는 사람에게 느닷없이 이런 말을 들었다면 경계했을 것이다. 그녀들이 저런 반응을 보이는 것이 당연했다.

하지만 미쿠는 살짝 굳어 있던 표정을 풀고 입을 열었다.

"후훗, 제 스캔들을 노리는 기자…… 치고는 너무 젊어 보이네요~. 혹시 당신도 달링을 좋아하나요?"

"예엣?!"

뜻밖의 말을 들은 마나는 눈을 동그랗게 떴다.

"그, 그 달링이라는 사람은 역시……."

"달링은 달링이에요. 우후후. 달링은 정말 죄 많은 사람이네요~. 이렇게 귀여운 여자아이에게도 사랑받다니 말이에요~."

"……으음."

마나는 어떤 반응을 보여야 할지 감이 오지 않았다. 하지만 모처럼 상대가 멋대로 착각을 해줬으니 부정할 필요도 없을 것이다. 게다가 가족애 또한 엄연한 사랑이다.

마나가 그런 생각을 하고 있을 때, 미쿠는 몸을 배배 꼬면서 말했다.

"저와 달링의 사이…… 말인가요~. 으음, 한 마디로 설명하는 건 어려울 것 같네요~. 뭐, 대기실에서 키스를 하거나, 달링 때문에 알몸이 된 적이 있다고만 말해둘게요~."

"뭐……?!"

미쿠가 볼을 붉히면서 한 말을 들은 순간, 마나는 전율이 온몸을 휘젓고 다니는 느낌을 받았다.

키스에…… 알몸……?! 자신이 아는 『오라버니』의 이미지와는 너무나도 동떨어진 단어를 들은 탓에 마나는 머릿속이 혼란스러워졌다.

하지만 그것으로 끝이 아니었다. 미쿠는 나츠미의 어깨에 손을 얹으면서—.

"그러고 보니 나츠미 양도 달링과 키스했죠~?"

—더 엄청난 폭탄 발언을 투하한 것이다.

"……윽!"

"뭐…… 뭐……!"

나츠미는 당황할 대로 당황했고, 마나는 아연실색하고 말았다.

"맞죠~? 나츠미 양."

"그, 그건……, 뭐……."

"—."

나츠미가 부끄러워하면서 한 발언에 마나는 눈앞이 새하얗게 변하는 것을 느꼈다. 양다리, 바람둥이, 로리콤, 법적 문제, 범죄…… 같은 단어들이 머릿속에서 춤췄다.

"시, 실례……했습……니다."

마나는 그렇게 말하면서 후들거리는 발걸음으로 두 사람 앞에서 사라지려 했다.

하지만 그 순간. 마나는 미쿠에게 목덜미를 잡히고 말았다.

"어……?"

뜻밖의 사황에 마나가 놀란 목소리를 내자, 미쿠는 만면에 미소를 머금었다.

"우후후. 이렇게 만난 것도 인연이니, 당신도 같이 가지 않겠어요? 지금도 충분히 귀엽지만, 저라면 당신을 더욱 빛나게 만들어드릴 수 있답니다~."

"뭐? 아, 아니, 나는……."

"사양할 필요 없어요~. 당신과 저는 달링을 마음에 품고 있는 동지들이잖아요~. 우후후, 그 보이시한 스타일도 어울리지만, 좀 더 여자아이다운 의상에 도전해보지 않겠어요~?"

"어, 아, 자, 잠깐 어…… 어엇?!"

마나는 나츠미와 함께 미쿠에게 질질 끌려갔다.

"하아……, 하아……. 여, 여기까지 오면, 괜찮겠죠……."

벽 뒤에 숨은 채 거친 숨을 내쉬던 마나는 이마에 맺힌 땀을 닦았다.

마나를 패션 멀티숍으로 끌고 간 미쿠는 반강제적으로 옷을 골라줬다. 그리고 옷 갈아입고 있을 때 탈의실 안을 훔쳐보거나, "그건 이렇게 입는 거예요~." 하면서 가슴 언저리를 만지려고 해댔다. 위기를 감지한 마나는 결국 계산이 끝나자마자 바로 도망쳤다.

"나츠미 씨는 괜찮으려나요……."

마나는 도망치면서 봤던 나츠미의 비장감 넘치는 얼굴을 뇌리에 떠올렸다. ……뭐, 나츠미는 원래 미쿠와 함께 올 예정이었으니 견뎌낼 것이라고 믿을 수밖에 없었다.

"……하아."

마나는 길가에 세워진 자동차의 사이드미러에 비친 자신의 모습을 보면서 작게 한숨을 내쉬었다.

방금 전까지 파카와 반바지를 입고 있었던 마나는 현재 귀여운 블라우스와 치마로 갈아입은 상태였다. 그리고 하나로 모아 묶었다 지금은 푼 그녀의 머리카락은 바람에 휘날리고 있었다(미쿠는 트윈 테일을 권했지만, 그것은 여동생 서열상 마나의 자존심이 허락하지 않았기 때문에 필사적으로 사양했다. 어디까지나 시도의 여동생 서열은 마나가 1등, 코토리가 2등이다).

아무튼 현재 마나는 상류층 아가씨 같은 모습을 하고 있었다. 마나가 한순간 자기 자신을 알아보지 못할 정도였다.

"뭐랄까, 이상한 느낌이네요……."

인기 아이돌답게 이런 쪽의 센스는 확실한 것 같았다. ……뭐, 그녀의 변태적인 언동이 그런 걸로는 보완할 수 없을 만큼 『이자요이 미쿠』의 이미지를 완벽하게 박살내 버렸지만 말이다.

"아, 아무튼, 지금 중요한 건 오라버니예요."

마나는 마음을 다잡듯 그렇게 중얼거린 후, 사이드미러에

서 눈을 떼고 걸음을 옮겼다.

좀 전의 탐문 조사로 시도의 세 다리(오리가미 포함)가 발각됐다. 게다가 새롭게 추가된 이 중 한 명은 국민적 아이돌, 다른 한 명은 나이도 차지 않은 소녀였다. 오라버니가 지닌 지극히 육식계다운 탐욕성을 인식한 마나는 현기증이 날 것만 같았다.

"……하다못해, 하다못해 세 다리 정도로 끝내버려 주세요……."

마나는 그렇게 빌면서 이츠카 가로 돌아왔다. 이곳에는 아직 다른 소녀들이 있을 것이다.

"사실 코토리 씨에게 이야기를 듣는 편이 가장 좋겠지만……."

마나는 으음 하고 신음을 흘렸다.

마나처럼 피가 이어져 있지는 않다고 해도, 코토리는 시도의 여동생이다. 게다가 〈라타토스크〉의 사령관이기도 했다. 아마 전체적인 사정을 가장 잘 알고 있는 이는 바로 그녀일 것이다.

그래서 마나는 코토리에게 오라버니를 잘 부탁한다고 말해뒀는데…….

"대체 뭘 하고 있는 거예요, 코토리 씨……! 오라버니를 관리해버려야 할 거 아니에요……!"

마나는 오만상을 쓰면서 어금니를 깨물었다.

그리고 집 안을 훔쳐보니 아까까지와는 분위기가 달라져 있었다.

미쿠와 나츠미가 없는 거야 당연하겠지만, 시도, 토카, 카구야, 유즈루의 모습도 보이지 않았다. 물론 집 안 어딘가에 있을 가능성이 있지만, 지금 눈에 들어오는 이는 부엌 쪽에 있는 코토리와 요시노뿐이었다.

"코토리 씨와…… 요시노 씨……."

여기서는 두 사람의 대화가 잘 들리지 않았다. 마나는 주위를 철저하게 살피면서 발소리를 죽인 채 부엌 쪽으로 이동했다.

그리고 집 안을 들여다본 순간, 두 사람의 대화가 들렸다.

『아, 요시노. 식기는 거기 둬. 내가 설거지할게.』

『고마워요. 저기…… 도와도, 될까요?』

『아, 괜찮아. 내가 할게.』

『하지만…….』

요시노가 그렇게 말한 순간, 『요시농』이 양손을 움직였다.

『우후후~. 요시노~, 그러면 안 돼~. 코토리는 시도 군이 없는 틈에 시도 군의 도움이 되고 싶은 거란 말이야~.』

『……윽!』

코토리는 『요시농』의 말을 듣고 숨을 삼켰다. 하지만 틀린 말은 아닌지 부정 하지 못했다.

『죄, 죄송해요. 제가 괜한 소리를…….』

『괘, 괜찮아. ……하, 항상 이런 건 시도에게만 맡겼잖아? 그러니까 때로는 도와줄까 해서…….』

코토리는 부끄러운 듯 고개를 돌리고 말했다.

“…….”

코토리의 남매애를 뛰어넘은 듯한 표정을 본 마나는 미간을 찌푸렸다.

“……그, 그럴 리가 없어요. 오라버니와 코토리 씨는 남매잖아요…….”

마나는 고개를 저었다. 좀 전의 일 때문에 신경이 예민해진 것 같았다.

『아— 그럼 저는 테이블을 정리할게요.』

『요시노?』

『저도…… 시도 씨에게 도움이, 되고 싶어요.』

『아…… 그렇구나. 그럼 잘 부탁할게.』

『네!』

요시노는 활기찬 목소리로 대답한 후, 테이블 위에 있는 것들을 정리하기 시작했다. 코토리는 그 모습을 보면서 다시 설거지를 시작했다.

저 모습 자체로만 따지면 보는 이들이 미소 짓게 만드는 장면이었다. 하지만 그녀들이 저런 행동을 하는 동기가 시도에게 도움이 되고 싶기 때문에……라는 것도 사실이기에 마나의 마음은 편치 않았다.

"그, 그래요. 지나친 생각일 거예요……."

아무래도 생각이 나쁜 쪽으로 계속 치우치는 것 같았다. 마나는 마음을 진정시키기 위해 심호흡을 했다.

하지만 바로 그때—.

『아…….』

요시노는 테이블 위에 놓인 내용물이 남은 페트병을 들더니 코토리를 향해 고개를 돌렸다.

『저기, 코토리 씨. 이건…….』

『응? 아, 시도 거네. 정말, 칠칠맞지 못하다니까. 냉장고 안에 넣어줄래? 목마르면 마셔도 돼.』

코토리의 그 말에 반응하듯『요시농』의 귀가 쫑긋 섰다.

『어? 그럼 시도 군과 간접 키스를 해도 된다는 거야?』

『뭐……?!』

『아…………!』

거기까지 생각이 미치지 않았는지 코토리와 요시노는 동시에 숨을 삼켰다.

『우후후~ 왜 부끄러워하는 거야~? 두 사람 다 시도와 뜨겁디뜨거운 직접 키스를 했었잖아~.』

"뭐……?!"

『요시농』이 그렇게 말한 순간, 마나의 볼이 부르르 떨렸다. 흘려들을 수 없는 말이었다. 그들의 대화를 놓치지 않기 위해 마나는 창문에 귀를 댔다.

『느, 느닷없이 무슨 소리를 하는 거야……?!』

『요, 요시농……!』

『어~? 하지만 요시노, 그때 시도 군과 키스했었잖아~?』

『으……, ……했……지만…….』

"…………으윽?!"

요시노가 부끄러움을 감추듯 고개를 푹 숙인 채 그렇게 말한 순간, 마나는 숨을 삼켰다.

『코토리도~. 유원지 갔을 때 했었잖아~. 잠깐만, 어라 어라~? 시도 군은 대체 언제 누구랑 첫 키스를 했었더라~?』

『으, 윽…… 그건…… 5년 전, 나와…… 했었을 거라고 생각하는데…….』

'—코토리 씨이이이이이이이잇?!'

충격적인 폭탄 발언이었다. 마나는 눈알이 튀어나올 것처럼 눈을 치켜뜨더니, 마음속으로 절규를 토했다.

5년 전. 즉, 코토리는 마나와 만나기 전에 시도와 키스 했었던 것이다. —브루투스, 너마저. 어째선지 그런 말이 문뜩 떠올랐다.

아니, 문제는 그것만이 아니다. 지금으로부터 5년 전이라면 코토리는 여덟, 아홉 살이었을 것이다. 물론 시도도 지금 나이에서 마이너스 다섯 살을 해야 한다고 할지라도 너무 조숙했다.

"큭, 저들이 바로…… 요즘 젊은이인건가요……."

마나는 절망적인 심정으로 그렇게 중얼거리면서 부엌 창틀에 손을 얹었다.

하지만— 바로 그 순간. 마나가 손 댄 곳이 톡 빠지면서 텅 하는 소리가 났다.

"앗……!"

갑작스러운 상황에 놀란 마나는 어깨를 부르르 떨었다. 그렇게 체중을 싣지도 않았는데 이렇게 간단히 창틀이 부서져버릴 줄이야. 건물이 노후화된 것일까.

하지만, 곧 그렇지 않다는 사실을 눈치챘다. 유심히 보니 지면에 떨어진 것은 창틀이 아니라 교묘하게 위장된 감시 카메라의 일부였다.

"……이건……."

그것을 주워 든 마나의 볼을 타고 땀이 흘러내렸다. 유심히 보니 카메라 본체에 『문제없어.』라고 적혀 있었다. 뒤편에는 『상관없어.』라고 적혀 있었다. ……의미를 알 수 없었다.

하지만 지금은 그런 걸 생각할 때가 아니었다.

『—방금 그 소리는 뭐지?』

『바, 밖에서 들렸어요……!』

그렇다. 집 안에 있던 두 사람이 방금 그 소리를 들은 것이다.

"큭……."

마나는 미간을 찌푸리고 자세를 낮춘 채 그대로 그 자리에서 벗어났다.

하지만 문밖으로 나가려는 순간, 오른편에서 걸어오던 통행인과 부딪히고 말았다.

"우왓!"

"음?"

평소의 마나라면 가볍게 피했겠지만 딴생각을 하고 있었던 데다, 하늘거리는 치마에 익숙하지 않기 때문에 반응이 약간 늦고 말았다. 결국 마나는 그 자리에서 엉덩방아를 찧었다.

"아야야……."

"음, 미안하다. 괜찮으냐?"

마나와 부딪힌 상대는 그렇게 말하면서 그녀를 향해 손을 내밀었다. 마나는 "아뇨. 저야말로 미안해요." 하고 말하면서 그 손을 잡으려다—.

"……윽!"

—상대의 얼굴을 보고 그대로 말문이 막히고 말았다.

그것도 무리는 아니었다. 상대는 바로 지금 마나가 이야기를 나누러 가려고 했던 소녀 중 한 명인 야토가미 토카였던 것이다.

걷기 편해 보이는 신발을 신은 그녀는 한 손에 흰색 비닐봉지를 들고 있었다. 아무래도 뭔가를 사러 갔다 돌아오는 길인 것 같았다.

"음……? 너, 어디서 나와 만난 적 있지 않느냐……?"
"……윽! 아, 아뇨……."
실은 일전에 얼굴을 마주한 적이 있지만, 복장과 헤어스타일이 다르기 때문에 알아보지 못하는 것 같았다.
"으음…… 그러하냐. 나는 네 얼굴이 눈에 익은데……."
토카가 미심쩍어 하면서 미간을 찌푸리는데, 그녀의 등 뒤에서 누군가의 목소리가 들렸다.
"크큭. 왜 그런 데서 멈춰 선 것이냐, 토카. 혹시 눈에 보이지 않는『녀석들』의 기운이라도 느낀 게냐?"
"의문. 그분은 누구죠?"
그렇게 말하면서 야마이 카구야·유즈루 자매가 걸어왔다. 아무래도 세 사람이 같이 외출을 했던 것 같았다.
"음. 방금 이 앞에서 부딪히고 말았다."
토카가 그렇게 말하자, 카구야는 팔짱을 끼면서 쾌활한 웃음을 터뜨렸다.
"크큭, 수행이 부족하구나. 이 몸이었다면 가벼운 몸놀림으로 그 여자아이를 피했을 게야."
카구야의 말을 들은 토카는 으음, 하고 낮은 신음을 흘리며 미간을 찌푸렸다.
"나도 평소였으면 피했을 거다. 하지만 지금은 시도가 만들어준 밥을 너무 많이 먹어서…… 몸이 무거워졌단 말이다……! 헛구역질이 날 정도로! 이렇게 되면 시도가 나를 이렇게 만든 책임을 져야 하지 않겠느냐!"

"예……?!"

토카의 폭탄 발언을 들은 마나는 망연자실한 표정을 지었다.

헛구역질이라는 것은 보통 임신한 여성이 하는 것이다. 그리고 토카는 시도가 책임을 져야 한다고 말했다. 그 말들이 가리키는 사실을 인식한 순간, 마나는 얼굴에서 핏기가 사라지는 것을 느꼈다.

"충언. ……토카의 방금 발언에는 오해의 소지가 있어요."

"음? 그러하냐?"

유즈루와 토카가 뭔가 대화를 나누고 있는 것 같았지만, 혼란에 빠진 마나의 귀에는 그녀들의 말이 들리지 않았다.

설마 두 사람의 관계가 이 정도까지 진행되었을 줄이야. 시도는 아직 고등학생이다. 결혼은 고사하고, 연인과 자신의 아이를 부양하는 것조차 힘들 것이다.

마나는 절망감, 한탄과 함께 마음속 깊은 곳에서 스멀스멀 솟아오르는 분노를 느꼈다.

"저기…… 시도 씨는 책임 질 생각이 있어버리기는 한 건가요?"

"음? 시도를 아느냐?"

"아, 네. 알아요. 예전에 신세를 진 적이 있거든요."

마나가 얼버무리듯이 그렇게 말하자, 토카는 납득했다는

듯이 "오오." 하고 말했다.

"―그, 그것보다, 어떤가요? 그 이전에 당신은 자신이…… 이렇게 된 것에 납득하고 있나요?"

"으음…… 나도 이렇게까지 될 생각은 없었다만, 오늘은 시도의 솜씨가 평소보다 끝내줘서 말이다. 정신 차리고 보니 이렇게 되고 말았다."

"평소보다 끝내줘서……?! 자, 잠깐만요. 항상 그렇고 그런 걸 하고 있는 건가요?!"

"무슨 소리를 하는 것이냐. 당연하지 않느냐."

"뭐…… 뭐……."

마나는 자신의 이가 맞부딪히는 소리를 들었다. 설마 마나의 오라버니가 이런 파렴치 대마왕일 줄이야……!

참고로 토카는 "밥을 한 끼라도 거르면 힘이 나지 않는단 말이다." 하고 말했지만, 마나에게는 들리지 않았다.

"다, 당신들은, 시도 씨와 어떤 사이죠……?!"

마나는 매달리는 심정으로 야마이 자매를 쳐다보았다.

"오호? 우리와 시도의 사이 말이냐. 크큭…… 글쎄, 한마디로 말하자면 그는 우리와 피의 계약을 맺은 종복이니라."

"대답. 유즈루와 카구야는 동시에 시도에게 소중한 것을 빼앗겼어요. 그 후, 시도는 유즈루와 카구야의 공유 재산이 되었어요."

"도, 동시에……?! 종복……?!"

새롭게 등장한 비정상적인 정보를 들은 마나는 머리를 감싸 쥐었다.

"자, 잠깐만 기다려버려 주세요. 설마…… 그런 일이……."

다리는 부들부들 떨렸고, 이마에는 식은땀이 맺혔다.

하지만 계속 이러고 있을 수는 없었다. 토카는 미심쩍은 표정을 지으면서 코를 킁킁거리고 있었다.

"음……? 이 냄새, 역시 어딘가에서……."

"……읏! 시, 실례할게요!"

마나는 그 자리에서 바로 도망쳤다.

그리고 한동안 내달린 후, 아무도 자신을 쫓아오지 않는다는 사실을 확인하고 나서야 속도를 늦췄다.

"하아……. 하아……."

하지만 발을 멈춘 후에도 심장은 격렬하게 뛰고 있었다.

그것도 무리는 아니었다. 시도의 결백을 증명하기 위해 조사를 진행한 결과, 그가 모든 소녀들을 건드렸다는 사실을 알고 만 것이다.

혹시 자신이 몰래 찾아왔다는 사실을 안 코토리가 다른 사람들과 짜고 자신을 놀린 것이라면— 얼마나 좋을까.

하지만 마나가 볼 때 그녀들은 거짓말을 하고 있는 것처럼 보이지 않았다. 그리고 시도에 관한 이야기를 할 때, 그녀들은 사랑에 빠진 소녀 같은 표정을 지었다. 아무리 마나가 이 사실을 부정하고 싶어도 그녀들의 얼굴을 본 이상,

이 모든 일을 착각으로 치부하는 것은 힘들었다.

이제 인정할 수밖에 없다. 시도는 그녀들 전원과 키스(혹은 그 이상의) 행위를 했으며, 그녀들은 모두 시도를 마음에 품고 있다. 이것만큼은 그 어떤 방법으로도 부정할 수 없는 사실이다.

하지만, 마나는 주먹을 힘껏 말아 쥐었다.

—그렇다. 마나에게는 확인해야만 하는 것이 남아 있었다.

"각오해버려 주세요…… 오라버니."

◇

"다녀왔어~."

쇼핑을 하고 돌아온 시도가 거실에 들어서자, 이미 그곳에 모여 있던 소녀들이 그를 맞이했다.

"앗. 어서 오세요, 달링! 이것 좀 봐주세요~!"

입구 근처에 있던 미쿠가 밝은 목소리로 그렇게 말하면서 옆에 있는 소녀의 손을 잡아끌었다. 인상이 너무 달라져서 한순간 알아보지 못했지만, 하늘거리는 귀여운 원피스를 입은 소녀는 바로 좀 전에 미쿠에게 끌려갔던 나츠미였다.

"아, 나츠미구나. 정말 귀여워졌네."

"…………윽!"

시도의 말을 듣고 부끄러움을 느낀 나츠미는 볼을 붉히면서 입을 우물거렸다.

"……고, 고마워……."

미쿠는 그 모습을 행복한 얼굴로 바라본 후, 갑자기 뭔가 생각난 것처럼 "아." 하고 말하며 가볍게 손뼉을 쳤다.

"그런데 달링. 저랑 나츠미가 옷을 사러 가는데 어떤 여자아이와 마주쳤어요~."

"응? 여자아이? 미쿠의 팬이었어?"

"처음에는 저도 그렇게 생각했는데~ 아무래도 제가 아니라 달링의 팬인 것 같았어요~."

"뭐……?"

시도는 영문을 모르겠다는 표정을 지었다.

"내 팬……? 그게 무슨 소리야?"

"으음, 자세한 건 모르겠지만, 저희와 달링의 관계에 대해서 묻더라고요. 그래서 달링에게 마음이 있는 애라고 생각했어요."

"아!"

그 순간 소파에 엎드려 있던 토카가 미쿠가 방금 한 말에 반응했다. 만약 그녀에게 꼬리가 달려 있었다면 꼿꼿하게 섰을 것이다.

"그러고 보니 우리도 그 여자와 만났다."

"뭐? 정말?"

시도가 묻자, 이번에는 야마이 자매가 고개를 끄덕였다.

"음. 해후했었느니라. 게다가 우리가 집으로 돌아올 때, 이 집의 문 안에서 나오더구나. 크큭…… 뭔가가 일어나고 있는 게 분명하니라."

"동의. 시도, 짐작 가는 데 없나요?"

"짐작 가는 데…… 딱히 없는데."

시도는 난처하다는 듯한 표정을 지었다. 정말 짐작 가는 데가 없었던 것이다.

"코토리와 요시노는 어때? 우리가 없을 때 누가 찾아왔었어?"

"아니, 아무도 안 왔어. 아, 하지만……."

코토리는 뭔가를 떠올렸는지 턱에 손을 댔다.

"응? 무슨 일 있었어?"

"저기…… 저와 코토리 씨가 집에 있을 때, 부엌 밖에서 소리가 났어요……. 마치 누군가가 집 안을 훔쳐보고 있었던 것처럼……."

요시노가 코토리를 대신해 대답했다. 눈썹을 팔자 모양으로 만든 그녀는 약간 겁먹은 것처럼 어깨를 움츠리고 있었다.

"뭐라고?"

"과연……. 그건 기분 탓이 아니었던 거야. 다른 애들이 만난 그 여자아이가 좀 신경 쓰여. 단순한 시도의 팬이라면 다행이지만, DEM이나 AST 쪽 사람일 가능성도 없지는 않으니까……."

코토리는 표정을 굳히면서 낮은 신음을 흘렸다.

"아무튼 다들 조심하도록 해. 〈라타토스크〉에 연락해서 조사 좀 해볼게."

코토리의 말을 들은 그들은 고개를 끄덕였다.

하지만 나츠미만은 입가에 손을 댄 채 생각에 잠겨 있었다.

◇

다음 날.

"—오라버니!"

마나는 고함을 지르면서 이츠카 가의 거실로 이어지는 문을 힘차게 열었다.

거실에 들어가 보니 시도가 소파에 앉아 있었다. 느닷없이 집에 들어온 마나를 보고 놀랐는지 눈을 휘둥그렇게 뜨고 있었다.

"어……?! 뭐, 뭐야……?!"

다른 사람은 보이지 않았다. 당연했다. 집 안을 감시하던 마나는 이 집에 시도만 있다는 사실을 확인한 후 들어왔으니까 말이다.

"오랜만이에요, 마나예요! 그것보다 오라버니에게 급히 할 말이 있어요! 오라버니가 건강하게 잘 지내시는 건 정말 기쁘지만, 그래도 너무 기운이 넘치시는 것 같네요?"

마나가 속사포처럼 말을 늘어놓자, 시도는 당혹스럽다는 듯이 미간을 찌푸렸다

"마나……? 자, 잠깐만 기다려! 대체 뭐야?! 그것보다 지금까지 어디—."

"쓸데없는 소리는 하지 말아버리세요! 자, 순순히 이 자리에서 스탠드 업!"

마나가 검지로 시도를 가리키면서 그렇게 말하자, 그는 당황하면서도 일단 자리에서 일어났다.

그 모습을 본 마나는 만족스럽다는 듯이 고개를 끄덕인 후, 그대로 팔짱을 끼면서 말을 이었다.

"어제, 오라버니의 여성 관계를 조사했어요."

"여, 여성 관계……?"

뜻밖의 말을 들은 시도의 볼을 타고 땀방울이 흘렀다.

"이제 와서 시치미 뗄 필요 없어요. 오라버니가 경이적인 여덟 다리 바람둥이 자식이라는 건 이미 알고 있으니까요."

"여덟 다리……?!"

시도는 새된 목소리로 그렇게 말했다. 일부러 저러는 것일까. 아니면 본인도 자각하지 못한 것일까. 어느 쪽이든 간에 칭찬받을 일은 아니다. 마나는 짜증을 내듯 흥 하고 코웃음 쳤다.

"남자라면 평생 한 여성만 사랑할 것! 이에요! 사랑을 이곳저곳에 흩뿌리고 다니면, 그 사랑의 희생양이 된 여자아

이들이 불쌍해져버린단 말이에요! 그러니—."

마나는 날카로운 시선으로 시도의 미간을 검지로 가리키면서 외쳤다.

"지금, 이 자리에서! 솔직하게 말해주세요! 오라버니는 누구를 선택할 것인지! 오라버니는 누구를 좋아하는지!"

"뭐…… 뭐어?!"

마나의 말을 들은 순간, 시도의 얼굴은 경악으로 물들었다.

"음……?"

맨션에서 나와 이츠카 가에 도착한 토카는 평소처럼 현관문을 연 후, 기묘한 표정을 지었다.

그녀가 그런 표정을 짓는 것도 무리는 아니었다. 코토리와 요시노, 야마이 자매와 미쿠가 거실로 이어지는 문에 찰싹 달라붙어 있었으니까 말이다.

"뭘 하고 있는 것이냐?"

""""……윽!""""

토카가 묻자, 그녀들은 일제히 "쉿~!" 하고 말하며 검지를 입술에 댔다.

"으, 으음……?"

잘 모르겠지만 범상치 않은 분위기를 감지한 토카는 입

을 다물었다. 그리고 발소리를 죽인 채 그녀들에게 다가갔다.

"……이게 대체 무슨 일이냐?"

토카가 낮은 목소리로 묻자, 코토리는 아무 말 없이 문틈으로 보이는 거실을 향해 눈짓을 보냈다. 그 사실을 눈치챈 토카는 거실을 쳐다보았다.

그곳에는 두 사람이 있었다. 한 사람은 이 집의 주인인 시도. 그리고 다른 한 사람은— 시도의 친여동생인 타카미야 마나였다.

"시도와…… 마나? 대체 뭘……."

토카는 말을 하다 멈췄다.

이유는 단순했다.

"자아…… 선택해주세요, 오라버니! 토카 씨, 코토리 씨, 요시노 씨, 카구야 씨, 유즈루 씨, 미쿠 씨, 나츠미 씨, 그리고— 토비이치 상사! 오라버니는 누구를 좋아해버리는 거죠?!"

마나가 시도를 손가락으로 가리키면서 그렇게 외쳤기 때문이다.

"뭐……!"

토카는 눈을 치켜뜨면서 다른 이들과 마찬가지로 말 없이 거실을 주시했다.

두근 두근 하고 심장이 크게 뛰었다.

시도가 대체 뭐라고 대답할 것인지— 알고 싶으면서도 알고 싶지 않은 듯한, 그런 기묘한 감각이 가슴속에 퍼져나갔다.

그리고 잠시 동안 난처한 표정을 짓고 있던 시도가 입을 열었다.

"그, 그런 걸 어떻게 갑자기……."

"남자답지 못하네요, 오라버니! 마나의 오라버니라면 화끈하게 결정해버리라고요!"

마나는 한 손을 허리에 댄 채 단호한 어조로 말했다.

그러자 시도는 머리카락이 헝클어질 정도로 쥐어뜯은 후, 한숨을 내쉬면서 각오를 다진 듯한 눈길로 마나를 바라보았다.

"……알았어. 대답해줄게. 나는― 마나의 오빠니까 말이야."

"그 마음은 높이 살게요. 자아…… 그럼 대답해주세요. 오라버니가 가장 좋아하는 사람은 누구죠?"

"그건―."

시도는 가볍게 숨을 들이마셨다.

""""…………."""""

문밖에서 이 광경을 보고 있는 소녀들도 일제히 숨을 삼켰다.

시도는 마나의 눈을 바라보면서 단호한 어조로 말했다.

"—요시노야."

그 순간.

""""……윽?!""""

문밖에 있는 정령들 모두가 동시에 온몸을 부르르 떨었다. 그리고 일제히 요시노를 쳐다보았다.

"……?!"

"—, —?!"

"……, —!!"

말을 할 수 없는 상황이기 때문에 리액션만으로 의사소통을 했다. 하지만 알 수 있는 것은 모두가 혼란에 빠졌다는 것뿐이었다. 다들 눈빛이 흔들리고 있었고, 이마에는 식은 땀이 맺혀 있었다. 특히 요시노의 상태는 심각했다. 얼굴은 새빨갛게 달아올라 있었고, 어떤 반응을 보여야 좋을지 모르겠다는 표정을 짓고 있었다.

모두가 혼란에 빠진 와중에도 시도는 정열적인 말을 계속 내뱉고 있었다.

"더는…… 참을 수 없어. 나는 계속 요시노를 사랑해왔어! 요시노는, 내 마음의 오아시스야!"

마나의 어깨에 손을 얹은 시도는 호소하듯 말했다.

"……윽!"

그 말을 들은 순간, 토카는 가슴이 옥죄어드는 듯한 느낌을 받았다. 토카도 요시노를 좋아한다. 시도가 요시노를 좋아한다는 것도 알고 있다. 하지만…… 왜일까. 시도의 말을 더 들었다간, 토카는 자신이 어떻게 되어버릴 것만 같았다. 무심결에 문을 열어젖히며 거실에 들어가—.

"……응?"

—려던 토카는 움직임을 멈췄다.

이유는 단순했다. 마나가 시도의 얼굴을 노려보더니…….

"……아앙?"

마치 90년대 깡패 만화에 나오는 여자 양아치 같은 표정을 지었기 때문이다. 이유는 모르겠지만 마나의 얼굴 왼쪽 윗부분에 『?!』라는 문자가 떠 있는 느낌이 들었다.

"히익……?!"

열정적인 목소리로 사랑을 속삭이던 시도는 돌변해버린 마나를 보고 어깨를 부르르 떨었다.

"자……알, 들리지 않았어요. 오라버니, 다시 말해주겠어요? 또 되도 않는 소리를 하면 오라버니의 얼굴을 변형이 가능하게 만들어버릴지도 몰라요."

"으, 으음……."

얼굴에 땀방울이 맺힌 시도는 마나의 시선을 피하면서 기어들어가는 목소리로 말했다.

"여, 역시…… 토카……일까……."

"아앙?"

시도의 말을 들은 마나가 또 무시무시한 눈길로 노려보자, 그는 온몸을 부르르 떨었다.

"그, 그럼, 코토리……?"

"앙?"

"히익! 카, 카구야!"

"호오?"

"윽! 시, 실은 유즈루를……!"

"뭐요?"

"사, 사실 미쿠를……!"

"흐음?"

"……윽! 아, 그래! 오리가미……."

"잘 안 들리네요~."

"으, 으음…… 그럼 남은 건 나츠미뿐……."

"뭐라고요?"

시도가 입을 열 때마다 마나는 언짢은 반응을 보였다. 그는 결국 금방이라도 울음을 터뜨릴 것 같은 얼굴로 온몸을 부들부들 떨었다.

하지만 몇 초 후. 시도는 뭔가를 깨달았는지 눈을 치켜떴다.

"그, 그래……. 그런 거구나……."

그리고 시도의 그 말을 들은 마나는 하아 하고 한숨을 내쉬었다.

"……정말. 이제야 깨달은 거예요?"

"그래…… 미안해, 마나. 내가 바보였어. ―눈앞에 이렇게 귀여운 여동생이 있는데 다른 여자를 거론했으니 말이야."

"……예에에에엣……?"

시도의 그 말을 들은 마나는 또 미간을 찌푸렸다.

"어? 이, 이것도 아냐……?"

시도는 힘없는 목소리로 말했다. 그러자 마나는 시도의 안면을 움켜쥐었다.

"으극?!"

"소올~직히 말해 농담치고는 좀 심해버리잖아요, 오라버니. 내가 솔직하게 대답해달라고 좀 전에 말했던 걸로 기억하는데요?"

마나는 이마에 핏대를 세운 채 분노에 찬 목소리로 말을 이었다.

"대답 여하에 따라서는 용서해줄 생각이었지만, 역시 무리였네요. 더 피해가 확산되기 전에 거세시키는 편이 이 세상을 위한 걸지도 몰라요……."

"히…… 히익……?!"

"시도!"

시도가 다시 비명을 지른 순간, 토카는 문을 열어젖히면서 거실로 뛰어들었다. 시도가 괴롭힘 당하는 모습을 더는 두고 볼 수가 없었던 것이다.

다른 이들도 같은 마음인지 토카와 함께 거실로 뛰어 들어갔다.

"앗……!"

그 모습을 본 마나는 놀랐다. 정령들의 모습을 본 순간, 얼굴을 찡그리면서 시도에게서 떨어지더니 그대로 창문을 향해 몸을 날렸다.

그리고—.

"—마나의 오라버니가 이렇게 얼간이 같은 사람일 줄은 꿈에도 몰랐어요. 다음에 만났을 때는 각오해두세요!"

그 말을 남긴 후, 창밖으로 도망쳤다.

"앗! 거기 서, 마나!"

코토리는 허둥지둥 그녀를 쫓아갔지만— 이미 늦었다. 마나는 담을 뛰어넘더니 그대로 모습을 감췄다.

"시, 시도! 괜찮으냐?!"

"달~링~!"

"큭, 마나를 놓치고 말았네……."

그녀들은 그런 말을 하면서 바닥에 쓰러진 시도에게 다가갔다.

"아…… 다들……."

시도는 힘없는 목소리를 내면서 후들거리는 손을 들었다.

하지만 다음 순간.

정령들에게 둘러싸여 있던 시도의 몸에서 옅은 빛이 뿜어져 나오더니, 펑! 하는 소리와 함께 조그마한 소녀로 변모했다.

"나…… 나츠미?!"

코토리는 새된 목소리로 말했다.

그렇다. 방금 전까지 정령들이 시도라고 생각했던 사람은 변신 능력으로 시도로 변한 나츠미였다. 주의 깊게 관찰했다면 꿰뚫어 볼 수 있었을지도 모르지만, 비교 대상도 없고, 시야가 한정되어 있는 데다 잔뜩 긴장한 상태였기 때문에 누구도 눈치채지 못했던 것 같았다.

"나츠미, 너 대체 뭘 하고 있는 거야?!"

코토리가 묻자, 나츠미는 비틀비틀 몸을 일으키면서 대답했다.

"그, 그게…… 수상한 여자가 시도를 캐고 다닌다니까…… 나를 미끼로 써서 낚아보려고……."

"그럼 좀 전에 한 대답은?"

"……대화 도중에 그 애의 정체를 깨달아서, 약간 놀려줄까 싶어서……."

정령들은 나츠미의 말을 듣고 한숨을 내쉬었다.

"……정말, 놀랐잖아."

"맞아요~. 간 떨어질 뻔했다고요~."

정령들의 입에서 안도의 목소리가 흘러나왔다. 하지만 코토리는 굳은 표정을 짓고 있었다.

“……큰일 났네.”

“음? 뭐가 말이냐. 시도가 아니었으니 다행 아니냐.”

“그렇지 않아. 우리는 진실을 알았으니까 괜찮지만…… 마나는 아직 착각한 상태잖아. 그녀가 지금 상태에서 시도와 마주치기라도 하면 큰일 날 거라구.”

““““아…….””””

정령들은 일제히 눈을 크게 떴다.

◇

“정말……! 오라버니가 그런 남자일 줄은 꿈에도 몰랐어요!”

마나는 들고 있던 비닐봉지를 앞뒤로 휘두르며 걸음을 옮겼다. 시도와 소녀들에게 줄 선물을 사서 이츠카 가에 갔었지만, 건네줄 타이밍을 찾지 못한 데다 시도가 너무 한심한 대답을 한 탓에 그냥 들고 나와 버렸다.

방금 전에 본 시도의 한심한 얼굴을 떠올린 마나는 어금니를 꽉 물었다.

확실히 마나는 시도에게 그중에서 한 명을 고르라고 말했다. 하지만 그것은 시도가 그녀들 중 누구도 건드리지 않았을 경우에만 가능했다.

전원과 키스 이상의 짓을 해서 자신에게 반하게 만들어둔 후, "나는 진짜로 좋아하는 사람이 있어. 너랑은 불장난이었어." 같은 소리를 하는 것은 도의에 어긋났다.

"정말 어떻게 해줘야 할까요……!"

마나가 짜증을 내면서 모퉁이를 돈 순간—.

"—어라? 마나? 마나잖아!"

오른편에서 그런 말이 들려왔다.

"네? 아…… 오라버니?!"

그 말이 들려온 방향을 쳐다본 마나는 경악했다. 왜냐하면 그곳에는 방금 전에 만났던 오빠, 이츠카 시도가 있었기 때문이다.

"……호오? 마나를 따라잡다니, 꽤 하는군요. 하지만 대체 무슨 볼일이죠? 일부러 쫓아왔다는 것은 새로운 대답이 준비되어버렸다는 건가요?"

"뭐……? 너 지금 무슨 소리 하는 거야?"

시도는 영문을 모르겠다는 표정을 지었다. 그런 시도를 보고 짜증이 난 마나는 미간을 찌푸렸다.

"좀 전의 질문 말이에요! 토카 씨, 코토리 씨, 요시노 씨, 카구야 씨, 유즈루 씨, 미쿠 씨, 나츠미 씨, 그리고 토비이치 상사! 오라버니는 그중에서 누구를 선택할 거죠?!"

"뭐…… 뭐어?! 선택하라니……."

"빨리 대답해버려 주세요! 마나의 인내심도 바닥 날 것 같단 말이에요!"

시도는 당혹스러운 표정을 지었지만, 마나의 범상치 않은 분위기를 느꼈는지 그녀를 지그시 바라보면서 말했다.

"선택……하라고 해도, 나한테는 무리야."

"……윽! 정말 무책임—."

"—한 사람을 선택하라고 했는데 이런 대답을 하면 화낼지도 모르지만…… 나는 모두가 소중해. 한 사람이라도 없으면 견디지 못할 거야. 그러니까 내 대답은—『전원』이야."

"……."

시도가 진지한 표정으로 그렇게 말하자…….

"……헤헷."

마나는 씨익 웃었다.

"꽤 시간이 걸리기는 했지만…… 뭐, 좋아요. 이래야 마나의 오라버니죠. —방금 전에는 완전 다른 사람 같았어요."

"뭐……?"

시도는 영문을 모르겠다는 표정을 지으면서 대답했다.

"확실히 마나는 한 사람을 고르라고 했어요. 그리고 그게 제 본심이기도 해요. 오라버니가 성실하게, 한 여성을 행복하게 해줬으면 해요. —하지만."

마나는 눈을 부릅뜨면서 단호하게 말했다.

"이미 건드린 이상 어쩔 수 없죠. —마나의 오라버니라면 모두 다 행복해버리게 해주세요!"

"으음……."

"대답 안 할 거예요?!"
"아, 알았어……!"
마나에게 압도당한 시도는 당황해서 고개를 끄덕였다.
"그럼 실례할게요, 오라버니. —아, 맞아요. 이거 받으세요."
마나는 들고 있던 비닐봉지를 시도에게 건넸다.
"어? 이건 뭐야……?"
"건강히 잘 지내세요. —다음에 올 때는 마나도 고모가 되는 건가요?"
그렇게 말한 마나는 손을 흔들면서 떠나갔다.

"뭐, 뭐가 어떻게 된 거야……?"
홀로 남은 시도는 어안이 벙벙한 얼굴로 마나의 뒷모습을 쳐다보았다.
그러다 잠시 후, 오랫동안 보지 못했던 마나와 말 몇 마디밖에 나누지 않았다는 사실을 떠올린 시도는 허둥지둥 그녀를 쫓았지만 찾을 수가 없었다.
"…………."
시도는 말없이 그녀가 준 비닐봉지 안을 살펴보았다.
그 안에는 젖병과 일회용 기저귀 같은 육아용품이 들어 있었다.

"정말⋯⋯ 뭐야⋯⋯?"

시도는 영문을 모르겠다는 표정을 지은 채 멍하니 중얼거렸다.

캣카페 어 라이브

CATCAFE A LIVE

DATE A LIVE ENCORE 3

"오오, 여기가 고양이 카페라고 하는 곳인가!"

점내에 들어오자마자 토카가 큰 목소리로 외쳤다. 그러자 새근새근 자고 있던 고양이들이 큰 소리에 놀라 깜짝놀라 몸을 흔들고 토카 쪽으로 시선을 보냈다.

"침착해. 큰 소리를 내면 고양이가 깜짝 놀란다고."

토카를 뒤따라 들어온 시도는 쓴웃음을 지으며 말했다.

시도와 토카가 찾아온 곳은 텐구시 시내에 있는 고양이카페였다. 토카가 우체통에 전단지가 들어 있는 것을 발견하고는 반드시 가고 싶다고 말을 꺼냈기 때문이다.

아직 이른 시간이라 손님의 숫자가 적었다. 그 대신 여러 가지 털색의 고양이들 몇마리가 쿠션이나 캣타워의 위에서 웅크리고 있었다.

"아, 알겠다. 조심하겠다. 하지만 여기는 엄청나구나. 이렇게나 고양이가 있다니……!"

토카는 눈을 반짝반짝 빛내면서 그 자리에서 무릎을 꿇고 가까이 있던 고양이에게 다가갔다.

하지만, 고양이는 그것을 눈치챘는지 벌떡 일어나서는 재빠르게 도망가버렸다.

"아앗! 왜 도망치는 것이냐!"

"하하, 네가 너무 긴장하니까 오히려 무서워하는 거야."

"으음…… 그런 것이냐. 대체 어떻게 해야 쓰다듬게 해주는 거냐."

"글쎄. 좀 더 상냥하게— 그래, 저기 있는 사람처럼……."

시도는 그렇게 말하면서 가게 안쪽에서 검은 고양이와 놀고 있는 손님을 쳐다보았고— 다음 순간 그대로 굳어버렸다.

이유는 단순했다. 그 손님이 눈에 익었기 때문이다.

프릴이 달린 단색 옷으로 몸을 감싼 소녀였다. 긴 흑발을 둘로 나눠 묶었고, 왼쪽 눈은 앞 머리카락으로 가리고 있었다.

—토키사키 쿠루미. 예전에 시도의 앞에 나타났던 『최악의 정령』이다.

쿠루미는 아직 시도 일행을 발견하지 못했는지, 벌렁 드러누운 검은 고양이의 배를 상냥하게 쓰다듬고 있었다.

"우후후. 여기가 기분 좋은가요냐옹~?"

쿠루미의 말에 대답하듯, 검은 고양이는 냐옹~ 하고 울

면서 쿠루미의 손가락을 날름 핥았다. 그러자 쿠루미는 황홀해 하는 목소리를 내면서 검은 고양이를 안아 들더니 볼을 비볐다.

"정말, 어리광쟁이라니까요냐—."

그리고 그제야 시도 일행의 존재를 눈치챈 것 같았다. 쿠루미는 검은 고양이를 안아 든 채 시도와 마찬가지로 그 자리에서 딱딱하게 굳어버렸다.

"……방금, 뭔가를 봤나요?"

"……아, 아무것도 못봤습니다냐옹……."

시도가 엉겁결에 그렇게 대답하자, 쿠루미는 볼을 새빨갛게 붉히면서 고양이를 살며시 바닥에 내려놓았다. 그리고 에헴 하고 헛기침을 했다.

그 순간, 쿠루미의 주위에 그림자가 생기더니 붉은색과 흑색으로 된 영장을 걸친 또 한 명의 『쿠루미』가 그 자리에 나타났다.

""앗……!""

시도와 토카는 동시에 당황해서 소리쳤다. 그러자 이번에 나타난 영장 차림의 쿠루미는 요염한 미소를 지으며 고양이와 놀고 있던 쿠루미를 쳐다보았다.

"제 분신체가 못난 모습을 보였군요. —이런 개체는 빨리 처분하는 편이 좋겠죠."

영장 차림의 쿠루미가 그렇게 말한 순간, 원래 이곳에 있던 쿠루미가 발치에 있는 그림자에 빨려 들어가기 시작했다.

"꺄~아~."

쿠루미는 꾸민 티가 팍팍 나는 목소리로 그렇게 말하면서 그림자 속으로 사라졌다.

"쿠, 쿠루미……?!"

"우후후. 그럼 이만 실례하겠어요."

영장 차림의 쿠루미는 다시 웃음을 흘리며 자신이 만든 그림자 속으로 사라졌다.

"대, 대체 뭐가 어떻게 된 거야……."

"으, 음……."

그 자리에 남은 시도와 토카는 서로의 얼굴을 바라보면서 한동안 망연자실해 했다.

"하아……."

그림자 안. 영장을 걸친 쿠루미의 『분신체』가 크게 한숨을 내쉬었다.

"일단 『저』의 명예를 지키기 위해 도와드리기는 했지만, 앞으로는 조심해주세요. 『저』."

"……최선을 다할게요."

자신의 분신에게 설교를 듣는다는 굴욕을 경험하고 있던 쿠루미는 인상을 쓴 채 고개를 끄덕였다. 실제로 그녀가 『진짜』인 척해준 덕분에 체면을 지킨 것은 틀림없기 때문이다.

"……앞으로는 그 가게 앞에 보초를 세우도록 하겠어요."

"앞으로 그 가게에 가지 않는다는 선택지는—."

"아……."

"……아뇨, 아무 것도 아니에요."

분신체 쿠루미는 체념 섞인 한숨을 내쉬었다.

정령 메리 크리스마스

Merry ChristmasSPIRIT

DATE A LIVE ENCORE 3

눈은 입만큼 많은 말을 한다……는 말을 통해서도 알 수 있듯, 시선에는 힘이 있다.

안구, 그리고 안구를 감싼 눈꺼풀의 형태. 안면에 존재하는 표정근(表情筋)의 산물에 지나지 않는 그것에, 인간은 옛날부터 불가사의한 힘이 깃들어 있다고 생각해왔다.

물론 그것은 물리적인 힘이 아니며, 시선을 받은 자가 감각적으로 느끼는 것에 지나지 않는다. 상대의 의지를 감지하고, 고려하려는 의식이 시적인 표현을 얻은 것에 불과하리라.

하지만.

"……."

이츠카 시도는 현재 그 힘을 실감하고 있었다. —눈에서 빔이 뿜어져 나오는 것은 아닐까 하는 생각이 들 정도로 말이다.

현재 시각은 오후 6시 30분. 평소처럼 부엌에서 저녁 준비를 하고 있던 시도는…… 자신의 등이 현재 엄청난 주목을 받고 있다는 사실을 눈치챘다.

시도는 볼을 타고 흐르는 땀을 느끼며 뒤쪽을 힐끔 쳐다보았다.

그러자 자신을 향하고 있는 여섯 쌍의 눈과 시선이 마주쳤다.

오른쪽부터 순서대로 말하자면, 토카, 요시노, 나츠미, 미쿠, 카구야, 유즈루, 이렇게 여섯 소녀의 시선이었다. 그녀들은 소파 등받이에 찰싹 달라붙어 있거나 금방이라도 몸을 날릴 듯한 자세를 취한 채 시도를 뚫어져라 쳐다보고 있었다. 예를 들자면 스타트 준비를 끝낸 단거리 육상 선수, 혹은 사냥감이 빈틈을 보이는 순간을 호시탐탐 기다리고 있는 육식 동물 무리 같았다.

"……으음."

그 기묘한 긴장감을 견디지 못한 시도는 기어들어가는 목소리로 말했다.

"슬슬 거실 테이블을 치워……."

그 순간—.

"음! 맡겨만 다오!"

"그건 내 임무이니라!"

"제지. 카구야에게 수고를 끼칠 것도 없어요. 유즈루에게 맡겨주세요."

"아뇨아뇨. 저에게 맡겨주세요~!"

"저, 저기…… 저도……."

『자자, 나츠미도 가만히 있지 말구~.』

"나, 나는 딱히……."

다들 그런 소리를 하면서 일제히 손을 들었다. 그리고 바람의 정령답게 스타트가 빨랐던 야마이 자매가 행주를 획득하더니 둘이서 경쟁하듯 테이블을 닦았다. 한발 늦은 토카는 분한지 "크윽……." 하고 신음을 흘리며 주먹을 말아 쥐었다.

"시도! 내가 도울 일은 없느냐?! 뭐든 하겠다!"

"으음…… 그, 그럼, 요리 옮기는 걸……."

"오오!"

시도의 말을 들은 토카는 눈을 반짝이면서 부엌에 놓인 접시를 옮기기 시작했다.

"아앙~. 여러분, 약았어요~."

토카의 뒤를 이어 미쿠가 입을 열었다. 야마이 자매와 토카에게 일거리를 빼앗긴 그녀는 불만을 표시하듯 입술을 뾰족 내밀었다. 그런 미쿠의 옆에는 일거리를 얻지 못한 요시노와 나츠미가 있었다.

"달링, 제가 할 일은 없을까요~?"

"딱히 없는데……."

시도가 미간을 모으면서 머리를 긁적이자, 미쿠는 좋은 생각이 났다는 듯이 가볍게 손뼉을 쳤다.

"아! 그럼 이렇게 하죠. 저는 여러분이 열심히 일 할 수 있도록 응원가를 부를게요~. 요시노 양, 나츠미 양과 함께요~."

"예…… 예엣?!"

"자, 잠깐…… 멋대로 정하지 마……!"

미쿠의 말을 들은 요시노와 나츠미는 눈을 동그랗게 떴다. 하지만 그런 두 사람의 반응을 개의치 않고 미쿠는 고개를 살짝 숙이더니 아름다운 목소리로 노래하기 시작했다.

"으, 으음……."

잠시 난처한 표정을 짓던 요시노는 뭐라도 해야 한다고 생각한 것 같았다. 머뭇거리다 입을 연 요시노는 얼굴을 새빨갛게 붉힌 채 노래 부르기 시작했다.

"자, 잠깐—."

나츠미는 깜짝 놀란 것처럼 숨을 삼켰다. 하지만 자신만 아무것도 하고 있지 않다는 사실을 깨달은 그녀는 요시노의 등 뒤에 숨어 노래 부르기 시작했다. 하지만 그녀의 목소리는 들리지 않았다. 입만 뻐끔거리고 있는 것이다. 뭐, 의도적으로 그러는 것인지는 알 수 없지만 말이다.

정말 기묘한 광경을 보고 있다고 생각한 시도는 무심코 쓴웃음을 지었다.

그녀들이 시도를 돕겠다고 나선 것 자체는 그렇게 희한한 일이 아니다. 하지만 오늘은 조금 도가 지나쳤다. 마치 일하지 않는 자는 강제 수용 시설로 보내지는 무자비한 미래 도시에 살고 있는 것 같은 느낌이었다.

하지만 시도는 그녀들이 저러는 이유를 알고 있었다.

그녀들은—『착한 아이』가 되기 위해서 저러는 것이다.

"너무 오버해서 말했나……."

시도는 그렇게 중얼거리면서 어제 있었던 일을 떠올렸다.

◇

"시, 시도! 큰일 났다!"

12월 20일. 느닷없이 이츠카 가의 거실에 뛰어 들어온 토카는 숨을 헐떡이면서 그렇게 외쳤다.

꽤나 서둘렀는지 토카의 칠흑빛 머리카락은 땀에 젖어 볼에 붙어 있었고, 수정 같은 눈동자에는 낭패의 기색이 역력했다. 그런 범상치 않은 모습에 시도는 무심코 눈을 동그랗게 떴다.

"무, 무슨 일이기에 그렇게 허둥대는 거야?"

시도가 묻자, 토카는 호흡을 가다듬기 위해 어깨를 들썩이면서 말을 이었다.

"오, 온다!"

"온다니…… 뭐가?"
"산타라는 녀석이 온단 말이다!!"
"뭐……?"
시도는 토카가 말한 이름을 듣고 고개를 갸웃했다.
"산타…… 산타클로스 말이야?"
"음, 바로 그거다! 아이, 마이, 미이에게 들었다. 그 녀석이 집에 온다면서?!"
"으음…… 뭐, 아마 그렇게 되겠지."
시도는 볼을 긁적이며 미간을 살짝 좁혔다.
"산타 씨……가 누구죠?"
소파에 앉아 있던 푸른 눈동자를 지닌 소녀— 요시노는 토카의 말을 듣고 고개를 갸웃했다. 왼손에 낀 토끼 모양 퍼핏 인형이 그녀와 마찬가지로 고개를 갸웃했다.
아무래도 요시노도 산타에 대해서는 모르는 모양이다. 뭐, 그것도 무리는 아니었다. 그녀는 토카와 마찬가지로 정령이다. 이 세계의 풍습에 대해 잘 알지 못하는 게 당연했다.
"아, 그건 말이야……."
"훗…… 토카여. 뭔가 재미있는 이야기를 하고 있는 것 같구나."
"동의. 유즈루와 카구야도 끼워주세요."
시도가 크리스마스에 대해 간단하게 설명하려는 순간, 그의 말을 막듯 누군가의 목소리가 들려왔다.

고개를 돌려보니 판으로 찍어낸 것처럼 똑같은 얼굴과 전혀 닮지 않은 체형을 지닌 쌍둥이가 멋진 포즈를 취한 채 서 있었다. 야마이 카구야, 유즈루 자매. 토카, 요시노와 마찬가지로 이츠카 가의 옆에 있는 맨션에 사는 쌍둥이 정령이다.

"음, 카구야와 유즈루도 들어다오. 너희의 힘도 필요할지 모르니까 말이다."

시도는 토카의 말을 듣고 고개를 갸웃했다.

하지만 시도가 입을 열기도 전에 야마이 자매와 요시노가 토카의 말에 흥미를 가지며 입을 열었다.

"호오? 그대가 우리에게 의지하려 하는 것을 보니 범상치 않은 사태가 벌어진 것 같구나."

"청부. 무슨 일인지는 모르겠지만 야마이에게 맡겨만 주세요."

"그런데, 그 산타 씨는…… 어떤 사람인가요?"

"음……."

진지한 표정을 지은 토카는 고개를 끄덕이면서 말을 이었다.

"다들, 주의해줬으면 한다. 산타라고 불리는 남자가 이달 24일 밤, 초목도 잠들었을 즈음에 아이들을 찾아온다고 하는구나."

"……호오?"

토카의 말을 들은 카구야는 미간에 주름을 만들면서 턱에 손을 댔다.

"거동수상자에 관한 정보인 게구나. 흉험한걸."

"경계. 범행 날짜를 밝히다니 배짱 한번 좋군요. 그자의 외견적 특징을 상세하게 가르쳐주세요."

"음…… 흰 수염을 기른 노인이고, 새빨간 옷을 입었으며, 커다란 자루를 들고 있다고 한다."

"……겉모습이 꽤 펑키한 자로구나."

"동의. 제정신이 아니군요."

"그리고 순록이 끄는 썰매를 타고 하늘을 날아다닌다고 한다."

"하늘까지 나는 거야?!"

"전율. 엄청난 괴물이에요."

종횡무진으로 하늘을 날아다니는 바람의 정령들의 말을 들은 시도는 메마른 미소를 지었다. 확실히 이미지는 완전히 틀리지만, 그녀들이 하는 말은 틀리지 않았다. 확실히 그런 요소들을 하나하나 따로 떼어서 보면 수상쩍기 그지없는 인물이었다.

"으음…… 그 사람은 아이를 찾아와서 뭘 하죠?"

요시노는 불안한 표정을 지으면서 물었다. 그러자 카구야와 유즈루는 표정을 굳히면서 대답했다.

"어디까지나 추측이지만, 그자가 들고 있다는 커다란 자루가 의심스럽구나."

"긍정. 한밤에 아이를 찾아온다는 점에서 생각해봐도, 결론은 딱 하나뿐이에요. 그 자루 안에는 납치된 아이들이 들어 있을 거예요."

"그, 그럴 수가……."

"무서……워요……."

토카와 요시노의 목소리가 떨렸다. 야마이 자매는 심각한 표정을 지으며 말을 이었다.

"역시 요괴의 일종이라고 봐야 하겠지."

"수긍. 아마 산타라는 이름도 마왕 사탄을 변형해서 만든 거라고 봐야겠죠."

"……."

유즈루가 그렇게 말하자, 시도의 얼굴에 땀이 맺혔다. 참고로 『산타』는 『성(聖)(세인트)』에서 변한 것이니, 유즈루의 말과는 완전 정반대였다. 설마 사탄과 동일시될 줄이야. 성 니콜라스도 땅속에서 울고 있을 것이다.

아무튼, 그녀들이 저런 착각을 하게 두는 것은 위험했다. 이대로 있다간 정령 맨션에 산타 방비용 방어 설비가 설치될 것 같았다. 시도는 그녀들의 착각을 풀어주기 위해 입을 열었다.

"너희가 조금 오해한 것 같은데…… 산타클로스는 나쁜 사람이 아냐."

"그러하냐……?"

토카는 불안한 얼굴로 시도를 쳐다보았다.

"그래. 산타는 아이들에게 선물을 주는 할아버지야."

"선물?"

"응. 머리맡에 양말을 걸어두면, 다음 날 아침에 그 안에 선물이 들어 있어."

"으음…… 왜 그렇게 번거로운 짓을 하는 거지?"

"아…… 왜냐면……."

바로 그때, 뭔가를 눈치챈 유즈루가 가볍게 손뼉을 쳤다.

"납득. 산타의 정체를 눈치챘어요."

"호오? 말해보거라, 유즈루."

"설명. 알고 보면 지극히 단순한 이야기예요. 왜 한밤중에만 오는 것인가. 왜 아이들을 주로 노리는가……. 즉, 부모님이 밤늦게까지 깨어 있는 아이들을 재우기 위해 지어낸 이야기인 거죠. 밤늦게까지 잠자지 않고 깨어 있으면 산타가 잡으러 올 거야~. 같은 느낌으로 말이에요."

"그, 그런 거구나!"

"……아니, 그런 것도 아닌데……."

산타가 무시무시한 존재라는 사실은 수정되지 않았다. 그 점을 고쳐주기 위해 시도는 입을 열려고 했다.

하지만 바로 그때, 요시노가 머뭇거리면서 손을 들더니 입을 열었다.

"하지만…… 그럼 왜 선물을 주는 건가요……?"

"그것도 그렇구나. 게다가 양말에 넣어놓고 간다지 않느냐. 왜 그런 짓을 하는 게지?"

"해설. 부모들이 왜 자식을 빨리 재우려고 하는가……. 그 점을 생각해보면 답은 저절로 알 수 있어요."

"음…… 모르겠다. 어째서지?"

토카가 고개를 갸웃거리자, 유즈루는 목소리를 낮추면서 손가락 하나를 세웠다.

"단순. 밤중에 아이들이 깨면 부부관계에 지장이 있기 때문이겠죠."

"……푸웁?!"

유즈루의 가설을 들은 시도는 사레가 들렸다. 하지만 유즈루는 그런 시도를 무시한 채 말을 이었다.

"그래서 아이들을 빨리 재우기 위해 산타라는 존재를 만들어낸 거예요. 여기서 말하는 선물이란 남동생이나 여동생을 가리키는 표현이라고 생각해요. 양말에 선물이 들어 있다, 는 것은 은유적으로 임신을 표현한 거겠죠."

"호, 호오……."

"아…… 그렇군요……."

"으음?"

카구야, 요시노는 볼을 붉히면서 납득했지만, 토카는 여전히 잘 모르겠다는 듯 미간을 찌푸리고 있었다.

"스, 스톱 스톱!"

이 착각은 다른 의미에서 위험했다. 시도는 그녀들의 주목을 끌기 위해 양손을 내저으면서 고함을 질렀다.

"의아. 시도, 왜 그러죠?"

"잘 들어. 산타라는 건 그런 게 아니라……."

시도는 가볍게 헛기침 한 후, 산타클로스, 그리고 크리스마스라는 이벤트에 대해 간략하게 설명했다. 그것이 얼마나 즐거운 행사인지를, 그리고 이 세상의 어린이들이 산타를 얼마나 기다리고 있는지를.

그러자 처음에는 반신반의하는 얼굴로 이야기를 듣고 있던 정령들의 텐션이 점점 올라가는 것이 느껴졌다. 이야기가 끝나갈 즈음에는 다들 볼을 붉힌 채 눈을 반짝이고 있었다.

"뭐?! 그렇게 즐거운 행사인 것이냐!"

"기대……돼요."

"크큭…… 그래. 산타는 성자(聖者)였던 게냐."

"질문. 시도. 산타는 저희도 찾아올 거라고 생각하나요?"

"응? 그건……."

유즈루가 그 질문을 던진 순간, 토카, 요시노, 카구야가 기대에 찬 표정으로 시도를 쳐다보았다.

"으……."

그녀들의 반짝이는 눈동자를 본 시도는 사실 산타는 없

어, 같은 말을 할 수가 없었다.

"그, 그래……. 착한 아이가 되면 올지도 몰라."

그 말을 들은 소녀들은 서로를 쳐다보며—.

""""…….""""

뭔가를 결의하듯 힘차게 고개를 끄덕였다.

◇

—그리고, 현재에 이르렀다.

소파에 앉은 시도는 작게 한숨을 내쉬었다.

현재 시도는 저녁 식사를 끝낸 후 거실에서 휴식을 취하고 있지만…… 몸은 쉬고 있어도, 마음은 눈곱만큼도 쉬지 못하고 있었다.

부엌에서는 토카가 설거지를 하고 있고, 요시노는 설거지가 끝난 식기를 닦고 있었다. 야마이 자매는 함께 거실을 청소하고 있으며, 미쿠는 나츠미를 한쪽 옆구리에 낀 채 그녀들을 응원하고 있었다. 나츠미는 어떻게든 미쿠에게서 도망치기 위해 발버둥 치고 있었다.

뭐랄까, 마치 귀족이라도 된 것 같았다. 시도가 뭔가를 하려고 자리에서 일어나면, 누군가가 부리나케 뛰어와서 자신이 할 테니 쉬고 있으라고 말하는 것이다.

참고로, 분명 산타클로스에 대해 알고 있을 미쿠는 이 사태를 재미있어하면서, 그리고 이 세계에 대해 잘 아는 나츠미는 동참 압력에 굴복한 나머지, 다른 이들에게 협조하고 있었다.

시도가 이제 어떻게 할지 생각하는 사이, 한 소녀가 소파에 앉았다. 검은색 리본으로 긴 머리카락을 둘로 나눠 묶고, 방금 저녁을 먹었으면서도 막대 사탕을 입에 물고 있는 소녀— 시도의 여동생인 코토리였다.

"큰일 났네, 산타 씨."

"으윽……."

코토리에게 놀림 받은 시도는 낮은 신음을 흘렸다.

"생각 없이 허들을 올려버리면 어떻게 해. 저렇게 크리스마스를 기대하고 있는 정령들에게, 실은 산타 같은 건 이 세상에 없어요~ 같은 말은 절대 못 할걸?"

"그, 그건 그래……."

시도는 목이 급속히 말라감을 느끼고 테이블에 놓인 홍차를 마시려 했다. 컵을 쥔 순간, 수면이 희미하게 흔들렸다.

그런 시도를 본 코토리는 하아 하고 한숨을 내쉬었다.

"정말…… 어쩔 수 없네. 선물은 〈라타토스크〉(우리)가 준비할 테니까, 24일 밤에 재들 머리맡에 갖다 두도록 해."

"아! 저, 정말이야……?"

"어쩔 수 없잖아. 만약 25일 아침에 선물이 놓여 있지 않으면, 일제히 정신 상태가 나빠질 거야. 텐구 시를 초토화

시킬 생각이야?"

"고마워……. 이 은혜는 잊지 않을게."

시도가 고개를 숙이자, 코토리는 흥 하고 코웃음을 쳤다.

"……뭐, 정령들의 기분을 좋게 만들었다는 점은 높이 평가해줄게. 이제 뒷수습만 제대로 할 수 있게 되면 좋을 텐데 말이야."

그리고 코토리는 영차, 하며 자리에서 일어났다.

"자, 그럼 바로 준비를 시작해볼까."

"준비……?"

"응. 정령들에게 아무거나 선물할 수는 없잖아. 그녀들의 취향은 어느 정도 파악해뒀지만…… 그래도 조사해보는 편이 확실할 것 같지 않아?"

"아…… 맞아."

확실히 그녀의 말이 옳았다. 선물의 종류는 그야말로 무한대다. 토카를 비롯한 정령들이라면 뭘 받아도 기뻐할 것 같지만…… 가능하면 그녀들이 가지고 싶어 하는 것이 무엇인지 확인해보는 편이 좋을 것이다.

"다들~! 이쪽으로 모여봐~!"

코토리가 손뼉을 치면서 그렇게 말하자, 정령들이 거실로 모였다.

"음. 왜 그러느냐, 코토리."

"저기, 다들 크리스마스 날 밤에 산타클로스한테 선물을 받을 거지?"

코토리가 그렇게 묻자, 그녀들은 일제히 고개를 끄덕였다.

"그럼 어떤 선물을 받고 싶은지 가르쳐주지 않을래?"

"응……?"

코토리의 말을 들은 토카는 영문을 모르겠다는 표정을 지었다.

"왜 코토리가 그런 것을 묻는 것이냐? 선물을 주는 사람은 산타클로스이지 않느냐."

"응? 아……."

코토리는 볼을 긁적인 후, 말을 이었다.

"실은 말이야, 나는 비밀 루트로 산타와 연락을 취할 수 있어. 그러니까 산타한테 너희가 어떤 선물을 원하는지 전해줄 수 있어."

"으음…… 하지만 시도 말에 따르면 산타는 아이들이 원하는 게 뭔지 알 수 있는 힘을 가지고 있다던데……."

"……."

코토리가 시도를 힐끔 노려보았다. 시도는 시선을 피하면서 쓴웃음을 지었다. 그러고 보니 산타에 대해 설명해주면서 약간 과장을 했던 것 같았다.

코토리는 난처하다는 듯이 머리를 긁적인 후, 얼버무리듯이 말을 이었다.

"아, 산타의 텔레파시는 대상자의 연령이 많아지면 효과가 떨어지거든. 그러니까—."

"으음, 그러하냐. ……그런데 나는 몇 살이지?"

"…………."

토카의 말을 들은 코토리는 입을 다물었다.

그리고 몇 초 후, 각오를 다지듯 크나큰 한숨을 내쉬었다.

"—그래. 산타라면 아이가 뭘 원하는지 정도는 알 수 있을 거야."

"어, 어이. 코토리……?"

마음의 짐을 내려놓은 듯한 코토리를 본 시도는 불안에 찬 목소리를 냈다.

"하지만 만에 하나라는 경우도 있을 수 있으니까 24일 당일, 자기 전에 원하는 것을 종이에 적어서 머리맡에 둬."

코토리의 말을 들은 카구야가 눈을 동그랗게 떴다.

"어이, 코토리. 그러면 산타가 우리 곁에 오기 전에 선물을 준비하지 못할 수도 있지 않느냐."

맞는 말이었다. 다른 정령들도 약간 불안한 표정을 지으면서 고개를 끄덕였다.

그러자 그에 대답하듯 나츠미는 퉁명한 목소리로 중얼거리듯 말했다.

"……그런 걱정 안 해도 돼. 어차피 산타는— 우읍?!"

그 순간, 미쿠가 나츠미의 입을 틀어막았다.

"우후후~. 안 돼요, 나츠미 양. 꿈은 소중히 해야 하는 거랍니다~.”

역시 원래 인간이었던 미쿠와 이쪽 세계에 대해 잘 아는 나츠미는 산타에 대해 아는 것 같았다. 미쿠는 “달링, 맞죠~?”라고 말하며 윙크했다.

“하하……. 뭐, 맞아.”

시도가 힘없이 웃음을 흘리자, 코토리는 계속해서 말을 이었다. 정확하게 말하자면 막대 사탕의 막대 부분을 꼿꼿이 세웠다.

“산타의 힘을 얕보지 마. 산타가 지닌 자루는 4차원 공간과 이어져 있어서, 그 안에 있는 방대한 양의 선물들 중에서 원하는 것을 꺼낼 수 있다구.”

“뭐, 뭐시라……?!”

“경악. 엄청난 능력이에요.”

정령들은 경악했다. 코토리는 고개를 끄덕인 후 이어서 말했다.

“그러니까 자기 전에 꼭 메모를 남겨둬. 알았지?”

코토리의 말을 들은 정령들은 일제히 고개를 끄덕였다.

“좋아. 그럼 일단 해산! 다들 하던 일을 계속하도록 해.”

코토리의 호령에 맞춰 정령들은 좀 전까지 하던 일을 계속했다. 그 틈에 도망치려던 나츠미는 다시 미쿠에게 잡혔다.

“어, 어이, 코토리…….”

시도는 그런 정령들을 바라보면서 코토리에게 낮은 목소

리로 물었다.

"뭐야. 불만이라도 있어? 이런 사태를 초래한 장본인은 바로 시도잖아."

"……아니, 그건 맞지만……. 그것보다, 그런 소리를 해도 괜찮은 거야?"

시도가 그렇게 말하자, 코토리는 흥 하고 코웃음을 쳤다.

"〈라타토스크〉를 얕보지 마. ―두고 봐. 그 어떤 선물이든 바로 준비해주겠어."

그 말을 듣고 더는 아무 말도 할 수 없게 된 시도는 항복이라는 듯이 양손을 들었다.

하지만― 신경 쓰이는 점이 한 가지 있었다.

"그런데 코토리. 너는 받고 싶은 선물, 없어?"

"뭐?"

코토리는 허를 찔린 듯 한순간 눈을 동그랗게 떴다. 하지만 금세 평소 페이스를 되찾은 그녀는 팔짱을 끼면서 퉁명한 목소리로 말했다.

"흥, 그딴 건 없어. 나는 산타의 선물을 기다릴 나이가 아니라구."

코토리는 그렇게 말하면서 과장스럽게 어깨를 으쓱했다.

참고로 코토리도 옛날에는 산타에게 편지를 쓰는 꿈 많은 소녀였다. 하지만 초등학교 2학년 때, 아버지가 양말에 선물을 억지로 집어넣느라 악전고투하는 장면을 목격한 이후로는 산타를 믿지 않게 되었다.

하지만 아버지는 코토리가 그 장면을 봤다는 사실을 눈치채지 못했다. 결국 시도는 그 후로 3년 동안, 코토리가 산타의 존재를 믿고 있다고 생각하며 최선을 다하는 아버지와 그런 아버지를 위해 산타의 정체를 안다는 사실을 밝히지 못하는 코토리의 긴장감 넘치는 공방전을 지켜봐야만 했다(참고로 초등학교 5학년 때, 코토리가 무심코 산타에게 보내는 편지에 아버지의 건강을 걱정하는 내용을 쓴 탓에 이 관계는 무너졌다. 정체를 들켰다는 사실을 알게 된 날 밤, 아버지는 코토리의 어릴 적 사진을 보면서 평소보다 독한 술을 마셨던 것을 기억하고 있다).

"……뭐야?"

시도가 마음속으로 하던 생각이 얼굴에 드러난 것일까. 코토리는 미심쩍은 표정을 지었다.

"……아무것도 아냐."

"좀 이상하네. ―뭐, 됐어. 준비는 우리한테 맡겨. 시도는 산타 역할에 전념해."

코토리는 그렇게 말한 후, 거실에서 나갔다.

◇

그리고 12월 24일, 크리스마스 이브.

이날은 일요일이기 때문에 낮에 다 같이 시장을 보고 방을 꾸민 후, 저녁에는 성대한 크리스마스 파티를 했다.

커다란 접시에 담긴 파스타와 샐러드, 한입 크기의 라이스 크로켓과 화려한 색깔의 카르파초. 메인 디시는 칠면조를 대신해 커다란 로스트치킨을 준비했다. 그것을 본 토카는 눈을 크게 뜨며 경악과 환희에 휩싸였다.

그리고 마지막으로 등장한 것은 디저트 대신으로 준비한 케이크였다. 참고로 이 케이크는 근처 케이크 가게에서 산 크리스마스 특별 케이크이며, 케이크 위에는 산타와 눈사람 모양의 사탕 과자가 놓여 있었다.

그 케이크를 본 정령들의 텐션은 천정부지로 치솟았다. 치열한 가위바위보 대결 끝에, 산타는 미쿠가, 눈사람은 카구야의 몫이 되었다. 하지만 아쉬운 눈길로 산타를 바라보는 토카에게 미쿠가 산타를 마우스 투 마우스로 먹여주려고 했기 때문에 시도는 입에 거품을 물면서 그녀를 말려야 했다. 이럴 줄 알았으면 사람 수 만큼 사탕 과자를 준비할 걸 그랬다고 시도는 후회했다.

식사를 끝낸 후, 기다리고 기다리던 게임 타임이 시작됐다.

게임이라고 해도 야마이 자매가 항상 처절한 대결을 벌이는 텔레비전 게임이 아니라, 모두가 참가할 수 있는 파티 게임이다. 젠가와 우노, 인생게임, 해적왕 룰렛 같은 것을 하며 놀면서, 가장 많은 승점을 얻은 사람이 승자가 되었다(트

위스터 게임도 했지만, 미쿠가 다른 선수를 적극적으로 방해해댄 탓에 경기가 중단되었다).

참고로 오리가미도 부르려고 몇 번이나 전화했지만 연락이 되지 않았다. 드문 일도 다 있었다.

아무튼, 정령들은 놀다 지쳤는지 열 시가 지나자 하품을 하면서 각자의 방으로 돌아갔다.

"자아……."

그리고 그로부터 몇 시간 후.

전투복으로 갈아입은 시도는 천천히 자리에서 일어났다.

신발장에 달린 전신 거울 앞에 선 시도는 다시 한 번 자신의 모습을 확인했다.

붉은색과 흰색으로 구성된 폭신폭신한 옷. 장화처럼 생긴 부츠와 가죽 벨트. 머리에는 붉은색과 흰색으로 된 모자가 자리하고 있었고, 한 손에는 천으로 된 커다란 자루가 쥐어져 있었다.

그렇다. 현대 일본에 사는 사람이라면 누구나 한 번쯤은 봤을 법한 완벽한 산타클로스 스타일이었다. ……뭐, 아직 정령들에게 전달할 선물이 정해지지 않았기 때문에 자루 안에는 가벼운 포장재만 들어 있지만 말이다.

"자, 그럼 가볼까."

시도는 벽에 걸린 시계를 보면서 중얼거렸다. 현재 시각은 오전 1시 30분. 정확하게 말하자면 지금은 24일이 아니라

25일이다. 이 시간까지 깨어 있는 정령은 아마 없으리라.

"응. 잘 부탁해. 맨션에 에이전트를 대기시켜뒀으니까 정령들이 원하는 선물을 확인하면 연락해줘."

현관에 선 코토리는 그렇게 말한 후 하암…… 하고 하품을 했다. 하지만 곧 화들짝 놀란 표정을 짓고 얼버무리듯 헛기침을 했다.

"이렇게 늦은 시간까지 못 자게 해서 미안해."

"무슨 소리를 하는 거야? —아무튼, 힘내."

"그래……. 그럼 갔다 올게."

시도는 쓴웃음을 지으며 현관문을 열고 밖으로 나갔고—다음 순간, 눈을 크게 떴다.

무심결에 고개를 들어 올린 시도의 입에서 탄성이 새어 나왔다.

"와아……."

"왜 그래?"

코토리는 영문을 모르겠다는 목소리로 물었다. 시도는 여전히 고개를 든 채 등 뒤에 있는 코토리를 향해 손짓했다.

코토리는 의아해 하면서도 샌들을 신고 시도에게 다가갔다.

"정말, 대체 왜—."

그리고, 갑자기 하던 말을 멈춘 코토리는 시도와 같은 표정을 지었다.

"와아…… 눈이잖아?"

그렇다. 두 사람의 눈앞에는 몇 시간 전과는 전혀 다른 경치가 펼쳐져 있었다. 어두운 하늘에서 흩뿌려지는 새하얀 가루가 가로등 불빛을 받아 찬란히 빛나고 있었다.

길 위에, 담장에, 지붕에 눈가루가 옅게 쌓이면서 마치 과자에 뿌린 설탕처럼 세상을 흰색으로 물들이고 있었다. 구름 사이로 보이는 달빛 때문인지, 마을 전체가 옅은 빛을 뿜고 있는 것 같았다.

"와아……. 화이트 크리스마스라니, 이 지역에서는 정말 드문 일이잖아."

코토리는 탄성 섞인 목소리로 말했다. 확실히 간토 지역 남부에 위치한 텐구 시에서는 12월에 눈이 내리는 것 자체가 드문 일이었다.

"그래도 아쉽네. 조금만 빨리 내렸으면 다른 애들도 볼 수 있었을 텐데 말이야."

"하하……. 혹시 진짜 산타클로스가 너에게 크리스마스 선물을 준 거 아냐? 너는 다른 애들에게 선물을 주려고 이 늦은 시간까지 고생하고 있잖아."

"뭐……."

코토리는 시도의 말을 듣고 볼을 붉혔다.

그리고 시선이 흔들린 것도 잠시, 고개를 획 돌리면서 짜증 섞인 목소리로 말했다.

"흥……. 그런 닭살 돋는 대사는 정령 공략 때나 쓰란 말

이야.”

“뭐? 그렇게 느끼했어?”

“응. 엄청. ……단둘이서 눈을 보는 게 산타클로스가 준 선물이라는 말은 웬만한 바람둥이도—.”

“응? 나는 단둘이라는 말은 한 적 없는데…….”

“…………윽!”

시도의 말을 들은 코토리는 눈을 치켜뜨면서 시도의 엉덩이를 걷어찼다.

“아얏. 뭐하는 거야, 코토리.”

“시끄러워! 빨리 가기나 해!”

“예이 예이…….”

지금 상태의 코토리에게는 무슨 말을 해봤자 씨알도 먹히지 않는다는 것을 아는 시도는 순순히 그렇게 말했다. 그리고 손을 내저으면서 희미하게 쌓인 눈에 자신의 발자국을 남겼다.

그리고 문밖으로 나가려던 순간, 시도는 뒤쪽을 돌아보았다.

“코토리.”

“왜?”

“메리 크리스마스.”

“……메리 크리스마스.”

코토리는 고개를 돌리면서 그렇게 말한 후, 현관문을 닫았다.

"자아, 그럼……."

시도는 그 모습을 본 후, 자신의 집 옆에 세워진 정령 맨션의 입구를 향해 걸음을 옮겼다.

그리고 자동문을 통과해 입구로 들어간 그는 인터폰을 조작했다.

물론 정령들의 방 번호를 입력해 문을 열어달라고 하려는 것은 아니었다. 시도가 〈라타토스크〉에서 지급받은 관리 코드를 입력한 후, 기계에 손을 대서 지문과 정맥을 인증했다.

그러자 경쾌한 전자음이 울리면서 입구의 문이 열렸다.

"실례하겠습니다……."

시도는 작은 목소리로 그렇게 말하면서 맨션 안으로 들어갔다. 민가에서 굴뚝이 사라진 지금 시대에는 산타클로스의 침입 경로도 하이테크해질 수밖에 없는 것이다.

참고로 말하자면 이 문은 방탄 처리가 되어 있으며, 억지로 들어오려고 해도 쉽게 침입할 수 없다. 건물 전체가 매우 튼튼하며, 내부에서의 충격도 견뎌낼 수 있도록 만들어졌다.

뭐, 외부로부터의 공격에 대비……하기보다는, 급작스럽게 정신 상태가 불안정해진 정령들의 폭주를 막기 위한 것이 주된 목적이지만 말이다.

"자, 그럼 우선……."

시도는 머릿속으로 정령들의 방 번호를 정리하면서 방을

돌아볼 순서를 정했다.

“가장 가까운 곳은— 토카의 방이지?”

토카의 방은 4층에 있는 410호실이다. 시도와 토카가 만나고, 토카라는 이름의 유래도 된 4월 10일에 맞춰 골랐다고 한다.

엘리베이터로 4층에 도착한 시도는 410호실의 문 앞에 섰다.

평소엔 이 문에도 전자 제어식 잠금장치가 작동되고 있지만, 오늘 밤에 한해서는 모든 방문이 열려 있다. 시도가 문 손잡이를 돌린 후, 가능한 한 소리를 내지 않도록 주의하면서 문을 열었다.

방 안은 어두웠다. 시도는 품에서 손전등을 꺼내고 발소리를 죽인 채 방 안으로 들어갔다.

조심조심 복도를 걸어서 시도는 침실로 향했다. 그러자 토카가 커다란 침대 한가운데에서 고른 숨소리를 내며 잠을 자고 있다는 사실을 알 수 있었다.

여자아이가 잠을 자고 있는 방에 들어간다는 사실 때문에 한순간 심박 수가 올라갔다. 하지만 그것보다 토카가 배에 이불을 덮지 않은 채 잠을 자고 있다는 사실이 신경 쓰였다.

“……하아, 자다가 이불을 걷어차 버렸구나.”

시도는 작은 목소리로 그렇게 말하면서 토카의 발치에 있는 이불을 그녀의 어깨까지 덮어줬다. 토카는 낮은 신음을 흘리면서 몸을 뒤척였다.

시도는 그런 토카의 모습을 보고 쓴웃음을 지은 후, 그녀의 머리맡을 바라보았다. 두 번 접힌 메모지가 있었다. 코토리의 지시대로 크리스마스 선물을 적어둔 종이를 머리맡에 둔 것이다.

"으음…… 어디 보자."

시도는 종이를 펼친 후, 손전등 빛으로 비춰봤다.

『한 번도 본 적이 없을 만큼 커다란 햄버그를 먹고 싶다.』

"하하……."

토카다운 메모의 내용을 본 시도는 무심코 웃음을 흘렸다.

그때, 오른쪽 귀에 장착한 인터컴에서 집에서 대기 중인 코토리의 목소리가 흘러나왔다.

『어때, 시도. 원하는 선물이 뭔지 알았어?』

"그래. 한 번도 본 적이 없을 만큼 커다란 햄버그야."

『토카가 원하는 선물이구나.』

"바로 눈치챘네."

『눈치 못 채면 바보 아냐?』

코토리는 작게 웃으면서 말했다.

『—아무튼 알았어. 지금 바로 선물을 가지고 가게 할게.』

코토리가 그렇게 말한 직후, 현관문이 열리더니 차분한 발소리가 들렸다.

아마 〈라타토스크〉의 에이전트일 것이다. 시도는 상대를 확인하기 위해 그쪽을 향해 손전등을 비췄다.

"……?!"

하지만 상대의 모습을 본 시도는 하마터면 소리를 지를 뻔했다.

그것도 무리는 아니었다. 상대는 바로 순록 모양의 의상을 입은 졸려 보이는 여성이었기 때문이다.

"레, 레이네 씨……? 뭐하고 있는 거예요?"

시도가 낮은 목소리로 물었다. 그렇다. 그 순록은 〈라타토스크〉의 해석관이자 코토리의 둘도 없는 친구인 무라사메 레이네였다.

"……으음, 순록 역할을 맡았어."

"대체 왜 그런 복장을……."

『정령들이 깼을 때를 위한 대책이야.』

코토리가 그렇게 말했다. ……뭐, 확실히 이 모습이라면 한눈에 정체가 들통 나지는 않을 것이다. 진짜 산타와 순록이라고 생각할지는 모르겠지만, 꿈을 꾸고 있다고 생각하게 만드는 것은 가능할지도 모른다.

참고로 레이네가 순록 의상을 입고 있는데도 바로 알아본 이유는 단순했다. 머리 부분에 뚫린 구멍으로 그녀의 얼굴이 노출되고 있었던 것이다. 그 점을 보완하듯 코에는 빨간 구체를 달고 있었다. 뭐랄까 꽤 섬뜩한 광경이었다.

"……그것보다, 이거 받아."

레이네는 시도의 반응을 별반 개의치 않으면서 들고 있던 봉투를 내밀었다.

"고, 고마워요……."

뭐, 무슨 말을 더 해본들 의미가 없을 거라고 생각한 시도는 순순히 그녀가 내민 봉투를 받았다. 이렇게 나중에 선물이 든 봉투를 받을 거라면 시도가 빈 자루를 메고 다닐 필요는 없지 않을까 하는 생각이 들었지만…… 뭐, 비주얼적인 면을 생각하면 빈 자루라도 메고 다니는 편이 좋을 것이다.

레이네는 자신이 맡은 일을 끝냈다는 듯이 고개를 끄덕인 후, 뒤돌아서서 돌아갔다. 동글동글한 뒷모습이 묘하게 귀여웠다.

『자, 시도. 서둘러. 남은 사람이 많단 말이야.』

"으, 응……."

시도는 토카에게 선물을 건네주기 위해 봉투 안을 들여다보았다. 하지만 그 순간, 그는 눈을 크게 떴다.

그도 그럴 것이, 봉투 안에 들어 있는 것은 토카가 원했던 햄버그가 아니라 다진 고기와 양파, 빵가루, 달걀, 각종 향신료, 조미료 같은 것들이었기 때문이다.

"어이, 코토리. 이게 다 뭐야?"

『뭐긴 뭐야. 햄버그 재료지.』

"설마 나보고 만들라는 거야……?!"

『어쩔 수 없잖아. 선물로 원할 만한 걸 미리 준비해두기는 했지만, 갓 구운 햄버그는 없단 말이야.』

"뭐, 그건 그렇겠지만…… 그런데 이 은제 식기는 뭐야?"

시도는 각종 재료와 함께 들어 있는 은제 나이프와 포크 등을 꺼냈다.

『먹을거리도 좋지만, 그런 형태가 남는 선물도 있는 편이 좋지 않겠어?』

"아하……. 그건 그래."

『자, 빨리 끝내.』

코토리가 재촉하듯 그렇게 말하자, 시도는 한숨을 내쉬면서 침실에서 나와 부엌으로 향했다.

정령 맨션의 건물 재질 자체는 특수하지만, 내부 환경은 평범한 맨션과 별반 차이가 없었다. 그리고 가구와 생활필수품도 대체적으로 갖춰져 있기 때문에 여기서 요리를 하는 것 자체는 충분히 가능했다.

"부엌에서는 소리 좀 내도 괜찮겠지……?"

침실 문이 닫힌 것을 확인한 후, 시도는 부엌의 불을 켰다. 어둠 속에서 식칼을 다루는 것은 위험하기 때문이다.

시도는 손을 씻은 후, 햄버그를 만들기 시작했다. 익숙한 요리이기는 하지만 양이 문제였다. 고기를 반죽하는 것조차도 꽤나 힘들었다.

가장 큰 프라이팬을 꺼내 기름을 두른 후, 거대한 고깃덩어리를 넣고 굽기 시작했다. 시도도 이렇게 큰 사이즈의 괴물 햄버그를 만드는 건 처음이었다. 곧 맛있는 냄새가 감돌기 시작했다.

"좋아. 완성했어."

파티용 대형 접시에 햄버그를 담은 후, 남은 육즙으로 소스를 만들어 다른 접시에 담았다.

그리고 햄버그에 랩을 씌워서 들고 침실로 향하고 있을 때, 느닷없이 어딘가에서 콩…… 콩…… 하는 소리가 들렸다.

"뭐, 뭐야……?"

한순간, 심령 현상 같은 것이 발생했다고 생각했지만, 곧 그 소리가 눈앞에 있는 문 너머에서 들려오고 있다는 사실을 깨달았다.

머뭇거리면서 문을 열어보니, 방금 전까지 침대에서 잠을 자고 있던 토카가 자벌레 같은 포즈로 문에 헤딩을 하고 있다는 사실을 깨달았다. 그 뒤를 이어 꼬르르르륵…… 하는 소리가 들렸다.

아무래도 햄버그 굽는 냄새에 이끌려 여기까지 온 것 같았다. 시도는 힘 빠진 웃음을 지은 후, 햄버그 접시를 침대 머리맡에 뒀다. 그리고 토카를 안아 들고 침대로 돌아왔다.

바로 그때, 침대 머리맡에 양말이 걸려 있다는 사실을 눈치챘지만…… 이렇게 큰 접시가 저 양말에 들어갈 리가 없었다. 햄버그만이라면 억지로 집어넣을 수도 있겠지만, 아침에 일어났을 때 빵빵한 양말에서 육즙이 뚝뚝 떨어지는 호러틱한 장면을 본다면, 제 아무리 햄버그를 좋아하는 사람이라도 패닉에 빠질 것이다.

잠시 동안 생각에 잠겨 있던 시도는 양말 안에는 은제 식기를 넣고, 양말 끝을 접시 아래에 살짝 밀어 넣은 후, 토카의 방에서 나왔다.

다음은 요시노의 방이었다. 시도는 같은 층에 있는 405호실을 향해 걸음을 옮겼다. 방 번호는 토카보다 빠르지만, 엘리베이터와의 위치 관계적으로 볼 때 토카의 방에 들렀다 가기 좋은 위치에 있었다.

방금 전과 마찬가지로 방문을 살며시 연 시도는 발소리를 죽인 채 침실에 들어갔다.

요시노는 어깨까지 이불을 덮은 채 바른 자세로 잠을 자고 있었다. 그리고 토끼 모양 퍼핏 인형 『요시농』이 이불 밖으로 얼굴을 내밀고 있는 모습을 보니 입가에 저절로 미소가 맺혔다.

“자아, 요시노가 원하는 크리스마스 선물은…… 아.”

시도가 머리맡에 놓인 메모지를 펼치자 거기에는…….

『귀여운 모자가 가지고 싶어요.』

……라는 말과 색연필로 그린 모자그림, 그리고 『밤늦은 시간에 정말 수고 많으세요.』라는 말이 담겨 있었다.

"이건…… 응……?"

시도는 고개를 갸웃했다. 선물 자체는 별문제 없지만, 마지막 말은 산타를 향한 것처럼도, 시도를 향한 것처럼도 받아들일 수 있었기 때문이다.

"뭐, 이제 와서 신경 써봤자 아무 소용없겠지. 코토리—."

말을 이으려던 시도는 머리맡에 종이가 한 장 더 놓여 있다는 사실을 눈치챘다.

그것을 펼치자 거기에는 특징적인 글씨체로…….

『새 옷을 받고 싶어~.』

……라고 적혀 있었다.

"이건…… 요시농이 쓴 건가."

시도는 그렇게 중얼거리면서 종이 아랫부분을 쳐다보았다. 거기에는 요시노의 메모와 마찬가지로 봉제 인형용 옷 그림이, 그리고 가장 아래쪽에는 『지금이라면 요시노의 입술을 마음껏 즐길 수 있다구, ■■산타 님~.』 하고 적혀 있었다. 참고로 ■■은 한 번 쓴 글자를 알아볼 수 없게 덧칠한 것 같았다. 빛에 뒷면을 비쳐보니 『시도』라는 글자가 보였다.

"……."

틀림없다. 요시노는 몰라도 『요시농』은 산타클로스의 정체를 눈치챈 것 같았다.

시도는 식은땀을 흘리면서 요시노의 얼굴을 다시 바라보았다. 도자기처럼 부드러워 보이는 피부. 꽃잎 같은 입술. 조용히 잠자고 있는 소녀의 모습은 동화 속 공주님만큼 아름다웠다.

확실히 『요시농』의 말대로 지금이라면 요시노에게 무슨 짓이든 할 수 있다. 방금 전까지는 눈곱만큼도 생각하지 않았던 엉큼한 생각들이 뇌리를 스치고 지나가자, 시도는 마른침을 삼켰다.

『시도? 왜 그래? 요시노가 바라는 선물이 뭔지 빨리 말해줘.』

"……윽! 으, 응…… 미안해. 귀여운 모자와 요시농의 옷이야."

시도는 숨을 삼킨 후, 메모지에 그려진 그림을 보면서 자세한 부분을 설명했다.

『오케이. 그거라면 준비할 수 있어. 금방 갖다 줄 테니까 기다리고 있어.』

코토리가 그렇게 말하고 1분 정도 흘렀을 즈음, 또 다시 무라사메 순록 레이네가 나타났다.

"……신, 받아."

"아, 고마워요……."

시도가 봉투를 건네받자, 레이네는 엉덩이를 흔들면서 돌아갔다. 딱히 의도적으로 그러는 것은 아닌 것 같지만, 의상의 엉덩이 부분이 헐렁한 탓에 평범하게 걸어도 그렇게 보이는 것이리라. 몇 번을 봐도 충격적인 모습이었다.

시도는 볼을 긁적인 후 봉투 안에서 모자와 『요시농』의 옷을 꺼내 요시노의 머리맡에 뒀다.

"좋아……. 다음은 카구야와 유즈루의 방이네."

그렇게 말하면서 요시노의 방에서 나온 시도는 엘리베이터를 타고 8층으로 향했다.

야마이 자매는 802호실에서 함께 살고 있다. 다른 방보다 공간이 넓기 때문에 이곳을 선택한 것 같았다.

시도는 문을 열고 방 안으로 들어갔다.

하지만 복도를 걷던 시도는 뭔가 이상하다는 사실을 눈치챘다. ―앞선 두 방과 달리, 방 안에 전기가 켜져 있었다. 게다가 거실 쪽에서 소리가 들렸다.

"설마 이 녀석들……."

시도가 몰래 거실을 들여다보니, 예상대로 카구야와 유즈루가 그곳에 있었다. 물론 두 사람 다 잠을 자고 있지 않았으며, 그녀들이 쳐다보고 있는 텔레비전에는 대전 격투 게임 화면이 띄워져 있었다. 아무래도 이렇게 늦은 시간까지 게임에 빠져 있는 것 같았다.

"저 녀석들…… 그렇게 빨리 자라고 했는데……."

시도가 인상을 쓰면서 그렇게 말한 순간, 마치 이때를 기다리기라도 한 것처럼 카구야와 유즈루가 대화를 시작했다.

"저기, 유즈루~. 산타는 구체적으로 몇 시 정도에 올까~?"

"불명. 상세한 시간은 듣지 못했어요. 카구야, 혹시 잠 오나요?"

"뭐?! 그, 그런 거 아냐! 아직 끄떡없어! 산타를 볼 때까지는 안 잘 거라구!"

"……."

두 사람의 대화를 들은 시도의 얼굴에 식은땀이 맺혔다. 아무래도 저 두 사람은 게임을 하면서 놀고 있는 것이 아니라, 산타를 두 눈으로 직접 보기 위해 자지 않고 깨어 있는 것 같았다.

하지만 두 사람에게만 선물을 주지 않을 수도 없었다. 불행 중 다행인 것은 카구야와 유즈루가 놀고 있는 곳은 침실이 아니라 거실이다. 두 사람의 뒤편을 가로지를 수만 있다면 선물을 두고 갈 수도 있을 것이다.

"어쩔 수 없지……. 가자."

시도는 각오를 다진 후, 주의에 주의를 기울이면서 걸음을 내디뎠다.

"의문. 정말인가요? 카구야는 항상 무리하잖아요."

"뭐, 뭐야. 그러는 유즈루야말로 잠 오는 거 아냐? 좀 전부터 공격이 단조로워지고 있다구."

"분노. 그럴 리 없어요. 유즈루의 섬세한 플레이를 이해하지 못할 정도로 카구야의 주의력이 떨어진 거예요."

"과연 그럴까~. 유즈루는 보기보다 어린애 같은 구석이 있잖아~."

"제안. 그렇다면 다음 승부부터 진 사람에게 벌칙을 주기로 하죠."

"흐음…… 재미있겠네. 벌칙이 뭔데?"

"미소. 진 사람은 시도의 어떤 점을 좋아하는지 하나씩 말하는 거예요."

"푸읍……?! 그, 그게 뭐야?!"

카구야는 새된 목소리로 고함을 질렀다. 참고로 말하자면 시도도 고함을 지를 뻔했다. 뭐랄까…… 이런 긴박감 넘치는 상황에서 그런 이야기를 듣는 건…… 사양하고 싶었다.

시도는 얼굴을 약간 붉힌 채 겨우겨우 침실에 도착했다. 그리고 두 사람의 침대 머리맡에 두 번 접힌 종이가 놓여 있다는 사실을 확인하고 안도했다. 만약 저 두 사람이 받고 싶은 선물을 적은 메모를 준비해두지 않았다면 사면초가나 다름없는 상황에 처하고 마는 것이다.

“코토리. 두 사람이 원하는 선물을 알았어. 카구야는 은으로 된 액세서리, 유즈루는 디지털카메라야.”

『오케이. 양쪽 다 준비해둔 게 있으니까 바로 보낼게.』

“아— 두 사람 다 깨어 있으니까 레이네 씨한테 이 방에 들어올 때 조심하라고 말해줘.”

『뭐? 안 자는 거야? 정말…… 알았어. 조심하라고 일러둘게.』

코토리가 그렇게 말하고 몇 분 후. 야마이 자매의 침실에 레이네가 들어왔다.

“레이네 씨, 안 들켰어요?”

“……응. 둘 다 게임에 푹 빠져서 내가 들어온 걸 눈치채지 못한 것 같았어.”

“그랬군요. 그거 다행이네요.”

“……그런데 게임에서 진 카구야가 ″……상냥한 점!!″ 하고 외치던데, 그 말이 무슨 뜻인지 알아?”

“…………아뇨. 짐작조차도 안 돼요.”

시선을 피하면서 그렇게 말한 시도는 레이네에게서 선물을 받은 후, 두 사람의 침대 머리맡에 달려 있는 양말 안에 넣었다.

그리고 레이네와 함께 방 밖으로 나가기 위해 야마이 자매의 등 뒤를 걸었다. 참고로 레이네가 쓴 순록 인형탈의 뿔이 가구에 닿아서 소리가 나지 않도록 양손으로 뿔을 누른 채 걷고 있었다. 너무 프리티한 모습이었다.

다행히 카구야와 유즈루는 다음 대결을 시작했는지 시도와 레이네를 눈치채지 못했다. 시도는 결판이 나기 전에 이곳을 빠져 나가기 위해 걸음을 옮겼다.

하지만 그 순간—.

레이네의 손에서 빠져나온 순록의 뿔이 용수철이라도 달린 것처럼 쫑긋 서더니 문틀에 닿으면서 메마른 소리를 냈다.

"……응?"

"아……."

큰일 났다, 고 생각한 순간에는 이미 한발 늦고 말았다.

시도가 머뭇머뭇 뒤를 돌아보니, 컨트롤러를 쥐고 있던 카구야와 유즈루가 바닥에 벌러덩 드러누운 자세로 뒤쪽을 쳐다보며 경악을 금치 못하고 있었다.

"……사, 산타!!"

"경악. 순록도 있어요."

"……윽!!"

시도는 레이네의 손을 잡고 그대로 방 밖으로 도망쳤다.

"하아……, 하아……."

"……아무래도 포기한 것 같네."

그리고 몇 분 후. 시도와 레이네는 어두운 방 안에서 한숨 돌렸다.

지금 두 사람은 6층에 있는 빈 방에 있었다. 야마이 자매를 따돌린 후, 이곳으로 도망친 것이다.

참고로 움직이기 힘든 옷을 입은 시도와 인형탈을 쓴 레이네가 바람의 정령인 야마이 자매를 따돌릴 수 있었던 이유는 간단했다. 두 사람에게 잡힐 뻔한 순간, 레이네가 코에 달고 있던 빨간색 구체를 지면에 내던져 연막을 만들어냈던 것이다. ……정말 용의주도한 사람이다.

"그럼…… 남은 건 미쿠와 나츠미네요. 원하는 선물이 뭔지 확인되면 바로 연락드릴게요."

"……그래. 그럼 나중에 봐."

빈 방에서 나온 시도와 레이네는 복도에서 헤어졌다. 시도는 그대로 엘리베이터를 타고 9층으로 향했다. 그리고 미쿠가 묵고 있는 901호실 앞에 섰다.

원래 인간인 미쿠는 시내에 자신의 집이 있지만, 정령들이 한곳에 모여 있어야 선물을 전달하기 편하기에 맨션에 머물러달라고 부탁했다.

신중하게 문을 열고 안으로 들어간 시도는 침실로 향했다.

하지만 그는 곧 뭔가 이상하다는 사실을 눈치챘다.

—침대 위에는 아무도 없었던 것이다.

"…………어!"

그 사실을 확인한 순간, 시도의 온몸에 긴장이 흘렀다. 방금 전의 야마이 자매와 마찬가지로, 미쿠도 아직 깨어 있는 거라고 생각했기 때문이다.

하지만 거실과 화장실 쪽에서는 사람의 기척이 느껴지지는 않는 데다, 이 방에는 불이 켜진 곳이 없었다.

"어라……. 코토리. 미쿠가 묵기로 한 방은 901호실 맞아?"

『응. 맞아. 무슨 문제라도 있어?』

"미쿠가 없어. 방 안 어디에도 말이야."

『뭐……? 다른 방에 들어간 거 아냐?』

"틀림없이 901호실에 들어왔는데……."

시도는 그렇게 말하면서 손전등으로 침대를 비췄다. 이불과 시트가 약간 흐트러져 있었다. 방금 전까지 누군가가 자고 있었던 것이 분명해 보였다. 하지만 침대 머리맡에는 받고 싶은 선물을 적어둔 메모지가 놓여 있지 않았다.

"방금 전까지 자고 있었던 것 같기는 하네……. 대체 어디 간 거지?"

『으음……. 복도의 카메라 영상을 체크해볼 테니까 우선 나츠미한테 가봐 줄래?』

"으음…… 알았어."

원하는 선물이 뭔지 모르는 이상 어찌할 방법이 없었다.

시도는 코토리의 지시대로 나츠미의 방으로 향했다.

나츠미의 방은 맨션 최상층 가장 구석에 있었다. 본인이 그것을 강하게 희망했다고 하는데, 요즘 들어서는 요시노와 같은 층으로 바꿀지 고민하고 있다고 한다.

시도는 나츠미의 방 안으로 몰래 들어갔다.

그리고 그대로 침실에 침입해 잠들어 있는 나츠미의 머리맡을 살폈다. 그곳에는 접힌 메모지가 놓여 있었다.

"아…… 찾았어. 어디 어디……."

종이를 펼쳐보자, 거기에는…….

『책.』

……이라고 퉁명한 느낌의 글씨체로 적혀 있었다.

"이건…… 어?"

시도는 미간을 찌푸렸다. 그 단어 옆에 글자를 적었다가 지운 흔적이 있었던 것이다.

빛에 비춰보니, 원래 거기에는『화장 도구』라고 적혀 있었다는 사실을 알 수 있었다.

"……."

『시도, 나츠미가 원하는 선물은 뭐야?』

코토리가 물었다. 시도는 잠시 동안 생각에 잠긴 후…….

"화장 도구 세트와 화장품, 그리고 화장 관련 노하우 서

적 몇 권을 적당히 준비해줘."

……라고 말했다.

『흐음, 나츠미가 그런 걸 원하는 거야? 그 애도 변하려고 마음먹었구나. 왠지 기뻐.』

"그래. ―아, 나츠미는 피부가 약간 건조하니까, 화장수는 보습력이 높은 걸로 부탁해."

『예~예~.』

"유액도 빠뜨리지 마. 블러셔와 립글로스도 여러 색깔이 있으면 좋겠지만, 처음에는 너무 화려하지 않은 걸로 부탁해. 그리고 책 선정은 그쪽에 맡길 거지만, 신메이 출판사의 『피부에 대미지를 주지 않는 화장법의 기본』은 꼭 넣어줘. 그건 좋은 책이야. 그리고―"

『예예~ 알았어요, 시오리 양.』

"……앗."

시도는 그 이름을 듣고서야 정신을 차렸다. 아무래도 남자애들이 보통 입에 담지 않을 법한 소리를 해댄 것 같았다.

바로 그때―.

"응…… 으으…… 흐응……."

침대에서 자고 있던 나츠미가 낮은 신음을 흘렸기에, 시도는 어깨를 부르르 떨었다.

한순간, 방금 시도가 한 말들 때문에 나츠미가 깼다고 생각했지만― 아무래도 그렇지는 않은 것 같았다. 표정이 좋지는 않지만, 아직 꿈나라에 있는 것 같았다.

"왜 이러지? 악몽이라도 꾸……."

시도는 말을 하다 멈췄다.

나츠미의 이불이 묘하게 부풀어 있었던 것이다. 나츠미의 체격보다도 크게 말이다.

"……윽! 설마—."

나츠미는 변신 능력을 지닌 정령이다. 혹시 악몽을 꾼 탓에 영력이 역류해서 본인의 의지와는 상관없이 영력이 발현된 것은 아닐까……?!

그렇게 생각한 시도는 허둥지둥 나츠미가 덮은 이불을 들춰냈다.

그러자—.

"아앙…… 안 돼요……."

몹시 행복한 표정으로 나츠미를 끌어안은 채 잠꼬대를 하고 있는 미쿠의 모습이 보였다.

"……."

시도는 아무것도 보지 못한 걸로 치부하며 다시 이불을 덮어줬다.

그러고 보니, 침대 머리맡에는 메모지가 한 장 더 놓여 있었다. 아무래도 자신의 방에서 빠져나온 미쿠는 나츠미의 이불속으로 숨어들어가 있었던 것 같았다. 평소 같으면 잠겨 있을 문이 오늘 밤만 특별히 열려 있는 점을 이용해서 말이다. ……미쿠에게 있어서는 끝내주는 크리스마스 선물이었을 것이다.

"뭐, 일단…… 뭘 원하는지 확인해볼까."

시도는 메모를 펼쳤다.

『달링의 걸잠 CD(캐릭터 별 패턴은 최소 세 개 이상)』

"……."

시도는 머리를 감싸 쥐었다.

『왜 그래? 무슨 일 있어?』

"그게, 미쿠가……."

코토리가 묻자, 시도는 상황을 간단하게 설명했다.

『아…… 그렇구나. 어쩔 수 없지. 어떻게든 해볼 테니까 기다려봐.』

뭔가 방법이 있는 건지, 코토리는 한숨을 내쉬면서 그렇게 말했다.

그리고 10분 후, 봉투를 든 순록이 나츠미의 방에 나타났다. 참고로 말하자면, 좀 전에 뜯어냈던 붉은 코는 어느새 재생했다.

"……많이 기다렸지?"

"아뇨. 그렇지도 않아요. 그것보다—."

"……자, 이거야."

레이네는 그렇게 말하면서 들고 있던 봉투를 건넸다. 시도는 그 안에서 화장 도구와 화장품, 그리고 화장 관련 서적들을 꺼내 나츠미의 머리맡에 두었다.

"으음, 그리고……."

시도가 그렇게 말한 순간, 레이네가 시도를 향해 책 한 권을 내밀었다.

"응? 이게 뭐……죠……."

책의 표지를 본 순간, 시도는 할 말을 잃었다.

거기에는 『이츠카 시도 결잠 CD 대본(3차 개정판)』이라고 적혀 있었던 것이다.

레이네를 쳐다보니, 그녀는 소형 컴퓨터를 무릎 위에 놓고, 순록 인형탈을 쓴 채 헤드폰을 쓰더니, 시도를 향해 마이크를 들고 있었다. 완벽한 녹음 태세였다.

"어떻게든 하겠다는 말이 이런 뜻이었어?!"

시도는 무심코 고함을 질렀다.

『어쩔 수 없잖아. 정령들의 소원을 가능한 한 들어주고 싶단 말이야.』

"아니, 그건 이해하지만 말이야! 이 (3차 개정판)은 뭐야?! 전부터 준비해왔던 거야?! 왜 개정까지 하는 건데?!"

『조용히 해. 두 사람이 깬단 말이야.』

"큭……!"

그 말을 들은 시도는 입을 다물 수밖에 없었다. 납득이 되지 않는다는 표정을 지으면서도 그는 결국 입을 다물었다.
그러자 레이네가 재촉하듯 시도를 향해 마이크를 내밀었다.
"하아, 정말……."
될 대로 되라는 심정이 된 시도는 대본을 펼치더니, 손전등으로 비춰보면서 첫 페이지를 읽었다.
"……뭐, 뭐어? 잠 온다고? 흥, 내 알 바 아냐. 혼자 자라고. ……아앙? 왜 내가 그런 짓을 해줘야…… 하, 하는 건데. 시끄러워. 빨리 자기나 해. ……어이, 왜 그런 얼굴로 쳐다보는 거야? ……하아, 어쩔 수 없네……. 잘 들어. 딱 5분만이야. 5분 후에도 깨어 있으면 진짜로 모른 척할 거야……."
"……신."
시도가 얼굴을 붉히면서 대본을 읽고 있는데, 갑자기 레이네가 입을 열었다.
"왜, 왜요?"
"……좀 더 거만한 말투를 써봐."
"레이네 씨, 무슨 소리를 하는 거예요?!"
시도는 참지 못하고 비명에 가까운 목소리를 냈다.

◇

"지, 지쳤어……."

약 한 시간 후. 겨우 녹음이 끝나고, 그 자리에서 바로 편집한 음성은 레이네에 의해 한 장의 CD에 담겼다.

그것을 미쿠의 머리맡에 둔 후, 시도는 방에서 나와 레이네와 헤어졌다.

이것으로 모든 정령들에게 선물을 전달했다. 시도는 안도의 한숨을 내쉬었다.

『수고했어. 이제 돌아와도 돼.』

"그래……. 코토리도 수고 많았어. 졸리지? 먼저 쉬도록 해."

『흥, 나를 얕보지 마. 이 정도 쯤— 하암…….』

말을 하던 도중 하품을 한 코토리는 얼버무리려는 것처럼 헛기침을 했다.

"거 봐, 무리하지 말라고. 밤샘은 미용의 적이잖아."

『알았어……. 그럼 시도의 호의를 감사히 받아들이도록 할게.』

코토리는 어쩔 수 없다는 투로 그렇게 말했다.

『그럼 잘 자.』

"그래. 잘 자."

시도는 대답 한 후, 엘리베이터를 향해 걸음을 옮겼다. 그리고 1층으로 내려간 그는 맨션에서 나와 집으로 돌아왔다.

방금 전까지 내리던 눈은 어느새 그쳤다. 주위에 희미하게 눈이 남아 있었지만, 아마 아침이 되기 전에 전부 녹아버릴 것이다. 어쩌면 저 눈은 하늘이 코토리에게 준 크리스마스 선물일지도 모른다.

집으로 돌아온 시도는 현관을 잠근 후, 자신의 방으로 돌아왔다.

하지만 아직 산타복은 벗지 않았다. 시도에게는 아직 해야 할 일이 남아있기 때문이다.

"영……차."

시도는 그대로 잠시 동안 시간을 보낸 후, 벽장에서 포장된 조그마한 상자를 꺼냈다. 그리고 발소리를 죽인 채 코토리의 방으로 향했다.

시도는 코토리가 잠들었다는 사실을 확인한 후, 문을 열고 안으로 들어갔다.

"눈도 좋지만, 한 사람의 오빠로서 여동생의 산타 역할을 양보할 수야 없지."

시도는 그렇게 말하면서 코토리의 머리맡에 선물 상자를 두었다.

"메리 크리스마스, 코토리."

그리고 코토리의 머리를 가볍게 쓰다듬어준 후, 시도는 자신의 방으로 돌아왔다.

"자아…… 이걸로 산타 임무도 끝났…… 어—."

하지만.

방문을 연 시도는 그 자리에서 딱딱하게 굳어버렸다.

이유는 단순했다. 아까와는 달리 자신의 방에 누군가가 있었기 때문이다.

그 사람은 시도와 비슷한 또래로 보이는 소녀였다. 어깨 근처까지 기른 머리카락과 호리호리한 체구가 인상적이었다.

"오, 오리가미……?"

시도는 망연자실한 목소리로 중얼거렸다. 그렇다. 그녀는 시도의 클래스메이트인 토비이치 오리가미였다.

하지만 시도가 경직된 이유는 오리가미가 자신의 방에 있기 때문만은 아니었다. 아니, 그것도 놀랄 일이기는 하지만, 더 큰 문제가 존재했다.

오리가미는 현재 옷을 입고 있지 않았다. 옷 대신 핑크색 리본으로 온몸을 감고 있었던 것이다.

그리고 어디서 조달한 건지는 모르겠지만 사람 한 명이 통째로 들어갈 만큼 거대한 양말을 벌리더니 그 안에 들어가려 하고 있었다.

마치— 자기 자신이 선물이라는 것처럼 말이다.

"……."

오리가미는 잠시 동안 시도를 쳐다보면서 침묵한 후— 다시 양말 안으로 들어가기 시작했다.

"어이! 뭐 하고 있는 거야?!"

"선물."

"뭐가?!"

"내가."

"무슨 소리를 하는 건지 모르겠거든?!"

시도는 참지 못하고 고함을 질렀다. 하지만 그녀를 방에서 억지로 내보내기에는, 오리가미의 몸은 현재 손을 살짝 대기만 해도 즉각 아웃인 위험 영역이 너무 많았다.

시도의 말을 들은 오리가미는 잠시 생각에 잠기는 듯한 시늉을 한 후, 거대한 양말에서 발을 뺐다.

한순간, 순순히 돌아가려는 건가…… 하고 시도는 생각했지만, 그것은 안일한 생각이었다. 오리가미는 들고 있던 양말을 벌리더니 그것을 시도에게 뒤집어 씌웠다.

"으, 으읍……?!"

"선물, 확보."

"읍~! 읍~?!"

눈앞이 갑자기 어둠으로 뒤덮인 시도는 양말 안에서 발버둥 쳤다.

—결국, 시도가 입고 있던 산타복을 선물하는 것으로 오리가미와 타협하는 데 한 시간가량이나 걸리고 말았다.

◇

『시도! 시도!』

"응…… 으으……."

다음 날 아침. 시도는 아래층에서 들려오는 활기찬 목소리에 잠에서 깨어났다.

그 뒤를 이어 힘찬 발걸음 소리가 계단 쪽에서 들리더니, 방문이 활짝 열렸다.

"시도! 이걸 봐라! 아침에 일어나보니 햄버그와 아름다운 식기가 머리맡에 놓여 있었다!"

"제 머리맡에는…… 모자와……."

『요시농의 옷이 있었어~!』

"들어 보거라, 시도! 어젯밤, 나와 유즈루의 앞에 진홍빛으로 몸을 감싼 성자와 거대한 뿔을 지닌 신수(神獸)가 나타났느니라!"

"경악. 게다가 어느새 침대 머리맡에 액세서리와 카메라를 두고 갔어요."

"달~링~! 달~링~! 이거, 엄청나요~~! 너무 흥분되어서 잠이 안 올 것 같아요오오오오!"

"으, 으으……."

"……."

커다란 접시를 든 토카, 새 모자를 쓴 요시노와 새 옷을 입은 『요시농』, 은제 액세서리를 착용한 카구야와 카메라를 든 유즈루, 엄청 흥분한 미쿠와 화장 도구를 한 손에 든 채 미쿠의 옆구리에 끼어 있는 나츠미가 일제히 시도의 방 안으로 들어왔다. 참고로 그녀들의 뒤에는 약간 커 보이는 산타복을 입은 오리가미가 서 있었다.

"하아아암……."

시도는 졸린지 하품을 하면서 천천히 몸을 일으켰다. 수면 부족으로 몸이 무거웠지만, 선물을 받고 기뻐하는 정령들의 마음에 찬물을 끼얹을 수는 없었다.

"그래? 잘됐네. 산타 할아버지도 너희가 착하게 지내는 걸 보고 있었던 거겠지."

시도의 말을 들은 소녀들은 일제히 기쁨과 부끄러움이 섞인 미소를 지었다.

하지만 다음 순간, 복도 쪽에서 덜컹! 하고 문 열리는 소리가 들리더니 조그마한 펜던트를 손에 든 코토리가 허둥지둥 시도의 방으로 뛰어왔다.

"시도! 이, 이건……!"

"아, 코토리도 선물을 받은 것이냐? 잘됐구나!"

코토리가 들고 있는 물건을 본 토카가 활짝 웃었다.

"뭐? 아—."

코토리는 그제야 뭔가를 눈치챈 것처럼 입을 다물더니, 시도 쪽을 쳐다보면서 입을 빠끔거렸다. 『……고·마·워.』라고 말하듯이 말이다.

"하하……."

코토리도 일단은 기뻐하고 있는 것 같았다. 시도는 성취감을 느끼면서 기지개를 켰다.

바로 그때—.

"……응? 시도 씨. 그건 뭔가요?"

요시노가 시도의 방에 있는 침대 머리맡을 보면서 고개를 갸웃했다.

"응?"

그 말을 들은 시도는 요시노의 시선을 쫓듯 침대 머리맡을 바라보았다.

그곳에는 예쁘게 포장된 상자가 놓여 있었다.

"이건……."

시도는 눈을 동그랗게 뜨면서 코토리를 쳐다보았다. 이런 짓을 할 사람은 코토리밖에 없다고 생각했기 때문이다.

하지만 코토리는 아무것도 모른다는 듯이 고개를 저었다. 오리가미도, 산타의 정체를 아는 미쿠와 나츠미도 비슷한 반응을 보였다.

"어이 어이…… 진짜야?"

—설마, 산타클로스가 진짜로 존재하는 걸까.

시도는 선물 상자를 들고 창밖에 펼쳐진 하늘을 올려다보았다.

쿠루미 산타클로스

SantaclausKURUMI

DATE A LIVE ENCORE 3

밤의 어둠을 비추는 불빛이 평소보다 많았다.

쿠루미는 빌딩 옥상에서 눈앞에 펼쳐진 전등의 불빛을 내려다보며 작게 하품했다. 입에서 흘러나온 숨결이 흰색으로 물들더니 공기에 녹아들 듯 사라졌다.

12월 24일. 마을은 크리스마스 분위기였다. 화려한 전구 장식들에서 뿜어져 나온 빛이 한밤의 마을을, 길 가는 사람들을 비추고 있었다.

"어머, 어머……."

쿠루미는 난간에 기댄 채 눈을 가늘게 떴다.

그녀는 이 시기를 별로 좋아하지 않았다. 혐오감을 느끼는 것은 아니지만, 그렇다고…… 반기지도 않았다.

왜일까. 그것은 그녀 본인도 알지 못했다. 겨울의 추위가 싫은 것일까. 품위 없는 전구 장식들이 마음에 들지 않는 것일까. 아니면—.

"……."

—분명, 축제 분위기에 들뜬 사람들의 느긋하기 그지없는 얼굴이 마음에 들지 않는 것이리라. 쿠루미는 마음속으로 그렇게 결론 지은 후 뒤돌아섰다.

번화가 구석에 존재하는 빌딩 옥상에는 그녀 외에는 아무도 없었다. 아니— 정확하게 말하자면 약간 달랐다. 사람은 없어도 『그림자』만은 주위 일대를 뒤덮고 있으니까 말이다.

그렇다. 『그림자』다.

밤도, 어둠도 아니라— 이 옥상을 가득 채우고 있는 것은 쿠루미의 『그림자』였다.

"—저희들."

쿠루미가 중얼거리듯 그렇게 말하자, 옥상을 뒤덮은 그림자에서 새하얀 손이 여러 개 모습을 드러냈다. 그리고 그 손에 달린 손가락이 고혹적으로 움직인 순간, 그림자 안에서 그 손의 주인들이 모습을 드러냈다.

그들은 전부 같은 얼굴을 지닌 소녀들이었다. 좌우 불균형하게 묶은 긴 흑발. 밤의 어둠 속에서 더욱 돋보이는 새하얀 얼굴. 그리고— 찰칵찰칵 소리를 내며 시간을 새기고 있는 왼쪽 눈.

그녀들은 모두가 『토키사키 쿠루미』였다.

그렇다. 그녀들은 쿠루미의 천사 〈각각제(刻刻帝)(자프키엘)〉의 힘으로 재현한 쿠루미의 과거 모습인 것이다.

“어땠나요?”

쿠루미는 턱을 매만지면서 분신체들에게 물었다. 그러자 나란히 선『쿠루미』들이 차례차례 입을 열었다.

“DEM 인더스트리는 별다른 움직임을 보이지 않고 않아요.”

“AST도 마찬가지예요. 얌전히 있어요.”

“다른 대(對) 정령 기관도 마찬가지, 랍니다.”

“그렇군요.”

쿠루미는 눈을 가늘게 뜨면서 한숨을 내쉬었다. ―그녀의 예상대로였다.

지금 이곳에 집결한 분신체들은 쿠루미가 각 기관에 보낸 첩보용『쿠루미』였다. 적이 많은 쿠루미에게 있어 정보는 생명선이다. 쿠루미가 지금 이곳에 있는 것도 분신체들에게 정기 보고를 받기 위해서였다.

“그럼 제2의 정령이 어디 있는지는 알아냈나요?”

쿠루미가 묻자, 분신체들은 서로를 바라본 후 동시에 고개를 저었다.

이것도…… 예상대로였다. 쿠루미는 딱히 낙담하지도 않으면서 생각에 잠겼다.

제2의 정령. 그 호칭대로, 이 세상에 두 번째로 현계한 것으로 알려진 정령이다. 쿠루미가 찾고 있는 최초의 정령에 대한 정보를 유일하게 알고 있는 것으로 유추되는 존재이기도 했다.

분신체들의 조사를 통해 DEM인더스트리가 제2의 정령을 잡아 둔 것 같다는 사실까지는 알아냈지만…… 그 정령이 어느 시설에 잡혀 있는지는 아직 알아내지 못했다.

"뭐…… DEM 측에 있어 가장 중요한 기밀일 테니 쉽게 알아내지는 못할 거라고 생각했어요. 앞으로도 계속 조사에 힘써 주세요."

"네."

"알았어요, 저."

"저희의 비원을 이루기 위해, 최선을 다할게요."

『쿠루미』들이 그렇게 말했다. 그 말을 들은 쿠루미는 아무 말 없이 고개를 끄덕였다.

그렇다. 쿠루미는 제2의 정령을 찾아내야만 한다.

그리고 알아내야만 한다. 최초의 정령에 관한 정보를.

확실하게— 숨통을 끊어주기 위해서 말이다.

"아, 그런데……."

바로 그때, 한 분신체가 뭔가가 생각났다는 듯이 입을 열었다.

"왜 그러죠? 저."

"실은 깜빡하고 보고 드리지 않은 게 있어요. 시도 씨에 관한 거예요."

"시도 씨……?"

분신체의 말을 들은 순간, 쿠루미의 눈썹이 살짝 움직였다.

이츠카 시도. 정령의 힘을 자신의 몸에 봉인한다는, 믿기지 않는 능력을 지닌 소년의 이름이다.

쿠루미의 목적을 달성하기 위해서는 그의 몸에 축적된 방대한 양의 영력이 필요하기 때문에, DEM, AST 등과 마찬가지로 분신체를 파견해 그의 동향을 주시하고 있었다.

"무슨 일 있었나요?"

"네. 아무래도 시도 씨는—."

분신체는 심각한 어조로 말했다. 그 범상치 않은 분위기에 쿠루미는 약간 긴장했다.

"오늘 밤, 산타클로스로 분장하고 토카 양을 비롯한 정령들에게 선물을 주러 갈 생각인 것 같아요."

"……."

분신체의 말을 들은 쿠루미는 한순간 눈을 동그랗게 뜬 후, 하아 하고 한숨을 내쉬면서 이마에 손을 댔다.

"……무슨 큰일이라도 났나 했더니, 결국 그런 건가요."

괜히 긴장했다. 쿠루미는 한 번 더 한숨을 내쉬었다.

아무래도 시도가 힘을 봉인한 후에도, 정령들의 정신 상태가 흐트러지면 영력의 일부가 역류하는 것 같았다. 그래서 시도는 각양각색의 방법으로 정령들을 즐겁게 해주려 했다. 이번에도 그런 활동의 일환일 것이다. 딱히 신경 쓸 필요는 없으리라.

하지만 분신체는 고개를 저었다.

"무슨 소리를 하는 거예요, 저. 이게 뭘 뜻하는지 눈치채지 못한 건가요?"

"……응? 그게 무슨 소리죠?"

"선물 교환이라면 몰라도, 산타클로스로 분장한다는 것은 시도 씨는 선물을 받지 못한다는 거잖아요."

"그게 어쨌다는 거죠?"

"언제나 최선을 다하고 있는 시도 씨가 크리스마스 선물을 받지 못한다니, 너무 가여워요."

"……."

쿠루미는 몇 번째인지 기억나지 않는 한숨을 내쉬었다.

……〈자프키엘〉로 만든 분신체는 쿠루미의 과거의 모습이기 때문에 성격과 외모에서 미묘하게 차이가 나기는 하지만…… 아무래도 이 쿠루미는『너무 젊은 것』같았다.

"정말…… 쓸데없는 생각은 하지 말고 맡은 일에 충실해주세요. 그리고—."

쿠루미가 분신체를 꾸짖으려고 한 순간—.

"어머 어머, 확실히 가여워요."

"네, 맞아요. 노력은 보답받아야 마땅하니까요."

"그래요. 뭔가 좋은 방법은 없으려나요."

다른 분신체들도 그 이야기에 동조하기 시작했다.

"무슨 소리를 하는 거예요, 저희들."

쿠루미가 고개를 내저으면서 그렇게 말하자, 분신체들이 그녀를 향해 일제히 고개를 돌렸다.

"하지만, 저. 시도 씨도 선물 받을 자격이 충분히 있다고 생각하지 않나요?"

"그래요. 잘 생각해보니 지난달에 시도 씨가 역사를 바꿀 수 있다는 사실을 증명해준 이후, 아무런 답례도 하지 않았잖아요."

분신체들은 입을 모아 그렇게 말했다. 그 말을 들은 쿠루미는 미간을 살짝 찌푸렸다.

지난달. 쿠루미는 시도에게 시간 역행의 탄환—【열두 번째(유드·베트) 탄환】을 쏴서 그를 5년 전의 세계로 보냈다.

그리고 시도는 증명한 것이다.

—역사는, 절대 불변의 존재가 아니라는 사실을.

세계를 바꾸는 것은 가능하다. 실제로 시도는 바꿨다. 절망으로 가득 찬 비극을 **없었던 일로** 만든 것이다.

그렇다면— 쿠루미도 가능할 것이다. 최초의 정령을 죽여 세계를 바꾸는 것이 말이다.

확실히 그 후, 쿠루미의 마음속에 존재하는 결의는 더욱 확고해졌다. 역사를 바꿀 수 있다는 사실을 그가 직접 증명해줬기 때문이다. 하지만—.

"그 일은 시도 씨에게도 충분한 득이 되었잖아요. 시도 씨는 오리가미 양의 운명을 바꾸고 싶어 했고, 그 결과 역사를 바꿀 수 있다는 사실을 저에게 증명해줬어요. 저는 역사를 바꿀 수 있다는 사실을 증명하고 싶어 했고, 그 대가로 〈자프키엘〉이 지닌 비장의 카드, 【유드·베트】를 써준 거예요. 그러니 빚진 건 없다고 생각해도 되지 않을까요?"

그렇다. 빚은 없다. 그렇게 생각한 쿠루미는 어깨를 으쓱였다.

하지만 분신체들은 납득하지 못했는지 입술을 삐죽 내밀었다.

"결과적으로 보면 그럴지도 모르지만, 과정 면에서 서로가 납득했다고 보는 것은 어렵지 않을까요?"

"맞아요. 완전 사후 승낙이었잖아요."

"게다가 아무리 【유드·베트】를 써줬다고 해도, 발동에 필요한 영력은 시도 씨에게서 조달했잖아요."

"물론 그 점에 대해 저를 탓할 생각은 없지만, 그래도 답례를 한다고 벌을 받지는 않을 거라고 생각해요."

"동감이에요~."

"그래요~."

분신체들이 불만을 털어놓기 시작했다. 쿠루미는 당혹스럽다는 듯이 이마에 손을 댔다.

"답례라니……. 대체 저보고 뭘 어떻게 하라는 거죠?"

쿠루미가 그렇게 말하자 분신체들은 한순간 서로를 바라

본 후, 다시 그녀를 향해 고개를 돌렸다.

"크리스마스잖아요. 시도 씨에게 선물을 주는 건 어떨까요?"

"물론 직접 건네주라는 건 아니에요. 저와 시도 씨의 미묘한 관계는 이해하고 있으니까요."

"그러니 밤에 시도 씨의 침대 머리맡에 선물을 두고 오는 게 좋지 않을까 싶어요."

"……."

쿠루미의 볼을 타고 땀이 흘렀다. 즉, 쿠루미에게 산타클로스가 되라는 말이었다.

그 말을 들은 쿠루미는 어이없다는 듯이 고개를 저었다.

"말도 안 되는 소리 하지 마세요. 그렇게 선물이 하고 싶으면 직접—."

쿠루미는 말을 하다 멈췄다.

그런 소리를 하면 젊은 분신체들이 희희낙락하면서 시도에게 선물을 주러 갈 것이 틀림없다.

그러기만 한다면 그나마 다행이지만, 이런 소리를 하는 것만 봐도 알 수 있듯 젊은 분신체들은 정신이 불안정하고—지금의 쿠루미보다 정에 약했다. 필요 이상으로 시도와 접촉하게 되면 특별한 감정을 품게 될 가능성이 있었다.

만약 그렇게 되면 그 분신체는 처분할 수밖에 없다. 물론 『시간』이 있는 한 분신체는 얼마든지 보충할 수 있지만— 역시 『자신』을 죽이는 건 그렇게 기분 좋은 일이 아니었다.
그렇다고 억지로 금지해본들, 분신체들이 따르지 않을지도 모른다. 쿠루미는 체념 섞인 한숨을 내쉬었다.
"……어쩔 수 없군요. 제가 가겠어요."
쿠루미가 그렇게 말하자 분신체들이 꺄아 하고 환호성을 질렀다.
"결단을 내려주셔서 감사해요."
"우후후, 뭘 선물하죠?"
"저희들, 뭔가 좋은 생각 있나요?"
"하지만 오늘 밤에 결행할 거잖아요? 지금 준비할 수 있는 거라고는—."
이야기를 나누던 분신체들 중 한 명이 우아하게 손을 들었다.
"그건 저에게 맡겨주세요."
"다, 당신은!"
"5년 전의 저!"
손을 든 분신체의 모습을 쿠루미에게 보여주려는 것처럼, 모여 있던 분신체들이 좌우로 갈라졌다. 마치 가극 무대를 보고 있는 듯한 느낌이 들었다.
"……어머."
그 모습을 본 쿠루미의 볼이 희미하게 떨렸다.
그것도 무리는 아니었다. 상대는 분명 『쿠루미』지만— 다른 『쿠루미』와는 복장이 달랐던 것이다.

머리카락은 묶지 않은 대신 장미 모양 머리핀을 꽂고 있었다. 그리고 흰색과 검은색으로 구성된 모노톤 드레스를 입었으며 왼쪽 눈에는 시계를 감추기 위해서인지 의료용 안대를 착용하고 있었다.

지금으로부터 5년 전, 왼쪽 눈을 감출 필요가 생겼을 때 시험 삼아 착용해본 안대를 마음에 들어 했던 시절의 쿠루미가 재현된 분신체였다.

……당시에는 멋지다고 생각했지만, 지금 이렇게 보니 너무 부끄러웠다. 솔직히 말해 가능하면 얼굴을 마주하고 싶지 않은 개체였다.

"맡겨달라는 게 무슨 의미죠?"

"우후후. 말 그대로의 의미랍니다."

안대를 한 쿠루미는 품속에서 조그마한 상자를 꺼냈다.

"이런 일도 있을까 싶어서 이미 선물을 준비해뒀어요."

안대 쿠루미는 잘난 척하는 듯한 목소리로 말했다. 그러자 주위의 분신체들이 """"오오~."""" 하고 한목소리로 말했다.

"용의주도하군요, 저."

"역시 저예요."

기묘한 자화자찬이 줄을 이었다. 하지만 그 말을 들은 쿠루미의 볼을 타고 식은땀이 흘렀다.

이유는 단순했다. 쿠루미의 5년 전 센스를 지닌 분신체가 고른 선물이라는 사실에서 불안감을 느끼고 있는 것이다.

그런 쿠루미의 마음을 아는지 모르는지, 안대 쿠루미는 우아한 걸음걸이로 앞으로 나오더니 쿠루미에게 그 상자를 건넸다.

손바닥보다 조금 작은 사이즈이기는 하지만, 크기에 비해 꽤 묵직했다. 금속으로 된 물건이 들어 있는 것 같은 정도의 중량감이었다.

"……이 상자 안에 뭐가 들어 있죠? 저."

"우후후. 그건 시도 씨가 열어볼 때까지의 즐거움으로 남겨두고 싶군요."

"……."

자신에게 있어 최악의 대답을 들은 쿠루미는 현기증이 나는지 비틀거렸다.

대체 뭘 선물하려는 것일까. 쿠루미는 자신의 5년 전 센스를 떠올리면서 생각에 잠겼다.

"혹시 제 이름이 새겨진 역십자 모양 남성용 패션 반지 같은 거라면 머리와 몸이 분리될 줄 아세요, 저."

"뜨끔."

"뜨끔?! 방금 뜨끔이라고 했어요?!"

쿠루미는 무심코 고함을 질렀다. 하지만 안대 쿠루미는 웃음을 흘렸다.

"농담이에요. 안에 들어 있는 건 그런 게 아니랍니다."

"……."

쿠루미는 미심쩍은 눈빛으로 안대 쿠루미를 쳐다보았다.

〈자프키엘〉【열 번째(유드) 탄환】을 쓰면 이 안에 무엇이 들어 있는지 바로 알 수 있다. 하지만 그런 한심한 일에 귀중한 『시간』을 소비할 수는 없었다.

……뭐, 이것이 무엇이든 간에 자신이 주는 것이라는 사실만 시도에게 알려지지 않으면 된다. 그렇게 판단한 쿠루미는 체념 섞인 한숨을 토했다.

"시도 씨가 잠든 사이에 이걸 그의 머리맡에 두고 오면 되는 거죠?"

"네."

"맞아요."

"시도 씨도 분명 기뻐할 거예요."

분신체들이 흥분한 목소리로 말했다.

하지만.

"—과연, 그럴까요."

바로 그때, 분신체들 사이에서 그런 목소리가 들려왔다.

"다, 당신은!"

"6년 전, 붕대가 멋지다고 생각하던 시절의 저!"

그 목소리에 이끌리듯 일제히 고개를 든 분신체들은 방금 전과 마찬가지로 좌우로 갈라지면서 그 분신체의 모습을 쿠루미에게 보여줬다. 마치 모세가 바다를 가른 것 같았다.

그와 동시에 모습을 드러낸 것은 몸 곳곳에 붕대를 감은 쿠루미였다. 오른손, 왼발, 그리고 물론— 왼쪽 눈에도 말이다.

붕대를 몸 곳곳에 감고 있기는 하지만, 딱히 심각한 부상을 입은 것은 아니다. 오른손에 약간의 찰과상만 입었지만 그 정도 부상 때문에 【네 번째 탄환(달렛)】을 쓰는 것이 아까웠기에 붕대를 감았다. 그런데 붕대를 감다 보니 왠지 즐거워져서, 부상을 입지 않은 곳에도 치료를 해버리고 만 것이다.

……이쪽 또한 안대 쿠루미에 버금갈 만큼 보고 싶지 않은 시절을 재현한 개체였다.

"그게 무슨 말이죠? 저."

분신체가 붕대를 한 쿠루미에게 물었다. 그러자 붕대 쿠루미는 의미심장한 미소를 지으면서 쿠루미를 손가락으로 가리켰다.

"제가 지적하고 싶은 건 의상이에요. 설마 그 복장으로 시도 씨에게 가려는 건가요?"

"……설마 붕대를 하고 가라는 건가요?"

쿠루미가 그렇게 말하자, 붕대 쿠루미는 눈을 동그랗게 뜨면서 과장스럽게 어깨를 으쓱였다.

"그런 뜻이 아니에요. —선물 그 자체에 저희의 흔적을 남기지는 않는다고 해도, 머리맡에 선물을 두는 저의 모습을 시도 씨가 목격할 수도 있지 않을까요? 그러니 의상에 신경을 쓰는 것은 전혀 의미가 없는 짓이라고는 할 수 없지 않을까요?"

붕대 쿠루미의 말을 들은 쿠루미는 고개를 끄덕였다. 확실히 맞는 말이었다. 물론 기왕 하기로 한 이상 실수 할 생각은 없지만, 만일의 사태가 벌어질 수는 있었다. 영장 차림으로 갔다간 시도가 한눈에 쿠루미를 알아보고 말 것이다.

"그렇군요. 그럼 사복으로 갈아입고—."

"아뇨. 사복보다 더 어울리는 의상을 준비해뒀답니다."

"네?"

쿠루미가 되묻자, 붕대 쿠루미는 미소를 지으면서 한 손을 옆으로 내밀었다.

그러자 그림자에서 옷 한 벌이 튀어나와 붕대 쿠루미의 손 위에 놓였다. —그것은 붉은색과 흰색으로 구성된, 바로 그 옷이었다.

"그, 그것은……."

"산타복, 인가요?"

분신체들이 눈을 동그랗게 떴다.

그렇다. 붕대 쿠루미가 꺼낸 것은 풍성한 상의와 바지, 붉은색 모자, 그리고 커다란 자루로 구성된 산타복이었다.

"네. 이걸 입고 있으면 만약 시도 씨가 저를 보더라도 산타라고 생각할 거예요."

"마, 말도 안 되는 소리 하지 마세요!"

쿠루미는 참지 못하고 목소리를 높였다. 안 그래도 내키지 않는 일을 해야 하는데, 왜 저런 의상까지 입어야만 하는 걸까.

하지만 그 의상을 본 분신체들은 흥분한 목소리로 말했다.

"아아, 멋져요. 정말 멋져요."

"네. 저에게 잘 어울릴 것 같아요."

"우후후, 저는 어떤 의상이든 잘 어울리지만요."

"자, 잠깐, 제 이야기를—."

쿠루미가 입을 연 순간.

"—그것으로는 안 돼요."

분신체 무리 쪽에서 그런 말이 들렸다.

"다, 당신은!"

"7년 전, 아마로리 패션에 빠져 있던 시절의 저!"

또 분신체들이 좌우로 갈라졌다.

그와 동시에 모습을 드러낸 이는, 주위에 있는 쿠루미와는 대조적으로 프릴과 레이스가 잔뜩 달린 흰색 드레스를 입은 쿠루미였다. 마치 동화에 나오는 공주님 같은 모습으로 머리에는 꽃을 연상케 하는 형태를 한 보닛[#1] 모자를 쓰고 있었고, 한 손에는 비는 고사하고 햇빛도 제대로 막아주지 못할 만큼 작은 우산을 들고 있었다. 참고로 아마로리란

#1 보닛(bonnet) 앞에 넓은 차양이 달리고, 리본을 턱 밑에 매게 되어 있는 여성 및 아동용 모자.

밝은 색감을 베이스로 한 롤리타 패션을 가리키는 말이다.

"그게 무슨 말이죠? 저."

"그 산타는 조건에 부합되지 않아요."

"뭐가 불만인 거죠?"

분신체들이 고개를 갸웃거리며 물었다. 그러자 아마로리 쿠루미는 한탄 하듯 고개를 내저었다.

"확실히 기능적으로는 충분할지도 몰라요. 하지만 소녀는 언제 어디서나 우아함을 잊어선 안 되잖아요?"

"그럼 어떻게 하면 좋을까요?"

"우후후—."

분신체의 말을 들은 아마로리 쿠루미는 붕대 쿠루미에게 다가갔다.

그리고 산타복의 상의와 바지를 넘겨받더니, 그 자리에서 빙글 회전했다.

그러자 그녀가 들고 있는 의복의 형태가 변화했다. 색상은 변하지 않았지만 전체 면적은 아까에 비해 크게 줄었으며, 몸매 또한 확연하게 드러내는 구조였다. 그리고 무엇보다 가장 큰 변화는 바지였다. 평범한 바지가 어느새 귀여운 미니스커트로 변모한 것이다.

그 의상이 자아내는 존재감을 접한 분신체들은 """오오…….""" 하고 술렁거렸다.

"아, 아하……. 이건!"

"촌스러운 산타 룩이 순식간에 귀여운 미니스커트 산타로 변모했어요!"

"역시 아마로리 시절의 저예요!"

눈앞에서 벌어진 마법 같은 일을 본 분신체들이 박수를 쳤다. 붕대 쿠루미 또한 "역시 당신은 당해낼 수가 없군요." 라고 말하듯 어깨를 으쓱였다.

뭐, 마법의 비밀을 폭로하자면, 몸을 회전시키면서 들고 있던 옷과 그림자 속에 있던 옷을 바꿔치기한 것뿐이지만…… 7년 전의 쿠루미는 지금의 쿠루미보다도 이런 연출을 좋아했다.

"자아, 그럼 저. 이걸 입고 시도 씨에게 갔다 오세요."

"마, 말도 안 되는 소리 하지 마세요! 왜 제가 이런 복장을……."

"어머, 그럼 어쩔 수 없군요. 제가 대신 다녀오겠어요."

아마로리 쿠루미는 자신은 그래도 상관없다는 듯이 그렇게 말했다.

"큭……."

쿠루미는 분하다는 듯이 신음을 흘렸다.

◇

"……그럼 다녀오겠어요."

쿠루미는 그림자 안에서 지친 듯한 목소리로 말했다.

"어머 어머, 기운이 없군요."

"그렇게 축 처져 있다간 시도 씨에게 들키고 말 거예요."

"……."

쿠루미는 분신체들의 느긋한 소리를 들으면서 어금니를 꽉 물었다. 그리고 결국 체념 섞인 한숨을 내쉬면서 그림자 밖으로 얼굴을 내밀었다.

그리고 주위를 살핀 후, 아무도 없다는 것을 확인한 그녀는 천천히 그림자에서 나왔다.

그녀는 복부가 코르셋처럼 꽉 조이고 어깨가 대담하게 노출되는 산타복과 귀여운 라인을 그리는 미니스커트, 조그마한 흰색 털공이 달린 부츠를 착용하고 있었다. 솔직히 말해 이 계절에 맞는지 맞지 않는지 알 수 없는 코스튬이었다. 결국 분신체의 요청을 거절하지 못한 쿠루미는 미니스커트 산타 의상을 입었다. 우매한 민중들의 민주주의는 이와 같이 타락하고 만다. 쿠루미는 민주주의의 치명적인 약점을 본 것 같은 느낌을 받았다.

게다가 산타복치고는 노출이 너무 심해서 정말 추웠다. 길이 좀 전까지 내린 눈으로 뒤덮여 있어서 더 그렇게 느껴졌다.

하지만 계속 이 일을 질질 끌 수는 없었다. 이렇게 되면 가능한 한 빨리 목적을 달성하는 것이 좋으리라. 그렇게 판단한 쿠루미는 얼굴을 들었다.

쿠루미가 현재 있는 곳은 시도가 사는 집의 문 앞이었다. 분신체들의 보고가 정확하다면, 시도는 현재 이 집 옆에 있는 맨션에서 정령들에게 선물을 나눠주고 있을 것이다.

원래 산타클로스는 아이들이 잠든 사이에 왔다 가지만, 그랬다간 시도가 눈 뜰 가능성이 있었다. 그렇다면 시도가 방에 없을 때 선물을 두고 가는 편이 확실할 것이다. 그것이 쿠루미가 산타 코스튬을 입는 것을 승낙하는 대신 분신체들에게 받아들이게 한 조건이었다. 불현 듯 잠에서 깬 시도와 쿠루미가 마주치는 두근두근 전개를 기대한 듯한 일부 분신체는 불만을 표시했지만, 쿠루미가 진심 어린 눈빛으로 노려봐 주자 얌전해졌다. 이래서 시선에는 힘이 있다고 하는 것이다.

"자아…… 빨리 끝내고 돌아가죠."

쿠루미는 그렇게 말하면서 이츠카 가의 문손잡이를 잡았다.

하지만 바로 그 순간—.

"—거기 서어어어어—."

"—, 어디에—."

"어머……?"

어딘가에서 목소리 같은 것이 들려온 듯한 느낌에 쿠루미는 고개를 갸웃했다. 주변의 주택에서 들려온 것일까. 마치 뭔가를 쫓고 있는 듯한 목소리였다.

쿠루미가 그런 생각을 하고 있을 때, 발소리와 함께 자동문이 열리는 소리가 맨션 쪽에서 들려왔다.

"크윽, 산타 녀석은 대체 어디에 간 것인 게냐!"

"탐색. 아직 멀리 가지는 않았을 거예요."

맨션에서 판으로 찍어낸 것처럼 똑같이 생긴 쌍둥이가 뛰쳐나오더니 주위를 둘러보기 시작했다.

"앗, 눈이 내렸나 보네! 와아!"

"경악. 주위가 온통 새하얘요."

쿠루미는 그녀들은 본 적이 있었다. 바람을 조종하는 정령, 야마이 카구야·유즈루 자매였다.

아무래도 뭔가를 찾고 있는 것 같았다. 콧김을 뿜으며 주위를 둘러보던 그녀들은—.

"—! 유즈루, 저기 있다!"

"확인. 붉은색과 흰색으로 구성된 의상으로 볼 때, 틀림없어요."

"어머?"

카구야와 유즈루는 눈을 치켜뜨더니 쿠루미를 향해 내달리기 시작했다. 그 모습을 본 쿠루미는 눈을 동그랗게 떴다.

하지만 곧 비상사태가 발생했다는 사실을 눈치챈 쿠루미는 허둥지둥 도망치기 시작했다.

"거기 서어어어어어어어어엇!"

"추적. 놓치지 않겠어요……!"

"뭐, 뭐가 어떻게 된 거죠……?"

갑작스러운 사태가 발생한 탓에 머릿속이 혼란스러웠다. 뭐가 어떻게 된 건지 알 수가 없었다. 하지만 지금 걸음을 멈췄다간 여러모로 골치 아픈 일이 벌어질 것이라는 사실만은 이해했다.

쿠루미는 쫓기는 이유도 모른 채 한밤의 주택가를 내달렸다.

"하아……, 하아……."

그 후로 얼마나 술래잡기를 했을까. 겨우 냉정을 되찾은 쿠루미는 그림자 안에 숨어서 야마이 자매를 따돌렸다.

원래라면 영력을 봉인당한 정령은 쿠루미의 적이 되지 못한다. 하지만 그 어떤 형태로라도 쿠루미가 이곳에 왔다는 흔적을 남기는 것은 좋지 않은 데다, 이런 일로 쓸데없이 『시간』을 소비할 수도 없었던 것이다.

호흡을 가다듬으면서 왔던 길을 되돌아가던 쿠루미는 다시 시도의 집 앞에 도착했다.

"정말…… 뭐가 어떻게 된 거죠……."

말은 그렇게 했지만, 한숨 돌린 덕분에 머릿속은 꽤 맑아졌다. 야마이 자매의 말로 유추해볼 때, 산타로 분장한 시도를 쫓다 쿠루미를 발견해서 타깃을 그녀로 변경한 것이리라. 정말 운이 없었다.

"그래서 이런 옷차림을 하고 싶지 않았던 거예요."

『어머 어머 어머.』

쿠루미가 투덜댄 순간, 그림자 안에서 분신체의 목소리가 들려왔다.

『하지만 산타복을 입지 않았다면.』

『야마이 자매에게 정체를 들켰을지도 모르잖아요?』

"크윽……."

쿠루미는 희미하게 눈썹을 찌푸린 후, 마음을 다 잡으면서 이츠카 가를 쳐다보았다.

"아무튼, 이번에야말로 들어가겠어요."

쿠루미는 그렇게 말하면서 문을 열고 정원 안으로 들어갔다.

하지만 그녀는 현관을 통해 안으로 들어가지 않았다. 어느 정도 시간이 지난 이상, 시도가 돌아올지도 모르고, 시도의 여동생이자 불꽃의 정령인 〈이프리트〉 이츠카 코토리가 있을지도 모르기 때문이다.

쿠루미는 가볍게 몸을 날려 우아한 몸놀림으로 1층 지붕 위로 올라갔다. 그리고 거기서 창문을 통해 시도의 방 안을 들여다봤다.

순간, 쿠루미는 위화감을 느꼈다. 창문이 열려 있었던 것이다.

"어머……?"

고개를 갸웃거리며 창문을 통해 방 안을 쳐다본 쿠루미는 — 다음 순간, 그 자리에서 딱딱하게 굳어버렸다.

이유는 단순했다. 시도는 방 안에 없었지만…… 대신 쿠루미보다 먼저 온 손님이 있었던 것이다.

"……."

시도의 클래스메이트인 토비이치 오리가미가 방 한가운데에서 옷을 벗고 있었다.

카디건, 블라우스, 스커트, 양말, 그리고 브래지어와 팬티까지 벗었다. 몸을 감싸고 있던 모든 옷가지를 벗은 그녀는 실오라기 하나 걸치지 않은 상태가 되었다.

그리고 오리가미는 가지고 온 가방 안에서 테이프처럼 깔끔하게 말린 리본을 꺼내 그것으로 자신의 몸을 감았다. 마치— 선물을 포장하듯 말이다.

그리고 자신의 나신을 귀엽게 포장한 오리가미는 만족스럽다는 듯이 고개를 끄덕인 후, 가방에서 사람이 통째로 들어갈 것 같은 커다란 양말을 꺼내더니, 그 안에 들어가려고 했다.

바로 그때—.

"…………."

철컥 하는 소리와 함께 문이 열리더니, 일을 끝내고 온 산타복 차림의 시도가 방 안으로 들어왔다.

잠시 침묵이 흘렀다.

—그 후에는 예상에서 벗어나지 않는 상황이 벌어졌다.

오리가미는 거대한 양말에 시도를 넣어 끌고 가려고 했고, 시도는 필사적으로 저항하면서, 알았어, 일단 진정 좀 하자. 응? 선물이 사람인 건 좀 곤란해. 다른 거라면 뭐든 줄 테니까…… 뭐? 도장? 대체 그걸 어디 쓰려는 건데?! 다른 항목은 이미 다 기입했다고……? 잠깐, 뭘 다 기입했다는 거야?! 같은 시도의 비명 섞인 목소리가 방 밖까지 울려 퍼졌다.

그리고 약 한 시간 후. 쿠루미의 몸이 식을 대로 식어버렸을 즈음, 시도가 입고 있던 산타복을 선물하는 것으로 두 사람은 합의했다(참고로 오리가미는 그 선물을 승낙하는 대신 산타복을 벗기 전에 팔굽혀펴기, 윗몸 일으키기, 엎드려 윗몸 일으키기, 앉았다 일어서기를 각각 백 번씩 한다는 조건을 제시했다. 시도는 영문을 모르겠다는 표정을 지으면서 순순히 시키는 대로 했다).

"드, 드디어…… 끝난 건가요……?"

오리가미가 돌아간 후, 쿠루미는 훤히 드러난 어깨를 매만지면서 말했다. 치아가 덜덜 떨렸다. 추위 탓에 온몸이 부들부들 떨렸다.

아직 방 안에 들어갈 수는 없다. 오리가미가 돌아갔을

뿐, 시도가 아직 잠들지 않았기 때문이다.

하지만 이제 시도도 꽤나 졸릴 것이다. 강도라도 만난 것처럼 산타복을 빼앗긴 시도는 재채기를 한 후 잠옷을 입었다. 그리고 졸린지 하품을 하더니 침대에 들어가 그대로 곯아떨어졌다.

"……."

쿠루미는 시도가 완전히 잠에 빠져든 것을 확인한 후, 창문을 열고 방 안에 침입했다.

바깥보다는 꽤 낫다고 해도 방 안은 아직 추웠다. 쿠루미는 빨리 볼일을 끝내고 돌아가기 위해 떨리는 손으로 자루 안을 뒤지기 시작했다.

하지만— 바로 그때.

"으응……."

"……윽!"

시도가 낮은 신음을 흘리면서 몸을 뒤척이는 모습을 본 쿠루미의 머릿속에 어떤 생각이 스치고 지나갔다.

시도가 깰 가능성이 있으니 한시라도 빨리 볼일을 끝내고 이 자리를 벗어나는 편이 좋을 것이다. 하지만 오리가미 때문이라고는 해도 추운 겨울에 밖에서 한 시간 이상 떨어야 했던 것이다. 그러니 이 정도 이득은 봐도 될 것이다.

"……이렇게 춥잖아요. 불가항력이에요."

쿠루미는 변명 하듯 그렇게 중얼거린 후, 시도의 이불을 들추고 그 안으로 살금살금 들어갔다. 시도와 한 이불을 덮고 자려는 듯한 자세였다.

"아아……."

시도의 체온에 의해 따뜻하게 데워진 이불이 쿠루미의 온몸을 감쌌다. 그녀는 무심코 황홀한 표정을 지으며 말했다.

"따뜻……해요……."

감각이 없어질 만큼 차가워졌던 손끝이 서서히 따뜻해졌다. 그와 함께 수마가 쿠루미의 의식을 잠식하기 시작했다.

"아…… 아아……."

이대로 잠들어버린다면 내일 아침에 엄청난 일이 벌어질 것이다. 그것은 쿠루미도 이해하고 있었다. 하지만 따뜻한 이불과 시도의 온기 때문에 점점 의식이 녹아들기 시작했다.

"아, 안 돼……요……. 이대로, 있다간…… 아아…… 하지만……."

점점 의식이 멀어지면서 눈꺼풀이 감기기 시작했다.

하지만 바로 그 순간—.

"으응……, 쿠루……미……."

"……읏?!"

시도의 입에서 나온 말을 들은 쿠루미의 의식은 순식간에 깨어났다.

한순간 시도가 깨어났다고 생각했지만— 그렇지 않았다. 잠꼬대를 한 것 같았다.

"정말, 놀라게 하지 말아주세요……."

옆에 누운 쿠루미의 체취를 맡고 그녀를 떠올린 것인지, 아니면 완벽한 우연인지— 정확한 것은 알 수 없지만 시도의 꿈에 쿠루미가 등장한 것 같았다.

"어머 어머……. 대체 어떤 꿈을 꾸고 계신 거죠?"

쿠루미는 쓴웃음을 지으면서 시도의 코끝을 손가락으로 톡 두드렸다. 그러자 시도는 으음 하고 신음을 흘린 후…….

"……너는…… 내가…… 구해줄……게……."

떠듬거리는 목소리로 그런 잠꼬대를 했다.

"……."

쿠루미는 그런 시도의 얼굴을 보면서 잠시 동안 침묵한 후, 작게 한숨을 내쉬었다.

"……어머, 어머."

그리고 몸이 꽤 따뜻해진 쿠루미는 침대에서 나와 시도에게 이불을 덮어줬다. 그리고 그의 머리맡에 준비해 온 선물을 두었다.

"……꿈속에서도 그런 소리를 하는 건가요? 시도 씨는 정말 착한 사람이군요."

탄식 섞인 목소리로 그렇게 말한 후 뒤돌아선 쿠루미는 창틀에 발을 걸쳤다.

"그럼, 안녕히 계—."

쿠루미는 말을 하다 멈췄다.

지금 이 순간, 이 밤에는 그 말보다 더 적당한 말이 있다는 생각이 들었기 때문이다.

"—메리 크리스마스, 시도 씨."

쿠루미는 그렇게 말한 후, 창문 밖을 향해 몸을 날렸다.

◇

—12월 25일, 아침. 이츠카 시도는 당혹스러웠다.

그것도 무리는 아니었다. 그의 머리맡에 처음 보는 선물 상자가 놓여 있었으니 말이다.

"이게…… 대체……."

어젯밤, 산타 역할을 했던 사람은 다름 아닌 시도다. 그러니 시도의 머리맡에 선물이 놓여 있을 리가 없었다. 오늘 아침, 산타에게 받은 선물을 들고 시도의 방에 집결한 정령들도 이 선물에 대해서는 아는 것이 없는 눈치였다.

—설마 진짜 산타클로스가 시도에게 선물을 주고 간 것일까.

시도가 그런 현실미가 없는 생각을 하면서 쓴웃음을 지었을 때, 토카가 입을 열었다.

"시도. 그런데 그 안에는 뭐가 들어 있느냐?"

"뭐? 아…… 실은 아직 확인 안 했어."

선물 상자가 머리맡에 놓여 있다는 이상 사태에 정신이

팔려 있었지만, 선물은 포장된 상자가 아니라 그 안에 들어 있는 물건이다. 안에 들어 있는 물건을 보면 누가 준 것인지 알 수 있을지도 모른다.

"그럼…… 열어볼게."

시도는 그렇게 말하면서 상자에 감긴 리본을 잡았다. 정령들은 마른침을 삼키면서 시도의 손을 주시했다.

"왜, 왠지 긴장되는걸……."

시도는 그렇게 말하면서 포장지를 벗긴 후, 천천히 상자의 뚜껑을 열었다.

그리고 안에 들어 있는 것을 꺼냈다.

"이것은……."

"시계……인가요?"

시도가 들고 있는 물건을 본 요시노는 그렇게 말했다.

그렇다. 그것은 손바닥에 쏙 들어갈 만한 크기의 금으로 된 회중시계였다. 꼭지 부분을 누르자 정교한 디자인의 뚜껑이 열리고 규칙적으로 시간을 새기고 있는 문자판이 모습을 드러냈다.

시도는 눈썰미가 좋은 편은 아니었지만, 값싼 물건이 아니라는 것은 한눈에 알 수 있었다. 대체 누가 이런 것을 두고 간 것일까……?

하지만 시도의 머릿속에서는 또 다른 의문이 피어났다.

"……이 시계, 왠지 어딘가에서 본 적 있는 것 같은데……?"

시도는 그렇게 말하면서 시계를 들어보았다.

찰칵, 찰칵. 시계는 조용히 시간을 새기고 있었다.

마치— 쿠루미의 눈동자처럼.

■작가 후기

오래간만입니다. 타치바나 코우시입니다. 『데이트 어 라이브 앙코르3』을 전해드립니다. 어떠셨는지요. 여러분이 재미있게 즐기셨기를 진심으로 빕니다.

자아, 이번에도 페이지에 여유가 없으니 바로 이번 단편집에 실린 각 이야기에 대한 소감을 쓸까 합니다. 약간의 스포일러가 들어 있으니 아직 본편을 읽지 않으신 분은 주의해 주십시오.

○미쿠 온 스테이지

미쿠 단편. 아이돌계의 인기를 미쿠와 양분하고 있는 라이벌 아사쿠라 히요리가 등장합니다. 단편 오리지널 캐릭터는 자유롭게 써먹을 수 있기 때문에 꽤 좋아합니다. 하지만 문제는 일러스트에 담기 힘들다는 거죠.

요이마치 츠키노가 남긴 것과, 미쿠의 성장을 느낄 수 있는 이야기입니다. 여담입니다만, 아사쿠라 히요리와 요이마치 츠키노는 이름에 쓰인 한자가 대칭을 이룹니다. 『아침(朝)·밤(宵)』, 『일(日)·월(月)』 같은 식으로요. 어쩌면 히요리가 데뷔할 때, 츠키노에게서 이름을 따왔던 것일지도 모르겠군요.

○시오리 페널티

시오리 양 단편입니다. 시도가 돌이킬 수 없는 지경까지 온 느낌이 장난 아니게 듭니다. 「양」이라는 호칭이 자연스럽게 붙는 것만 봐도 말기인 것 같습니다.

한마디로 말하자면 "만약 시오리 양이 학교에 온다면"이라고 할 수 있을 겁니다. 좀처럼 다루기 힘든 이야기이기에 이벤트의 취사선택을 하느라 고생했던 기억이 납니다만, 버스 안에서의 오리가미만은 처음부터 넣기로 정해뒀습니다. 그걸 뺄 수는 없잖아요. 오리가미다운 짓이니까요.

○나츠미 티칭

여어, 다들. 나츠~미. 자아, 나츠미 단편입니다. 볼거리는 바로 여교사 옷차림의 나츠미(대)와 〈하니엘〉의 힘으로 변신한 어른 요시노. 요시노…… 정말 멋지게 컸군요. 〈하니엘〉의 능력은 『성장』이 아니라 『변신』이기에, 그 모습은 나츠미가 상상한 어른 요시노라고 할 수 있습니다. 그리고 클래스메이트들, 특히 아이, 마이, 미이가 활약한 이야기죠. 설마 그 세 사람의 친척 복선을 회수하게 될 줄은 몰랐습니다.

○마나 리서치

자아, 드디어 마나의 단편이 나왔습니다. 머리카락을 푼 희귀한 마나를 볼 수 있습니다. 이렇게 보면 시오리 양과도 닮았군요. 역시 자매. 아니지, 남매입니다.

사나이다운 마나, 줄여서 사나이 마나의 이야기입니다. 마나의 남매애는 바다보다도 깊기 때문에 캡틴 시도도 받아줄 수 있습니다. 기회가 된다면 시도와 마나가 쇼핑하러 가는 이야기도 쓰고 싶습니다. 수요가 있을 테니까요.

○캣카페 어 라이브

Amazon의 전권 구입 특전으로 실린 쇼트 스토리입니다. 아무도 모르는 쿠루미의 휴일을 볼 수 있죠냐옹. 말끝에

「농」을 붙이는 것도 괜찮을 것 같습니다만 왠지 위험한 느낌이 들어서 관뒀습니다냐옹.

○정령 메리 크리스마스

앙코르 3권용 첫 번째 신작 소설입니다. 네. 이번 권에는 신작 소설이 두 편이나 실렸습니다. 엄청 호화롭군요!

타이틀을 보면 아시겠지만, 크리스마스 이야기입니다. 다들 자기 취향에 맞는 크리스마스 선물을 요구하고 있는 가운데, 유즈루가 디지털카메라를 원한 건 누구의 영향을 받았기 때문이려나요. 그리고 시도도 좋아하고 미소녀도 좋아하는 미쿠는 정말 빈틈이 없군요.

○쿠루미 산타클로스

두 번째 신작 소설입니다. 『캣카페 어 라이브』에서도 그랬지만, 단편의 쿠루미는 분신체에게 너무 얕보이는 것 같네요.

아무튼, 이런저런 방향으로 폭주하던 시절의 분신체도 좋아합니다. 아마 강렬한 녀석을 한 명 더 영입해서 쿠루미 사천왕 같은 걸 만들었을 게 틀림없습니다. 크크큭…… 안대 쿠루미가 당했군. 하지만 그 녀석은 우리 중에서 가장 약해빠진…… 같은 소리를 했을 즈음, 쿠루미 본체가 강제로 스톱시키겠죠.

그리고 크리스마스 다음 날인 12월 26일에는 이누이 세키히코 씨의 코믹판 『데이트 어 라이브 토카 데드엔드』 3권이 발매됩니다! 잘 부탁드립니다! 최종권이니 흥미 있으신 분은 1, 2권도 함께 구매해주시길!

자, 이번에도 많은 분들께서 도와주신 덕분에 책을 낼 수 있었습니다.

일러스트를 담당하시는 츠나코 씨, 담당 편집자님, 디자이너님과 편집부 여러분, 출판, 유통, 판매에 관여하는 분들, 그리고 이 책을 구매해주신 독자 여러분. 정말 감사합니다.

다음에는 『데이트 어 라이브 12』로 찾아뵙겠습니다.

2014년 11월 타치바나 코우시

■역자 후기

안녕하십니까. 근로청년 번역가 이승원입니다.

『데이트 어 라이브 앙코르 3』을 구매해주셔서 진심으로 감사드립니다.

저는 현재 망망대해에서 이 역자 후기를 쓰고 있습니다.

……웬 망망대해냐고요? 일본에 가고 있는 중이거든요.^^

전 현재 오사카에 가고 있습니다. 가는 이유는 단순합니다. 「오 나의 ㅇ신님」의 작가, 후지시마 코스케 선생님의 첫 원화전을 보기 위해서죠!

제가 이쪽 세계에 발을 들이게 만든 원흉이자, 제 마음의 영원한 파라다이스인 「오 나의 ㅇ신님」의 원화를 볼 수 있다는 말에 그냥 바다를 건너기로 했습니다. AHAHA.

재정 상태가 좋다면 비행기를 타고 우아하게 다녀오겠습니다만, 현재 주머니 상태도 안 좋아서 오후 세 시에 출발해서 다음 날 열 시, 장장 19시간이나 걸리는 배를 타고 오사카로 향하고 있죠. 게다가 출발 이틀 전이 돌아가신 할아버지의 제사이고, 출발 일주일 전부터 급성 장염으로 고통

받은 탓에 마감도 끝내지 못해 이렇게 배 안에서 일을 하고 있습니다.

……왠지 슬프네요. 마음 편히 놀러 갈 수가 없다니.ㅠㅜ

하지만 제 오덕 인생의 근원이라 할 수 있는 작품을 그린 작가님의 첫 원화전을 보러 간다고 생각하니 마음은 기쁩니다. 설령 장염 때문에 일본 가서 제대로 된 음식을 먹을 수 없다고 할지라도요.^^

그럼 이번 권에 대한 이야기를 좀…… 할 필요는 없을 것 같네요. 몇 마디면 충분하니까요. 산타 영장 토카! 모친 모드 요시노! 각종 중2병 모드 쿠루미! 특히 쿠루미가 정말 좋았습니다. 아아, 역시 쿠루미는 단독으로도 매력적이지만 전대(?)를 구성해야 좋은 것 같아요. ㅎㅎ

더 이야기했다간 본편의 쿠루미 이야기를 전부 다룰 것 같네요.^^

그럼 이만 줄이겠습니다.

극장 애니메이션화까지 확정된 작품을 맡겨주신 삐야 님과 L노벨 편집부 여러분. 정말 감사합니다. 앞으로도 잘 부탁드립니다.

장염이라 죽만 먹고 있는 친구 집에 놀러 와서 친구 먹을 죽 빼앗아서 술판 벌인 악우들이여. 언젠가 복수해주겠

다.ㅠㅜ

마지막으로 언제나 제게 버팀목이 되어주시는 어머니와 『데이트 어 라이브』를 읽어주신 모든 분들에게 진심으로 감사드립니다.

언젠가 발매될 12권 역자 후기에서 다시 뵙겠습니다!

2015년 3월 초

역자 이승원 올림

초출(初出)

On StageMIKU
미쿠 온 스테이지
드래곤매거진 2014년 5월호

PenaltySHIORI
시오리 페널티
드래곤매거진 2014년 7월호

TeachingNATSUMI
나츠미 티칭
드래곤매거진 2014년 9월호

ResearchMANA
마나 리서치
드래곤매거진 2014년 11월호

CATCAFE A LIVE
캣카페 어 라이브
Amazon.co.jp한정 데이트 어 라이브 1–9권 세트 리플렛

Merry ChristmasSPIRIT
정령 메리 크리스마스
신작 단편

SantaclausKURUMI
쿠루미 산타클로스
신작 단편

DATE A LIVE
ENCORE 3

데이트 어 라이브 앙코르 3

1판 1쇄 발행 2015년 4월 10일
1판 5쇄 발행 2019년 6월 28일

지은이_ Koushi Tachibana
일러스트_ Tsunako
옮긴이_ 이승원

발행인_ 신현호
편집국장_ 김은주
편집진행_ 최은진 · 김기준 · 김승신 · 원현선 · 권세라
편집디자인_ 양우연
국제업무_ 정아라 · 전은지
관리 · 영업_ 김민원 · 조인희

펴낸곳_ (주)디앤씨미디어
등록_ 2002년 4월 25일 제20-260호
주소_ 서울시 구로구 디지털로 26길 111 JnK디지털타워 503호
전화_ 02-333-2513(대표)
팩시밀리_ 02-333-2514
이메일_ lnovelpiya@naver.com
L노벨 공식 카페_ http://cafe.naver.com/lnovel11

원제 DATE A LIVE ENCORE 3

Edited by FUJIMISHOBO
First published in Japan in 2014 by KADOKAWA CORPORATION, Tokyo.
Korean translation rights arranged with KADOKAWA CORPORATION, Tokyo.

ISBN 978-89-267-9898-0 04830
ISBN 978-89-267-9334-3 (세트)

값 6,800원